Amanda Cross

Gefährliche Praxis

Roman

Deutsch von Monika Blaich
und Klaus Kamberger

Deutscher Taschenbuch Verlag

Einmalige Sonderausgabe
August 2000
Deutscher Taschenbuch Verlag GmbH & Co. KG,
München
www.dtv.de
© 1964 Carolyn Heilbrun
Titel der amerikanischen Originalausgabe:
›In The Last Analysis‹
© 1988 der deutschsprachigen Ausgabe:
Eichborn Verlag GmbH & Co. KG,
Frankfurt am Main
© 2000 Deutscher Taschenbuch Verlag GmbH & Co. KG,
München
Umschlaggestaltung: Beatrice Schmucker
Umschlagbild: PhotoDisk
Gesamtherstellung: C. H. Beck'sche Buchdruckerei,
Nördlingen
Gedruckt auf säurefreiem, chlorfrei gebleichtem Papier
Printed in Germany · ISBN 3-423-08530-4

Prolog

»Ich habe nicht gesagt, ich hätte etwas gegen Freud«, sagte Kate. »Ich habe gesagt, daß ich etwas gegen das habe, was Joyce Freudsche Fehlleistungen nennt – all diese unsinnigen Schlußfolgerungen, die von Leuten gezogen werden, denen es an Zurückhaltung und Verstand mangelt.«

»Wenn du vorhast, die Psychiatrie für alle möglichen sadistischen Gesellschaftsspiele verantwortlich zu machen, sehe ich keinen Sinn darin, unsere Diskussion fortzusetzen«, antwortete Emanuel. Aber natürlich würden sie die Diskussion dennoch fortsetzen; die dauerte schließlich schon Jahre, und Ermüdungserscheinungen waren nicht zu erkennen.

»Übrigens«, sagte Kate, »ich habe dir eine Patientin geschickt. Jedenfalls hat mich eine Studentin gebeten, ihr einen Psychoanalytiker zu empfehlen, und ich habe ihr deinen Namen und deine Adresse gegeben. Ich habe keine Ahnung, ob sie sich melden wird, aber ich glaube schon. Sie heißt Janet Harrison.« Kate ging zum Fenster und schaute hinaus in das rauhe, stürmische Wetter. Es war jene Art von Januartag, an dem sogar sie, die sie den Frühling verabscheute, sich nach ihm sehnte.

»Bedenkt man die Meinung, die du von der Psychiatrie hast«, sagte Nicola, »müßte sich Emanuel eigentlich recht geehrt fühlen. Schau geehrt drein, Emanuel!« Nicola, Emanuels Frau, verfolgte diese Diskussion, wie eine Zuschauerin bei einem Tennismatch dem Ball mit den Augen folgt, immer mit dem Kopf hin und her. Es war ihr gelungen, der Psychiatrie gegenüber einen vertrauensvollen Standpunkt einzunehmen, ohne dabei auf ihr Recht auf Kritik zu verzichten, und so applaudierte sie den gelungenen Bällen und stöhnte bei Fehlschlägen. Kate und Emanuel fanden Nicola ein ideales Publikum und hatten an ihren Wettkämpfen nicht nur deswegen ihren Spaß, weil dabei manchmal neue Einsichten herauskamen, sondern auch, weil es sie reizte, sich gegenseitig aus der Fassung zu bringen, ohne einander je zu verletzen. Nicola hatte für beide ein Lächeln.

»Es ist nicht Freud selbst, der zum Widerspruch reizt«, sagte Kate, »und auch nicht die Vielzahl von Theorien, die er entwickelt hat. Es ist die Art, wie sich seine Ideen in der modernen Welt verbreitet haben. Ich muß immer an die Geschichte von dem Japaner und der Heiligen Dreifaltigkeit denken: ›Ehrenwerter Vater, sehr gut; Ehrenwerter Sohn, sehr gut; aber Ehrenwerter Vogel – das verstehe ich einfach nicht.‹«

»Deine Sprüche«, sagte Emanuel, »beleben zwar immer wieder das Gespräch, aber die Diskussion bringen sie nicht weiter.«

»Der einzige Spruch, der mir einfällt«, sagte Nicola, während sie sich umdrehte und nun ihrerseits zum Fenster ging, »ist: ›Auf Regen folgt Sonne.‹«

Wie sich herausstellte, war das die bedeutendste Bemerkung, die an diesem Nachmittag gemacht wurde.

I

Jemand hatte mit Kreide »April ist der grausamste Monat« auf die Stufen der Baldwin Hall geschrieben. Unbeeindruckt von der Belesenheit, die dahintersteckte, stimmte Kate dem Satz innerlich zu. Der Frühling auf einem amerikanischen Universitätsgelände, selbst auf einem städtischen wie diesem, ließ die Fakultät unvermeidlich in eine Stimmung von Mattigkeit, Gereiztheit und Überdruß verfallen. Vielleicht, dachte Kate, ist das so, weil wir älter werden, während die Studenten, wie die Volksmassen Caesars auf der Via Appia, immer gleich alt bleiben. Sie warf einen Blick auf die Studenten, die auf jedem erreichbaren Rasenstück lagerten oder miteinander schmusten, und sie sehnte sich, wie jedesmal im Frühling, nach einem würdevolleren, weniger unordentlichen Zeitalter. »Die Jungen, einer in des anderen Armen«, hatte Yeats geklagt.

Das sagte sie auch zu Professor Anderson, der ebenfalls stehengeblieben war, um über die Botschaft aus Kreide zu sinnieren. »Zu dieser Jahreszeit«, sagte er, »möchte ich mich immer am liebsten in einen dunklen Raum zurückziehen, die Vorhänge schließen und Bach spielen. Wissen Sie«, sagte er und betrachtete immer noch das Eliot-Zitat, »eigentlich hat die Millay es besser ausgedrückt: ›Zu welchem Zweck, April, kehrst du zurück?‹« Kate war einigermaßen überrascht, denn Professor Anderson war ein Mann, der in der Literatur des achtzehnten Jahrhunderts lebte und eine ausgeprägte Abneigung gegen alle weiblichen Schriftsteller nach Jane Austen hegte. Sie betraten zusammen das Gebäude und stiegen die Stufen zum Englischen Seminar im ersten Stock hinauf. Das war es, tatsächlich: Was immer man erwartete, der April sorgte für Überraschungen.

Auf der Bank vor Kates Büro saßen Studenten, die auf ihre Sprechstunde warteten. Auch das war ein Symptom des Frühlings. Die guten Studenten verschwanden entweder vollkommen vom Campus, oder sie tauchten zu den seltsamsten Zeiten auf und wollten höchst absonderliche Gesichtspunkte einer Interpretation diskutieren. Die mittelmäßigen, vor allem die ärmeren unter ihnen, fingen an, sich um ihre Noten Gedanken zu machen. Der April rührte düstere Gedanken auf und erinnerte sie daran, daß die Zeit der Notengebung nahte und die B-Note, die sie sich voller Selbstvertrauen zum Ziel gesetzt hatten, unendlich weit entfernt war. Die saßen jetzt hier, um mit ihr darüber zu reden. Kate seufzte, als sie die Tür zu ihrem Büro aufschloß, hielt dann aber inne, überrascht und ärgerlich. Ein Mann stand am Fenster und wandte sich um, als sie eintrat.

»Bitte, kommen Sie herein, Miss Fansler. Vielleicht sollte ich Frau Doktor sagen oder Professor; ich bin Captain Stern von der Kriminalpolizei. Ich habe der Sekretärin draußen im Vorzimmer meinen Ausweis gezeigt, und sie hat mir vorgeschlagen, ich sollte vielleicht besser hier drinnen warten. Sie war so freundlich, mich hereinzulassen. Ich habe nichts durcheinandergebracht. Wollen Sie sich nicht setzen?«

»Ich versichere Ihnen, Captain«, sagte Kate und setzte sich an ihren Schreibtisch, »ich weiß nur sehr wenig über das Privatleben meiner Studenten. Ist einer von ihnen in Schwierigkeiten?« Sie sah den Kriminalbeamten mit Interesse an. Als leidenschaftliche Leserin von Kriminalromanen wurde sie nie den Verdacht los, daß Detektive im wirklichen Leben ganz schrecklich normale Menschen waren, von der Sorte, die zwar mit den kurzen Antworten bei ihren Verhören gut zurechtkamen (zumal sich bei den Niederschriften dann noch einiges korrigieren ließ), komplexe Gedanken, ob literarische oder andere, aber als Belästigung empfanden; von der Sorte, die harte Fakten liebten und auf das Bedürfnis nach Differenzierungen mit Abscheu reagierten.

»Wären Sie wohl so freundlich, Miss Fansler, mir zu sagen, was Sie gestern bis zwölf Uhr mittags getan haben?«

»Was *ich* getan habe? Also wirklich, Captain Stern, ich versichere Ihnen nachdrücklich, daß ...«

»Bitte, seien Sie so freundlich und beantworten Sie nur meine Frage, Miss Fansler. Meine Gründe werde ich Ihnen sofort erklären. Also, gestern morgen.«

Kate starrte ihn an und zuckte dann mit den Schultern. Wie es die unglückliche Angewohnheit von Leuten ist, die mit Literatur zu tun haben, stellte sie sich schon vor, wie sie dieses außergewöhnliche Ereignis weitererzählen würde. Sie fing den Blick des Kriminalbeamten auf und griff nach einer Zigarette. Er gab ihr Feuer und wartete geduldig. »Donnerstags halte ich keine Vorlesungen«, sagte sie. »Ich schreibe an einem Buch, und ich habe gestern den ganzen Vormittag im Magazin der Bibliothek verbracht und Artikel aus Zeitungen des neunzehnten Jahrhunderts zusammengesucht. Ich war dort bis kurz vor eins, habe mich dann frisch gemacht und mit Professor Popper zum Lunch getroffen. Wir haben im Club der Fakultät gegessen.«

»Leben Sie allein, Miss Fansler?«

»Ja.«

»Wann kamen Sie in Ihrem ›Magazin‹ an?«

»Dieses Magazin, Captain Stern, bezeichnet den inneren Bereich der Bibliothek, in dem die Bücher aufbewahrt werden.« Wieso, fragte sie sich, fühlen sich Frauen eigentlich immer unangenehm berührt, wenn man sie fragt, ob sie allein leben? »Ich habe die Bibliothek gegen neun Uhr dreißig betreten.«

»Hat Sie irgend jemand im Magazin gesehen?«

»Jemand, der mir ein ›Alibi‹ geben könnte? Nein. Ich habe mir die Bände herausgesucht, die ich brauchte, und an den kleinen Tischen gearbeitet, die für den Zweck an der Wand aufgestellt sind. Verschiedene Leute müssen mich dort gesehen haben, aber ob sie mich erkannt haben oder sich an mich erinnern, das kann ich Ihnen nicht sagen.«

»Haben Sie eine Studentin namens Janet Harrison?«

In Büchern, dachte Kate, gingen Kriminalisten immer voller Enthusiasmus an ihre Arbeit, fast wie Ritter bei ihren Kreuzzügen. Aber wirklich klargemacht hatte sie sich bisher nicht, mit welchem Eifer sie tatsächlich an ihre Arbeit gingen. Gelegentlich waren sie natürlich verwandt mit den Angeklagten oder den Ermordeten oder in sie verliebt, doch ob sie nun ihre Ermittlungen beruflich führten oder als Amateurdetektive, sie waren mit großer Leidenschaft bei der Sache. Kate fragte sich, an welchen Dingen Captain Stern wohl sonst Interesse hatte, wenn überhaupt. Könnte sie ihn fragen, ob er allein lebe? Sicher nicht. »Janet Harrison? Sie gehörte zu meinen Studentinnen. Ich meine, sie hatte eine meiner Vorlesungen belegt, über den Roman im neunzehnten Jahrhundert. Das war im letzten Semester. Seitdem habe ich sie nicht mehr gesehen.« Kate dachte sehnsüchtig an Lord Peter Wimsey; der hätte an dieser Stelle jetzt sicherlich innegehalten und mit ihr ein Gespräch über den Roman im neunzehnten Jahrhundert angefangen. Captain Stern schien davon noch nie gehört zu haben.

»Haben Sie ihr empfohlen, sich an einen Psychoanalytiker zu wenden?«

»Großer Gott«, sagte Kate, »ist es das, worum es hier geht? Bestimmt überprüft die Polizei nicht alle Leute, die eine Analyse machen. Ich habe ihr nicht ›empfohlen‹, einen Psychoanalytiker aufzusuchen; ich fände es unpassend, so etwas zu tun. Als sie zu mir kam, hatte sie den Entschluß bereits gefaßt oder zumindest den Rat bekommen, zu einem zu gehen. Sie fragte mich, ob ich ihr jemanden empfehlen könne, denn sie hatte gehört, wie wichtig es sei, einen wirklich kompetenten Menschen zu finden. Jetzt, wo Sie das erwähnen, weiß ich nicht einmal genau, warum sie damit zu mir kam. Ich vermute, wir nehmen nur allzugern an, daß man uns als Monumente von Klugheit und natürliche Autoritäten auf den meisten Gebieten des Lebens betrachtet.«

Captain Sterns Miene zeigte kein bestätigendes Lächeln. »Haben Sie ihr also einen Psychoanalytiker empfohlen?«

»Ja, das habe ich tatsächlich.«

»Wie heißt der Analytiker, den Sie empfohlen haben?«

Kate wurde plötzlich ärgerlich. Ein Blick aus dem Fenster, wo der April überall Begehren in den Menschen weckte, trug auch nicht dazu bei, ihre Stimmung zu verbessern. Sie wandte sich vom Campus ab und richtete den Blick auf den Kriminalbeamten, den der April nicht anzurühren schien. Zweifellos waren für ihn alle Monate von gleicher Grausamkeit. Worum auch immer es sich hier handeln mochte – und ihre Neugier war einem ziemlichen Ärger gewichen –, hatte es irgendeinen Sinn, Emanuel da hineinzuziehen?

»Captain Stern«, fragte sie, »bin ich verpflichtet, diese

Frage zu beantworten? Ich bin mir gar nicht sicher, was meine Rechte angeht, aber müßte man mich nicht darauf hinweisen oder mir sagen, worum es überhaupt geht, wenn ich schon verpflichtet wäre, auf Ihre Fragen zu antworten? Würde es vorerst genügen, wenn ich Ihnen versichere (obwohl ich es nicht beweisen kann), daß ich gestern vormittag bis ein Uhr mit keinem einzigen menschlichen Wesen außer Thomas Carlyle zu tun hatte, dessen Tod vor mehr als einem halben Jahrhundert allerdings ausschließt, daß ich damit etwas zu tun haben könnte?«

Captain Stern nahm das nicht zur Kenntnis. »Sie sagen, Sie hätten Janet Harrison einen Psychoanalytiker empfohlen. War sie mit ihm zufrieden? Hatte sie vor, die Behandlung bei ihm länger fortzusetzen?«

»Das weiß ich nicht«, sagte Kate und spürte so etwas wie Scham über ihren sarkastischen Ausbruch, »ich weiß nicht einmal, ob sie zu ihm gegangen ist. Ich habe ihr Namen, Adresse und Telefonnummer gegeben. Ihm gegenüber habe ich die Sache erwähnt. Von dem Augenblick an habe ich das Mädchen nicht mehr gesehen und auch keine Sekunde mehr an sie gedacht.«

»Gewiß hätte der Analytiker es Ihnen gegenüber erwähnt, wenn er sie als Patientin angenommen hätte. Vor allem«, fügte Captain Stern hinzu und zeigte damit zum erstenmal, daß er schon einiges wußte, »wenn er ein guter Freund von Ihnen war.«

Kate starrte ihn an. Zumindest, dachte sie, spielen wir hier kein sinnloses Fragespiel. »Ich kann Sie natürlich nicht zwingen, das zu glauben, aber er hat es tatsächlich nicht erwähnt, und ein erstklassiger Analytiker täte das auch nicht, besonders dann nicht, wenn ich ihn gar nicht gefragt habe. Der Mann, von dem wir reden, ist Mitglied des New Yorker Instituts für Psychoanalyse, und es verstößt gegen deren Grundsätze, über einen Patienten zu sprechen. Das mag Ihnen befremdlich vorkommen, ist aber doch die schlichte Wahrheit.«

»Was für eine Art Mädchen war Janet Harrison?«

Kate lehnte sich in ihrem Sessel zurück und versuchte, die Intelligenz des Mannes einzuschätzen. Als Lehrerin am College hatte sie gelernt, daß man verfälscht, wenn man allzusehr vereinfacht. Es gab nur eine Möglichkeit: das, was man meinte, auch möglichst klar zu sagen. Was mochte diese Janet Harrison wohl angestellt haben? Hatten die vor, ihre Labilität unter Beweis zu stellen? Wirklich, dieser lakonische Polizist war höchst anstrengend.

»Captain Stern, während die Studenten hier ihre Vorlesungen besuchen, geht ihr Leben weiter. Die meisten von ihnen leben nicht isoliert in Wohnheimen, sind nicht frei vom Druck ihrer Familien, von finanziellem Druck und von emotionalen Problemen aller Art. Sie sind in einem Alter, in dem sie, wenn sie nicht verheiratet sind – und das bringt wieder seine eigenen Probleme mit sich –, an der Liebe leiden oder an deren Mangel. Sie gehen mit jemandem ins Bett, den sie lieben – *ein* emotionaler Zustand –, oder sie gehen mit jemandem ins Bett, den sie nicht lieben – ein *anderer* Zustand –, oder sie gehen mit niemandem ins Bett, das wäre noch ein anderer. Manchmal sind sie farbig, oder sie sind die unreligiösen Kinder religiöser Eltern oder die religiösen Kinder unreligiöser Eltern. Manchmal sind es Frauen, die zwischen ihren intellektuellen Bedürfnissen und der Familie hin und her gerissen sind. Oft stecken sie in Schwierigkeiten der einen oder anderen Art. Als Lehrer erfahren wir wenig von diesen Dingen, und wenn wir einmal etwas davon aufschnappen, dann spielen wir – wie soll ich es ausdrükken? – nicht den Priester, sondern die Kirche: Wir sind einfach da und machen weiter. Wir repräsentieren etwas, das fortbesteht – die Kunst, die Wissenschaft, die Geschichte. Natürlich haben wir auch ab und zu mal einen Studenten, der mit jedem Atemzug etwas von sich erzählt. Aber in den meisten Fällen erhalten wir nur einen ganz allgemeinen Eindruck, abgesehen natürlich von den eigentlichen Arbeiten der Studenten.«

»Sie fragen«, fuhr sie fort, »was für eine Art Mädchen Janet Harrison war? Ich erzähle Ihnen dies alles, damit Sie meine Antwort verstehen. Ich habe nur einen Eindruck von ihr. Wenn Sie fragen: War sie der Typ, der eine Bank überfällt? würde ich sagen: Nein, der Typ schien sie nicht zu sein, aber ich bin nicht sicher, ob ich Ihnen sagen könnte, warum. Sie war eine intelligente Studentin, ein gutes Stück über dem Durchschnitt. Ich hatte den Eindruck, sie wäre fähig, exzellente Arbeit zu leisten, wenn sie sich darauf konzentrierte, aber das hat sie nie getan. Es war, als wäre ein Teil von ihr immer abwesend und wartete ab, was wohl passieren würde. Nur, wissen Sie«, fügte Kate hinzu, »bevor Sie mich danach gefragt haben, habe ich auf die Art noch nie über sie nachgedacht.«

»Hatten Sie irgendeine Vorstellung, warum sie einen Psychoanalytiker aufsuchen wollte?«

»Nein, keine. Die Leute wenden sich heutzutage an einen Analytiker, wie sie sich früher an – ja, an wen? – an Gott, an ihren Pastor, an ihre Familie wandten. Ich erhebe nicht den Anspruch, ich wüßte da Bescheid. Ich habe Leute davon reden hören, wenn auch nur halb im Scherz, daß Eltern heute für die Analyse ihrer Kinder sparen wie früher für deren College-Erziehung. Ein junger Mensch, der sich in intellektuellen Kreisen bewegt, wendet sich heutzutage, wenn er ein Problem hat, an die Psychiatrie, und häufig werden ihm die Eltern dabei helfen, wenn sie können.«

»Und ein Psychiater, ein Psychoanalytiker akzeptiert jeden Patienten, der zu ihm kommt?«

»Natürlich nicht«, sagte Kate. »Aber Sie sind doch sicher nicht hergekommen, um von mir etwas über diese Dinge zu erfahren. Da gibt es eine ganze Reihe kompetenterer Leute...«

»Sie haben dieses Mädchen zu einem Psychoanalytiker geschickt, und er hat sie als Patientin angenommen. Von Ihnen würde ich jetzt gerne erfahren, warum Sie annahmen, daß sie zu einem Analytiker gehen sollte, und warum Sie annahmen, daß dieser Analytiker sie auch nehmen würde.«

»Das hier ist meine Sprechstunde«, sagte Kate. Nicht daß es ihr an diesem Apriltag etwas ausgemacht hätte, auf die Studenten zu verzichten (»Ich bin Student auf Probe bei Ihnen, Professor Fansler, und wenn ich nicht die Note B in Ihrem Seminar bekomme...«), aber wenn sie an die Studenten dachte, die draußen auf der Bank geduldig warteten und inzwischen schon dicht an dicht saßen... Doch Captain Stern hatte offenbar keine Bedenken, sich vorzudrängen. Vielleicht sollte sie Captain Stern zu Emanuel schicken. Plötzlich erschien ihr der Gedanke, an einem Frühlingstag in ihrem Büro zu sitzen und mit einem

Kriminalbeamten über Psychiatrie zu diskutieren, vollkommen lächerlich.« »Also, Captain Stern«, sagte sie, »was wollen Sie wissen? Bevor ein guter Analytiker einen Patienten annimmt, muß er sicher sein, daß der Patient sich für eine Analyse eignet. Der Patient muß über eine ausreichende Intelligenz verfügen, eine bestimmte Art von Problemen haben und eine gewisse Aussicht, sich frei zu entwickeln. Ein Psychotiker, sogar bestimmte Arten von Neurotikern sind nicht die richtigen Patienten. Vor allem muß ein Patient tatsächlich eine Analyse *wollen*, er muß den *Wunsch* haben, daß man ihm hilft. Andererseits glauben die meisten Analytiker, denen ich begegnet bin, daß jedem intelligenten Menschen durch eine gute Analyse geholfen werden kann, einen größeren Spielraum zu bekommen. Wenn man mich fragt, ob ich einen Analytiker empfehlen kann, dann empfehle ich einen guten, weil ich weiß, daß ein guter Analytiker nur einen Patienten annimmt, der sich für eine Analyse eignet, und zwar für eine Analyse bei diesem speziellen Analytiker. Genauer kann ich mich zu einem Thema, über das ich bemerkenswert wenig weiß, nicht ausdrücken, und jeder Analytiker, der mir jetzt zuhörte, würde wahrscheinlich vor Entsetzen aufschreien und sagen, ich läge völlig falsch, was ich wahrscheinlich auch tue. Also was, um alles in der Welt, hat Janet Harrison angestellt?«

»Sie ist ermordet worden.«

Captain Stern ließ den Satz in der Luft hängen. Vom Campusgelände drang der Frühlingslärm herein. Ein paar Verbindungsstudenten verkauften Lose, mit denen man ein Auto gewinnen konnte. Ein Schatten, wahrscheinlich ein Student, wanderte vor der Glastür zu Kates Büro hin und her.

»Ermordet?« sagte Kate. »Aber ich wußte nichts von ihr. War es ein Überfall auf der Straße?« Plötzlich schien das Mädchen wieder vor ihrem inneren Auge aufzutauchen; es saß an dem Platz, wo Captain Stern jetzt saß. *Du bist gelehrt, sprich du mit ihm, Horatio.*

»Sie sagten, Miss Fansler, sie schien abzuwarten, was wohl passieren würde. Was haben Sie damit gemeint?«

»Habe ich das gesagt? Ich weiß nicht, was ich damit gemeint habe. Eine Redensart.«

»Gab es *irgend etwas* Persönliches zwischen Ihnen und Janet Harrison?«

»Nein. Sie war eine Studentin.« Plötzlich fiel Kate wieder seine erste Frage ein: *Was haben Sie gestern morgen gemacht?* »Captain Stern, was hat das denn mit mir zu tun? Weil ich ihr den Namen eines Analytikers genannt habe und weil sie meine Studentin war, soll ich nun wissen, wer sie ermordet hat?«

Captain Stern stand auf. »Verzeihen Sie mir, daß ich Ihren Studenten die Zeit stehle, Miss Fansler. Wenn ich Sie noch einmal sprechen muß, werde ich versuchen, es zu einer passenderen Stunde zu tun. Danke für Ihre Bereitschaft, auf meine Fragen zu antworten.« Er stockte einen Augenblick, als ordne er seine Sätze.

»Janet Harrison wurde in der Praxis des Psychoanalytikers ermordet, zu dem Sie sie geschickt haben. Sein Name ist Emanuel Bauer. Sie war seit sieben Wochen seine Patientin. Sie wurde auf der Couch in seiner Praxis ermordet, auf der Couch, auf der, soviel ich weiß, die Patienten während der Therapiestunde liegen. Wir sind natürlich dringend daran interessiert, alles nur Mögliche über sie herauszubekommen. Scheinbar gibt es bemerkenswert wenige Informationen über sie. Für heute sage ich auf Wiedersehen, Miss Fansler.«

Kate starrte ihm nach, als er hinausging und die Tür hinter sich schloß. Sie hatte seinen Instinkt für dramatische Wendungen unterschätzt, das war ziemlich klar. *Ich habe dir eine Patientin geschickt, Emanuel.* Was hatte sie ihm geschickt? Wo war er jetzt? Gewiß nahm die Polizei nicht an, daß er eine Patientin auf der eigenen Couch erdolcht hatte. Aber wie war dann der Mörder hereingekommen? War Emanuel da gewesen? Sie hob den Telefonhörer und wählte eine 9, um eine Amtsleitung zu bekommen. Wie war seine Nummer? Sie hatte keine Lust, im Telefonbuch nachzublättern. Beim Wählen der 411 für die Auskunft bemerkte sie überrascht, daß ihre Hand zitterte. »Könnten Sie mir bitte die Nummer von Mrs. Nicola Bauer, 879 Fifth Avenue, geben?« Emanuels Praxis war unter seinem Namen eingetragen, die private Nummer unter Nicolas, daran erinnerte sie sich. Das sollte verhindern, daß Patienten ihn zu Hause anriefen.

»Danke, Miss.« Sie schrieb die Nummer nicht auf, sondern sagte sie sich immer wieder vor. Trafalgar 9. Aber sie hatte vergessen, vorher wieder die 9 für eine Amtsleitung zu wählen. Noch einmal von vorn, und zwar langsam. *Emanuel, was habe ich dir da eingebrockt?* »Hallo!« Es war Pandora, das Mädchen der Bauers. Wie amüsant war ihr der Name einmal vorgekommen! »Pandora, hier ist Miss Fansler, Kate Fansler. Bitte, sagen Sie Mrs. Bauer, daß ich sie sprechen muß.«

»Einen Augenblick, Miss Fansler, ich sehe nach.« Der Hörer wurde hingelegt. Kate konnte einen von den Jungen der Bauers hören. Dann war Nicola am Apparat.

»Kate. Ich nehme an, du hast davon gehört.«

»Ein Kriminalbeamter ist hier gewesen. Ich bin in meinem Büro. Tüchtig, kurz angebunden und oberflächlich, fürchte ich. Nicki, erlauben sie euch, dort zu bleiben?«

»Oh, ja. Eine Menge Leute sind bei uns überall herummarschiert, aber sie sagen, wir können bleiben. Mutter sagte, wir sollten zu ihr nach Hause kommen, aber sobald die Polizei sich wieder verzogen hatte, schien es uns irgendwie besser, hier zu bleiben. Als ob wir, wenn wir weggingen, vielleicht niemals wiederkämen, als ob Emanuel niemals wiederkommen würde. Sogar die Jungen haben wir bei uns behalten. Ich nehme an, das hört sich verrückt an.«

»Nein, Nicki. Ich verstehe das. Ihr bleibt. Kann ich euch besuchen? Erzählt ihr mir, was passiert ist? Erlauben sie mir, daß ich komme?«

»Sie haben nur einen Polizisten draußen vor der Tür gelassen, um die Neugierigen fernzuhalten. Es waren schon Reporter da. Wir würden dich gern sehen, Kate.«

»Du klingst erschöpft, aber ich komme auf alle Fälle.«

»Ich möchte dich gern sehen. Ich weiß nicht, was Emanuel meint. Kate, sie glauben anscheinend, wir hätten es getan, in Emanuels Praxis Kate, kennst du niemanden von der Staatsanwaltschaft? Vielleicht könntest du ...«

»Nicki, ich bin gleich bei dir. Ich tue alles, was ich kann. Ich fahre gleich los.«

Draußen vor ihrem Büro warteten noch immer ein paar Studenten. Kate eilte an ihnen vorbei die Treppen hinunter. Auf dieser Bank hatte auch – wie viele Monate war das her? – Janet Harrison gewartet. *Professor Fansler, könnten Sie mir einen guten Psychiater empfehlen?*

2

Es gibt keinen wirklichen Grund, warum Psychiater sich auf die allerfeinste Wohngegend der Stadt beschränken sollten. Den Broadway, zum Beispiel, kann man per U-Bahn erreichen, während die Fifth, die Madison, die Park Avenue und die anliegenden Straßen nur mit dem Taxi, dem Bus oder zu Fuß zu erreichen sind. Doch kein Psychiater würde im Traum daran denken, in die westlicheren Stadtbezirke umzuziehen, abgesehen von ein paar ganz tapferen Burschen an der Central Park West, denen die Nachbarschaft zur Fifth Avenue noch genügend Eleganz verspricht, auch wenn der ganze Park dazwischen liegt. Ob sich das als eine Gleichung herausgebildet hat? East Side = Lebensart, Psychiatrie = Lebensart, also Psychiatrie = East Side? Ob sich, da West Side und Erfolgreich-Sein nicht gleichzeitig denkbar sind (aus was für Gründen auch immer), die Psychiater in den sechziger, siebziger, vielleicht noch den frühen achtziger Straßen zwischen den Avenues niederlassen und ihre Patienten sie dort auch suchen? In gewissen Kreisen heißt die Gegend jedenfalls schon Psychiater-Viertel.

Die Bauers wohnten in einer Erdgeschoßwohnung in einer der sechziger Straßen, gleich um die Ecke der Fifth Avenue. Das Haus selber gehörte zur Fifth Avenue, aber Dr. Emanuel Bauers Praxis-Adresse hieß 3 East. Das brachte noch einmal eine zusätzliche Note von Eleganz in die Sache, aus reichlich mysteriösen Gründen, so, als sei es schick, gar nicht zu erwähnen, daß man an der Fifth Avenue residierte. Was die Bauers an Miete zahlten, hatte Kate sich nie vorzustellen gewagt. Natürlich, Nicola hatte Geld, und da Emanuels Praxis in der Wohnung lag, war ein Teil der Miete von der Steuer absetzbar. Kate selber wohnte in einer großen Vier-Zimmer-Wohnung mit Blick auf den Hudson River, und zwar nicht, weil sie, wie einige ihrer Freunde sagten, den umgekehrten Snob spielte, sondern weil Altbauwohnungen an der East Side nicht zu bekommen waren, und die neuen – nein, eher hätte Kate ein Zelt aufgeschlagen, als mit einer fensterlosen Küche zu leben, mit so dünnen Wänden, daß man notgedrungen den Fernseher des Nachbarn mithören mußte, mit Musikgedudel im Aufzug und Goldfischen in der Halle. Ihre Decken waren hoch, ihre Wände dick, und die Eleganz blätterte dahin.

Während Kates Taxi sich durch den Verkehr zu den Bauers fädelte, dachte sie an deren Wohnung, nicht an ihre Miete, sondern daran, was an ihrer Anlage sie einem Mörder geeignet erscheinen lassen mochte. Tatsächlich lud sie, wenn man es sich überlegte, zum Eindringen jeder Art ein. Der Eingang von der Straße führte in einen kurzen Flur mit der Wohnung der Bauers auf der einen und der Praxis eines Arztes (keines, der in der Psychiatrie tätig war, soweit Kate sich erinnerte) auf der anderen Seite. Hinter diesen beiden Türen ging der Flur in eine kleine Halle über, mit einer Sitzbank, einem Aufzug und dahinter einer Tür, die in die Garage führte. Während die Haupthalle des Gebäudes von Wach- und Bedienungspersonal geradezu überquoll, verfügte diese kleine nur über einen Fahrstuhlführer, der, wie es sich für diesen Beruf gehörte, ein Gutteil seiner Zeit damit verbrachte, mit dem Aufzug auf- und abzufahren. Wenn er in seinem Aufzug war, war die Halle leer. Weder die Tür zur Wohnung der Bauers noch der Eingang zur Praxis gegenüber waren tagsüber verschlossen. Emanuels Patienten gingen einfach hinein und setzten sich in ein kleines Wartezimmer, bis Emanuel sie hereinbat. Theoretisch konnte so, wenn der Aufzug unterwegs war, jedermann zu jeder Zeit unbeobachtet hereinkommen.

Doch natürlich würden andere Leute dort sein. Ganz abgesehen von dem anderen Doktor, seinen Patientinnen und seinen Helferinnen, die für ein eifriges Kommen und Gehen zu sorgen schienen, waren da Emanuel selber und seine Patienten, wahrscheinlich einer im Beratungszimmer, der andere wartend, und dazu Nicola, das Mädchen, die Bauer-Sprößlinge Simon und Joshua, Freunde von Nicola, Freunde der beiden Jungen und schließlich, auch das wurde Kate klar, alle die, die in den oberen Stockwerken wohnten, den Seiteneingang benutzt hatten und in der kleinen Halle auf den Fahrstuhl warteten. Es erschien Kate immer eindeutiger – und wahrscheinlich war es der Polizei ohnehin schon klar –, daß, wer immer die Tat begangen hatte, sich dort auskannte und auch über die Bauers Bescheid wußte. Das war ein beunruhigender Gedanke, aber Kate wehrte sich zu diesem Zeitpunkt, über die deprimierenden Folgerungen weiter nachzudenken. Vielleicht, dachte Kate, war der Mörder gesehen worden. Aber in Wirklichkeit bezweifelte sie das. Und falls der Mörder (oder die Mörderin) gesehen worden sein sollte, dann hatte er (sie) wahrscheinlich wie ein ganz gewöhnlicher Mieter, Besucher oder Patient gewirkt, und an so jemanden konnte man sich einfach nicht erinnern, er (sie) war so gut wie unsichtbar.

Kate fand Nicola im hinteren Teil der Wohnung auf dem Bett ausgestreckt. Kate war, abgesehen von dem Polizisten in der Halle, unbemerkt hineingekommen, und das war eine Tatsache, die sie noch mehr bedrückte. Ob sie sich aufregte, weil sie so leicht hineingekommen war, oder weil der Polizist gegenwärtig war, hätte sie nicht sagen können. Nicola hielt sich gewöhnlich im hinteren Teil der Wohnung auf. Das Wohnzimmer der Bauers, das von dem Flur aus, durch den die Patienten gingen, zu sehen war, wurde tagsüber oder in den frühen Abendstunden, wenn Emanuel noch Patienten hatte, nicht benutzt. In der Tat wurde großer Wert darauf gelegt – was alle Freunde von Nicola auch wußten –, daß die Patienten niemandem aus Emanuels Haushalt begegneten. Sogar die Jungen waren Experten darin geworden, zwischen ihren Zimmern und der Küche hin und her zu springen, ohne einen Patienten zu treffen.

»Arbeitet Emanuel?« fragte Kate.

»Ja. Sie haben ihn wieder in die Praxis gelassen, aber natürlich wird es in der Zeitung stehen, und ob die Patienten wiederkommen und was sie sich denken werden, wenn sie es tun, mag ich mir gar nicht vorstellen. Ich nehme an, es werden eine ganze Reihe faszinierender Dinge zum Vorschein kommen, falls sie darüber reden, aber für die Übertragung während der Analyse ist es nicht gerade das beste, zumindest nicht für die *positive* bertragung, wenn in der Praxis des Analytikers schon nmal ein Mord stattgefunden hat, mit dem Analytiker elbst als Hauptverdächtigem. Ich meine, Patienten haben durchaus Phantasien darüber, wie sie auf der Analytiker-Couch attackiert werden – ich bin sicher, den meisten geht es so –, aber am besten nicht auf einer Couch, auf der tatsächlich schon jemand erdolcht wurde.«

Nichts, bemerkte Kate dankbar, nichts konnte Nicolas Redefluß stoppen. Außer, wenn sie über ihre Kinder redete (und der einzige Weg, sich davon nicht nerven zu lassen, glaubte Kate, war das Vermeiden solcher Gespräche), war Nicola nie langweilig, teils, weil das, was sie sagte, aus einer Freude am Leben rührte, die mehr war als bloße Egozentrik, teils, weil sie nicht nur redete, sondern auch zuhörte, zuhörte und Anteil nahm. Kate dachte oft, daß Emanuel Nicki vor allem wegen ihrer Art zu reden geheiratet hatte. Ihre Worte überfluteten ihn in Wellen, nahmen alles auf, auch weniger tiefgründige Themen, und gaben ihm Auftrieb trotz der Schwere seiner eigenen Gedanken. Denn das einzige, was Emanuel munter werden ließ, war ein abstrakter Gedanke, und diese Anomalie gefiel seltsamerweise beiden. Wie die meisten Anhänger Freuds – und genaugenommen auch Freud selber – brauchte und suchte Emanuel die Gesellschaft intellektueller Frauen, mied aber jede feste Bindung an sie.

»Und ganz gewiß«, fuhr Nicki fort, »sollten Patienten nicht das geringste über das persönliche Leben ihres Analytikers wissen, und selbst wenn die Polizei ihr Bestes tut – was sie mir versprochen hat –, werden die Zeitungen berichten, daß er eine Frau hat und zwei Kinder, ganz zu schweigen davon, daß er verdächtigt wird, eine Patientin auf der Couch erstochen zu haben, und ich kann mir nicht vorstellen, wie wir das jemals überstehen werden, selbst wenn Emanuel nicht ins Gefängnis kommt, auch wenn die zweifellos einen brillanten Psychoanalytiker im Gefängnis gut gebrauchen könnten, aber wenn Emanuel vorgehabt hätte, die Seele des Kriminellen zu studieren, dann wäre er von Anfang an vor Ort gewesen. Wenn er das getan hätte, wüßte er jetzt vielleicht auch, wer es war. Ich sage ihm ständig, es *muß* einer seiner Patienten gewesen sein, und er sagt dazu die ganze Zeit: ›Laß uns darüber nicht diskutieren, Nicola‹, und ich soll eigentlich mit niemandem darüber reden, außer vielleicht mit Mutter, die alles um sich scharen will, aber sie sieht dabei so furchtbar *tapfer* aus, aber Emanuel hat gesagt, mit dir darf ich reden, weil du den Mund halten kannst und ein gutes Ventil bist. Für mich, meine ich.«

»Ich hole dir einen Sherry«, sagte Kate.

»Also, jetzt fang nicht an, ›vernünftig‹ zu werden, oder ich schreie. Pandora ist vernünftig mit den Jungen, und das bin ich auch, aber ich brauche jetzt jemanden, der sich zu mir setzt und mit mir *jammert*.«

»Ich bin nicht ›vernünftig‹, sondern selbstsüchtig. Ich könnte nämlich selber einen Drink gebrauchen. In der Küche? Gut, bleib hier, ich hole ihn. Du legst dir inzwischen zurecht, wie du mir alles am besten erzählst, und zwar von Anfang an...«

»Ich weiß, von Anfang bis Ende und dann halt! Wir brauchen bestimmt einen Red King, nicht wahr? Das entspricht ziemlich der Lage.«

Während Kate in die Küche ging und mit den Getränken zurückkam, wobei sie erst durch den Türspalt lugte, um sicher zu sein, daß der Weg frei war (es wäre nicht gerade empfehlenswert, einem Patienten zu begegnen, mit einem Glas in jeder Hand), überlegte sie sich, was für Dinge sie Nicki entlocken müßte, wenn sie die ganze Affäre annähernd begreifen wollte. Sie hatte sich bereits entschlossen, Reed im Büro der Staatsanwaltschaft anzurufen und ihn zu erpressen (wenn es nötig sein sollte), damit er ihr erzählte, was die Polizei bereits wußte, aber inzwischen war es das vernünftigste, erst einmal die Fakten zu sammeln. Mit ihrer seltsamen Fähigkeit, sich selbst quasi von außen zu betrachten, bemerkte Kate voller Interesse, daß sie den Mord bereits als Tatsache hingenommen hatte, daß der Schock vorbei war und sie nun das Stadium erreicht hatte, in dem ein geplantes Vorgehen möglich war.

»Also«, sagte Nicki und nippte mechanisch an ihrem Sherry, »es begann wie an jedem anderen Tag.« (Das tun alle Tage, dachte Kate, aber wir bemerken es nicht, wenn sie nicht auch so enden wie jeder andere Tag.) »Emanuel stand mit den Jungen auf. Es ist die einzige Zeit, zu der er sie wirklich sieht, bis auf gelegentliche Augenblicke im Laufe des Tages, und sie haben alle zusammen in der Küche gefrühstückt. Um acht Uhr hatte er nämlich einen Patienten, und um zehn Minuten vor acht schob er die Jungen in ihr Zimmer, wo sie spielten, obwohl ruhiges Spielen für sie nicht mehr das Richtige ist, während ich meinen unterbrochenen Schlaf bis neun Uhr fortsetzte...«

»Du meinst, Emanuel hat um acht Uhr morgens schon einen Patienten?«

»Natürlich, das ist die beliebteste Stunde von allen. Wer zur Arbeit geht, muß entweder vorher kommen, in der Mittagspause oder nach der Arbeit am frühen Abend, und das ist auch der Grund, warum Emanuels Arbeitstag, und wahrscheinlich der aller Psychiater, sich an beiden Enden so hinzieht. Natürlich hat Emanuel im Moment fünf Patienten am Morgen, aber das ist eine sehr schlechte Vereinbarung, und er hat vor – also, er *hatte* vor –, einen Patienten von zehn Uhr morgens auf den Nachmittag zu verlegen, sobald er, der Patient, seinen Zeitplan entsprechend ändern kann. Jetzt ist die Elf-Uhr-Patientin weg, wahrscheinlich werden alle anderen folgen.«

»Die Elf-Uhr-Patientin war Janet Harrison?«

»Kate, glaubst du, daß sie eine Vergangenheit gehabt hat? Sie muß doch eine Vergangenheit gehabt haben, nicht wahr, wenn jemand ihr gefolgt ist und sie in Emanuels Praxis umgebracht hat? Ich sage immer wieder, daß jeder in der Analyse höchstwahrscheinlich seine Vergangenheit erwähnt, und warum, zum Teufel, erzählt Emanuel der Polizei nichts über sie, ja, natürlich, es muß wie das Beichtgeheimnis gewahrt werden, aber jetzt ist das Mädchen schließlich tot und Emanuel in Gefahr...«

»Nicki, Liebes, sie muß keine Vergangenheit gehabt haben. Eine Gegenwart tut es auch, oder sogar eine Zukunft, die jemand verhindern wollte. Ich hoffe nur, daß, wer immer es getan hat, auch tatsächlich *sie* ermorden wollte. Ich meine, wenn die Polizei nun nach einem Lustmörder suchen müßte, den es beim Anblick eines Mädchens auf einer Couch überkommen hat; der zufällig hereinkam und nicht einmal wußte, wer sie war – also, das wäre wirklich eine absurde Vorstellung. Zurück zu ge-

stern morgen. Emanuel hatte Patienten um acht, n
zehn, elf und zwölf?«
»Er *erwartete* diese Patienten. Wie sich herausstell
hatten die Patienten für elf und zwölf Uhr abgesagt, od
Emanuel *glaubte*, sie hätten abgesagt, dabei sind sie na
türlich gekommen, und darum habe ich ja auch zufällig
die Leiche gefunden, weil der Zwölf-Uhr-Patient...«
»Nicki, bitte der Reihe nach. Wichtig ist, daß du nichts
ausläßt, egal wie normal und unwichtig es erscheint. Wie
viele Patienten hat Emanuel übrigens insgesamt? Ich meine, wie viele *hatte* er bis gestern morgen?«
»Ich weiß es nicht genau. Emanuel spricht nie über seine Arbeit. Ich weiß, daß er nie mehr als acht pro Tag hat, aber natürlich können sich nicht alle leisten, täglich zu kommen, also hat er im ganzen wahrscheinlich zehn oder zwölf. Ich weiß es nicht, du mußt Emanuel danach fragen.«
»In Ordnung, wir sind jetzt bei neun Uhr vormittags am gestrigen Tag, als du aus deinem unterbrochenen Schlaf aufwachtest.«
»Neun Uhr fünfzehn, genaugenommen. Dann stürzen die Kinder und ich in die Küche, wo ich mein erstes Frühstück einnehme und die beiden ihr zweites. Da trödeln wir dann ziemlich vor uns hin, und ich mache gewöhnlich meine Einkaufs- und Besorgungslisten, rufe den Metzger an und manchmal meine Mutter und so weiter. Du weißt ja, wie so ein Vormittag verläuft.«
»Wann kommt Pandora?«
»Ach ja, Pandora ist dann schon da. Tut mir leid, ich vergesse immer etwas. Pandora kommt um neun. Normalerweise ist sie in der Küche, wenn ich mit den Jungen hereinkomme. Wenn die mir dann das meiste von meinem Frühstück wegprobiert haben, sie das Geschirr abgeräumt hat und so weiter, zieht Pandora die beiden an, und sie gehen nach draußen, es sei denn, es regnet. Es gibt da so eine Gruppe, mit der sich Pandora im Park trifft. Ich habe keine Ahnung, was das für Kinder sind, wie alt, welches Geschlecht und welche Nationalität, aber den Jungen scheint es zu gefallen, und Pandora ist natürlich ein guter Geist, den man unter Denkmalschutz stellen müßte, vor allem jetzt hat sie sich ja...«

»Es ist jetzt ungefähr zehn Uhr morgens, und die Kinder haben gerade mit Pandora das Haus verlassen.«
»Kurz nach zehn, genaugenommen. Das ist jedenfalls die Regel. Dann fange ich an, mich anzuziehen und so weiter, weil ich spätestens um zwanzig vor elf aus dem Haus muß, um pünktlich zu meiner Analyse zu kommen, aber meistens gehe ich ein bißchen früher, um noch ein oder zwei Besorgungen auf dem Weg zu machen.« Auch Nicki machte eine Analyse, aber warum genau, hatte Kate nie feststellen können. Es hatte irgend etwas mit dem Verständnis für ihren Ehemann und mit der Anteilnahme an seinem Beruf zu tun, aber offenbar hatte Nicki auch großes Bedürfnis, eine Reihe bestimmter Probleme aufzuarbeiten; das wichtigste war wohl das, das Nicki als ihre »Angstattacken« bezeichnete. Kate hatte nie genau herausbekommen, was eine Angstattacke war, obwohl sie begriffen hatte, daß es etwas Schreckliches und sein Hauptcharakteristikum die Tatsache war, daß es gerade gar nichts gab, wovor man hätte Angst haben müssen. Soll heißen: nichts Rationales. Zum Beispiel, hatte Nicki erklärt, könnte ein Mensch eine Angstattacke in einem Fahrstuhl bekommen, er würde dann eine furchtbare Angst davor bekommen, daß der Fahrstuhl abstürzen könnte; aber auch wenn man ihm mit absoluter Sicherheit *beweisen* könnte, daß ein Absturz des Fahrstuhls gar nicht möglich wäre, und er selber auch genau wissen mochte, daß er nicht abstürzen *könnte*, würde ihm das alles nicht gegen seine Angstattacke helfen. Kate hatte auch begriffen, daß das Opfer dieser Angstattacke sich nicht schon einmal in einem abstürzenden Fahrstuhl befunden haben oder jemanden kennen mußte, dem das schon einmal passiert war, genausowenig mußte seine Angst überhaupt etwas mit Fahrstühlen zu tun haben. Nickis Angstattacken hatten nichts mit Fahrstühlen zu tun – eigentlich schade, schließlich wohnte sie doch im Parterre –, hingen aber offensichtlich mit öffentlichem Verkehr zusammen. Nicht zum erstenmal ging Kate durch den Kopf, daß sie zwar zutiefst beeindruckt vom Genius Freuds war, das ineffektive Herumtasten, diese Mischung aus Verwirrung und Doktrin, die die klinische Psychoanalyse heute charakterisierte, sie jedoch absolut kalt lie-

ßen. Der Haken dabei war unter anderem, daß Freud, käme er heutzutage wieder auf die Erde zurück, noch immer der beste Psychiater von allen wäre. Einstein begriff, bevor er starb, nicht mehr, mit welchen Problemen sich die Physik beschäftigte, und so, dachte Kate, sollte es auch sein. Die Psychiatrie hatte mit Freud begonnen und schien weitgehend damit auch schon an ihrem Ende angekommen zu sein; aber vielleicht war es noch zu früh für solche Urteile.

»Ich bin gestern genau um halb elf aus dem Haus gegangen«, sagte Nicki.

»Währenddessen hatte Emanuel Patienten in seiner Praxis.«

»Ja. Zwischen dem Neun- und dem Zehn-Uhr-Patienten kam er nach hinten in die Wohnung, um mir guten Morgen zu wünschen und auf die Toilette zu gehen. Da war noch alles in Ordnung. Dann habe ich ihn nicht mehr gesehen bis...«

»Einen Augenblick, Nicki. Laß uns das ganz gründlich klären. Um halb elf war Emanuel mit einem Patienten in seiner Praxis (das war, nebenbei bemerkt, derjenige, den er auf den Nachmittag verlegen wollte – ob das hier eine Bedeutung hat? Ich frage mich, ob er das Mädchen kannte), Pandora war mit den Kindern ausgegangen, und du warst unterwegs zu deinem Termin um elf und einigen Besorgungen. Als du die Wohnung verließest, war also außer Emanuel und seinem Patienten niemand in der Wohnung, und die beiden waren in der Praxis?«

»Ja. Es klingt ein bißchen dramatisch, sicher, aber das ist haargenau die Wahrheit. Die Polizei schien sich für all das auch sehr zu interessieren.«

»Jeder, der den Haushalt beobachtet hätte, konnte also wissen, daß es so ablaufen würde, und zwar unvermeidlich, es sei denn, jemand wäre krank oder es regnete?«

»Ja. Aber wer hätte ein Interesse daran, unsere Wohnung zu beobachten? Siehst du, Kate, das ist der springende Punkt.«

»Nicki, bitte. Laß uns noch einen Augenblick bei dem zeitlichen Ablauf bleiben. Um elf mußte dann das Mädchen, Janet Harrison, kommen, und der Patient vor ihr wäre schon weg. Du wärest bei deinem Analytiker, die

Kinder und Pandora im Park, und für eine Stunde würde sich da auch nichts mehr ändern?«

»Für fünfzig Minuten jedenfalls. Du weißt, die Behandlungsstunde dauert fünfzig Minuten. Die Patienten gehen zehn Minuten vor der vollen Stunde, und die nächste Sitzung beginnt dann pünktlich. Aber du siehst das Problem, das die Polizei hat. Ich meine, man kann sich in ihre Sichtweise hineindenken, auch wenn man weiß, daß jemand wie Emanuel nicht hingeht und seine Patientin in seiner eigenen Praxis auf seiner eigenen Couch niedersticht. Die ganze Idee ist einfach verrückt. Er war da, oder zumindest glauben sie, daß er da war, obwohl er natürlich nicht da war, sie *glauben* also, er war da, in seiner schalldichten Praxis, zusammen mit einem Mädchen, sonst niemand in der Nähe, und er behauptet, jemand anders sei hereingekommen, habe sie auf der Couch erstochen, und er sei gar nicht dagewesen. Aus ihrer Sicht, nehme ich an, klingt das reichlich faul, gelinde ausgedrückt. Natürlich, Emanuel hat ihnen eindeutig erklärt, daß ...«

»Warum ist der Raum übrigens schalldicht?«

»Wegen der inneren Ruhe, die ein Patient braucht. Wenn ein Patient draußen im Wartezimmer sitzt und irgendeinen Ton aus dem Behandlungszimmer hört, dann würde er doch den Schluß ziehen, daß man auch ihn hören könnte, und das hätte schlimme Auswirkungen, würde ihn blockieren. Also entschied Emanuel sich für Schallschutz – ich glaube, das tun die meisten Psychiater –, und dann hat er sich im Wartezimmer auf jeden nur möglichen Stuhl gesetzt, während ich drinnen auf der Couch lag und schrie ICH LIEBE MEINE MUTTER UND HASSE MEINEN VATER, immer wieder, obwohl die Patienten natürlich nicht schreien und so etwas auch nie sagen würden, aber wir mußten sichergehen, und Emanuel hat wirklich nichts gehört.«

»Laß uns mal einen Zeitsprung machen, Nicki. Wir steigen wieder ein um zwölf Uhr, als du die Leiche fandest. Wieso du? Gehst du gewöhnlich in Emanuels Praxis?«

»Während des Tages eigentlich nie. Am Abend gehe ich hinein, staube ab und leere die Aschenbecher, weil Pandora dazu eigentlich keine Zeit hat, und im Sommer sitzen wir manchmal am Abend dort, bevor wir ausgehen, weil es der einzige Raum mit Klimaanlage im Haus ist. Aber tagsüber geht niemand auch nur in die Nähe. Wir bemühen uns sogar, nicht allzu oft hin und her zu laufen, wenn ein Patient im Wartezimmer sitzt, obwohl Emanuel sie daran gewöhnt hat, die Tür zum Flur hinter sich zu schließen, so daß sie uns im Grunde nie sehen könnten, außer, wenn sie gerade kommen oder gehen. Ich weiß, viele Psychiater mißbilligen es, wenn ein Analytiker seine Praxis im eigenen Haus hat, aber sie machen sich nicht klar, wie wenig die Patienten von dem bemerken, was um sie vor sich geht. Obwohl Emanuels Patienten wahrscheinlich annehmen, daß er verheiratet ist, hat mich erst einer in all den Jahren gesehen, und der hat mich wohl für eine andere Patientin gehalten. Von den Kindern hat, glaube ich, überhaupt noch niemand etwas bemerkt. Die Praxis ist für sie absolut verboten, und auch ich gehe nicht öfter hinein, als ich es tun würde, wenn Emanuel seine Praxis woanders hätte, wahrscheinlich sogar seltener.«

»Angenommen, du mußt tagsüber etwas mit ihm besprechen?«

»Wenn es nichts Wichtiges ist, warte ich, bis er nach hinten in die Wohnung kommt, was er häufig zwischen zwei Patienten tut. Ist es eilig, telefoniere ich mit ihm. Er hat in der Praxis natürlich ein eigenes Telefon.«

»Aber gestern bist du um zwölf Uhr in seine Praxis gegangen.«

»Nein, nicht um zwölf. Ich bin gewöhnlich vor halb eins gar nicht zu Hause, obwohl es gestern ein bißchen früher war. Manchmal treffe ich mich auch mit jemandem zum Lunch oder fahre in die Stadt, und dann komme ich erst am frühen Nachmittag zurück. Aber gestern – Gott sei Dank, nehme ich an, Gott sei Dank – bin ich früher nach Hause gekommen. Als ich ins Haus kam, hat der Zwölf-Uhr-Patient...«

»Kanntest du ihn?«

»Nein, natürlich nicht. Ich hatte ihn nie zuvor gesehen. Ich meine, ich habe erst nachher erfahren, daß er der Zwölf-Uhr-Patient war, und der steckte also seinen Kopf zum Flur herein und fragte mich, ob der Doktor heute keine Patienten empfange. Es war fünfundzwanzig Minuten vor eins, und der Therapeut hatte ihn nicht hereingeholt. Weißt du, Kate, das war schon sehr eigentümlich. Emanuel hat noch nie in seinem Leben einen Patienten versetzt. Ich wußte, daß er um elf Uhr eine Patientin hatte (Janet Harrison), und er geht niemals in den zehn Minuten bis zum nächsten Patienten aus dem Haus. Ich habe mich natürlich gefragt, was mit ihm passiert sein könnte. Saß er womöglich in seinem Sprechzimmer und fühlte sich, aus welchem Grund auch immer, nicht fähig, einen Patienten zu empfangen? Ich rief von der Küche aus in der Praxis an, und nach dreimaligem Läuten meldete sich der Auftragsdienst, also wußte ich nun, er war nicht da oder antwortete nicht, und da fing ich an, mir Sorgen zu machen. Inzwischen hatte ich den Patienten wieder ins Wartezimmer zurückkomplimentiert. Natürlich ging mir alles mögliche durch den Kopf, von Emanuel mit Herzattacke im Behandlungsraum bis zu der Befürchtung, er hätte seine Elf-Uhr-Patientin noch nicht loswerden können – man hat die seltsamsten Phantasievorstellungen bei solchen Gelegenheiten –, Pandora war mit den Jungen in der Küche zum Lunch, und ich ging und klopfte an die Tür des Behandlungsraumes. Ich wußte, der Patient im Wartezimmer verfolgte, was ich jetzt unternahm, obwohl er mich nicht sehen konnte, aber ich mußte irgendwas tun, und natürlich reagierte niemand auf mein Klopfen, also öffnete ich die Tür und steckte meinen Kopf hinein. Da lag sie, auf der Couch, die nicht weit von der Tür entfernt ist, ich konnte sie gar nicht übersehen. Mein erster Gedanke war: Sie ist eingeschlafen, aber dann sah ich das Messer aus ihrer Brust ragen. Und Emanuel nirgends zu sehen. Ich hatte die Geistesgegenwart, die Tür wieder zuzumachen und dem Patienten zu sagen, daß er lieber gehen solle. Er war neugierig und zögerte offensichtlich, einen Ort zu verlassen, an dem er ein Drama vermutete, aber ich habe ihn hinausbegleitet. Ich war absolut ruhig, wie man das oft nach einem Schock ist.«

»Und dann hast du die Polizei angerufen?«

»Nein. Ich habe überhaupt nicht an die Polizei gedacht, jedenfalls nicht in dem Augenblick.«

»Aber was *hast* du dann getan?«
»Ich bin hinübergerannt zu dem Arzt gegenüber. Er war sehr nett und kam sofort mit mir, obwohl er die Praxis voller Patienten hatte. Er heißt Barrister, Michael Barrister. Er sagte mir, daß sie tot sei.«

3

»Das Essen wird wohl gleich serviert«, sagte Emanuel, als er ins Schlafzimmer trat. »Hallo, Kate. Pandora hat auch für dich gedeckt. Wie diese Frau einfach so weitermacht, ist mir ein Rätsel, aber sie hat ja noch nie etwas für die Polizei übrig gehabt.«
»Du hältst dich auch ganz gut«, sagte Kate.
»Heute war es ja im Grunde noch so wie sonst. Die Patienten wußten noch nichts, bis auf den letzten um sechs Uhr. Der hatte eine Abendzeitung bei sich.«
»Wird es schon in der Zeitung erwähnt?« fragte Nicola.
»Erwähnt? Ich fürchte, im Augenblick sind wir der *Aufmacher*. Psychiatrie, Couch, Patientin, männlicher Doktor, Messer – man kann es ihnen kaum verübeln. Laß uns den Jungen gute Nacht sagen und dann zu Abend essen.«
Doch es dauerte bis nach dem Dinner – sie waren inzwischen im Wohnzimmer –, ehe wieder von dem Mord die Rede war. Kate hatte halbwegs erwartet, daß Emanuel gleich verschwinden würde, aber anscheinend wollte er darüber reden. Normalerweise trieb ihn ein inneres Bedürfnis, »etwas zu tun«, »die Zeit zu nutzen«, von gesellschaftlichen Anlässen fort, und wenn er blieb, stand er unter dem Druck einer sich steigernden inneren Spannung. Aber heute abend, da von draußen ein wirkliches Problem drohte, schien Emanuel sich fast dankbar und ganz entspannt in die Betrachtung einer Sache zu vertiefen, die sich außerhalb seiner Kontrolle befand. Daß der Mord etwas war, was von außen zu ihm eingedrungen war, verschaffte ihm so etwas wie Erleichterung. Kate bemerkte das und wußte, die Polizei würde seine Ruhe als ein Symptom mißdeuten, als ein Zeichen von Schuld,

obwohl es – wenn sie es nur wüßten – gerade Ausdruck seiner Unschuld war. Hätte er das Mädchen ermordet, dann wäre das Ganze natürlich kein Problem, das quasi draußen, vor der Tür, bliebe. Aber welchen Polizisten auf der Welt könnte man von alledem überzeugen? Stern? Kate zwang sich, ihre Gedanken wieder auf die Fakten zu konzentrieren.

»Emanuel«, fragte sie, »wo bist du zwischen zehn vor elf und halb eins gewesen? Erzähle mir jetzt nicht, du hättest einen Schlag auf den Kopf bekommen und seist umhergeirrt, ohne zu wissen, wer du bist.«

Emanuel sah sie an, dann Nicola und sagte schließlich zu Kate: »Wieviel hat sie dir erzählt?«

»Nur, wie der normale Tag verlief, und natürlich ein, zwei Worte darüber, wie sie die Leiche gefunden hat. Die magische Stunde selber haben wir für den Augenblick mal übersprungen.«

»Magisch ist das richtige Wort«, sagte Emanuel. »Das Ganze ist derart schlau eingefädelt, daß ich der Polizei wirklich keinen Vorwurf machen kann, wenn sie mich verdächtigt. Fast verdächtige ich mich selbst. Wenn du zu dem durchaus berechtigten Verdacht der Polizei den geheimnisumwobenen und noch immer, wie ich fürchte, nicht wirklich als amerikanisch akzeptierten Beruf des Psychiaters dazurechnest, ist es kein Wunder, wenn sie annehmen, daß ich durchgedreht sei und das Mädchen auf meiner Couch erdolcht hätte. Ich glaube, sie haben da keinerlei Zweifel.«

»Warum hat man dich nicht festgenommen?«

»Das habe ich mich auch gefragt und bin zu dem Schluß gekommen, daß es einfach noch nicht genug Beweise gegen mich gibt. Ich weiß nicht genau, was für eine Verhaftung alles erforderlich ist, aber ich denke mir, die Staatsanwaltschaft muß erst einmal überzeugt werden, daß die Beweise für eine Verurteilung ausreichen, bevor sie einer Verhaftung und einem Verfahren zustimmt. Ein wirklich kluger Anwalt (und sie nehmen an, daß ich mir den ohne Probleme leisten kann) würde das, was sie bisher gegen mich haben, praktisch in der Luft zerreißen. Für mich entstehen daraus folgende Probleme: Welche Auswirkungen wird die Sache für mich beruflich haben –

ich ziehe vor, das vorerst zu ignorieren. Und: Solange sie glauben, daß ich es war, werden sie wenig tun, um den wahren Täter zu finden. In dem Fall ist dann so oder so das Urteil über mich schon gesprochen.«

Eine große Welle der Bewunderung und Zuneigung erfaßte Kate für diesen zutiefst intelligenten und ehrlichen Mann. Niemand wußte besser als sie (oder vielleicht auch Nicola?), wie sehr es ihm an dem mangelte, was die kleinen alltäglichen Anforderungen an eine persönliche Beziehung anging, aber tief in seinem Innern spürte sie eine jeder Krise standhaltende Wahrhaftigkeit, eine Integrität, die nichts und niemand würde zerbrechen können. Sie war alt genug, um zu wissen: Wenn man jemandem begegnet, der über Intelligenz und Integrität gleichermaßen verfügte, dann hat man das große Los gezogen.

»Mich wundert, daß sie dich weiter deine Patienten empfangen lassen, sogar heute«, sagte Nicola mit sarkastischem Unterton. »Es könnte dich doch wieder überkommen, da wir das offensichtlich als Symptom deines Berufes ansehen sollen, und du könntest ein weiteres Opfer erdolchen. Würden sie dann nicht schön dumm dastehen?«

»Im Gegenteil«, sagte Kate unbeschwert. »Dann hätten sie den Fall doch im Kasten. Ich könnte mir vorstellen, daß sie sogar darauf hoffen und damit der letzte Zweifel weggewischt wäre, denn auch sie haben, auf ihre bläßliche methodische Art, wohl tief in sich die Vermutung, daß Emanuel es vielleicht nicht gewesen sein könnte.«

Emanuels Blick traf den ihren, dann schlug sie die Augen nieder, aber er hatte das Vertrauen in ihnen gesehen, und das hatte ihn gestärkt.

»Die Ironie der Geschichte, die selbst einen Shakespeare zum Heulen brächte«, sagte Emanuel, »ist, daß das Mädchen vor kurzem sehr wütend wurde, es fand also eine Übertragung statt. Als sie die heutige Stunde absagte, nahm ich an, daß es deswegen sei, und war nicht weiter überrascht. Wie schlau wir uns manchmal vorkommen!«

»Hat sie dich angerufen, um den Termin abzusagen?«

»Ich habe nicht mit ihr selbst gesprochen, aber das ist bei normalem Verlauf der Dinge auch nicht verwunderlich. Jedenfalls erfuhr ich um fünf vor elf, daß beide, sie und der Zwölf-Uhr-Patient – der dann später doch auftauchte und Nicki in die Situation brachte, die Leiche zu finden –, ihre Termine abgesagt hatten.«

»Ist das nicht etwas ungewöhnlich?«

»Eigentlich nicht. Normalerweise passiert es zwar selten, daß gleich zwei Patienten hintereinander absagen, aber es kann vorkommen. Manchmal treffen Patienten auf solch eine Masse schwieriger Probleme, daß sie ihnen für eine Weile ausweichen. Das kommt im Verlauf jeder Analyse vor. Oder sie reden sich ein, daß sie sich zu müde fühlen, daß sie zu beschäftigt sind oder zu aufgeregt. Freud hat das schon sehr früh erkannt. Das ist einer der Gründe, warum wir unseren Patienten die verabredeten Stunden berechnen, auch wenn sie scheinbar – oder wirklich – eine ganz und gar einleuchtende Entschuldigung haben. Leute, die von der Psychiatrie nichts wissen, sind immer ganz schockiert und glauben, wir wollten nur Geld scheffeln, aber dieser ganze Mechanismus des Bezahlens und sogar der finanziellen Opfer, die für eine Analyse zu bringen sind, bilden einen wichtigen Teil der Therapie.«

»Wie hast du denn um fünf vor elf erfahren, daß beide abgesagt hatten?«

»Ich habe das Fernsprechamt angerufen, und sie haben es mir gesagt.«

»Das Fernsprechamt macht für dich den Auftragsdienst? Rufst du jede Stunde dort an?«

»Nein, nur wenn ich weiß, daß ein Anruf eingegangen ist.«

»Du meinst, während du mit einem Patienten sprachst, hat das Telefon geläutet, und du bist nicht drangegangen?«

»Das Telefon läutet nicht; es hat ein gelbes Lämpchen, das statt dessen aufleuchtet. Der Patient kann das von der Couch aus nicht sehen. Wenn ich nach dreimal Läuten bzw. Aufleuchten nicht abhebe, meldet sich der Auftragsdienst. Natürlich unterbreche ich nie einen Patienten, um ans Telefon zu gehen.«

»Konntest du erfahren, wer mit dem Auftragsdienst gesprochen und die Termine abgesagt hat? Waren es ein

Mann und eine Frau, oder war es einer für beide oder was?«

»Ich habe natürlich als erstes daran gedacht, aber als ich mit dem Auftragsdienst sprach, hatte jemand anders Dienst, und sie zeichnen die Anrufe nicht auf, sondern notieren nur die Nachricht und die Zeit. Zweifellos wird die Polizei dem noch genauer nachgehen.«

Nicola, die während dieses Wortwechsels schweigend dagesessen hatte, drehte sich mit einem Ruck zu Kate und sah sie an. »Bevor du deine nächste Frage stellst, möchte ich dich etwas fragen. Das ist es nämlich, woran sich die Polizei festbeißt; ich weiß es, aber vielleicht hat Emanuel ja mit genügend Leuten darüber gesprochen, daß sie herausfinden, es ist wahrscheinlich die Wahrheit, und zudem kennen wir andere Psychiater, die genau das gleiche machen, weil sie sich so eingeschlossen fühlen.«

»Nicki, Liebes«, sagte Kate, »mal abgesehen davon, daß du in unvollständigen Sätzen redest, habe ich nicht die leiseste Ahnung, wovon du sprichst.«

»Natürlich nicht, ich habe dir ja auch meine Frage noch gar nicht gestellt: Wenn ein Patient von Emanuel abgesagt hat, was, meinst du, macht Emanuel dann in dieser Stunde?«

»Er geht hinaus. Egal wohin, nur hinaus.«

»Siehst du«, sagte Nicola. »Jeder weiß das. Ich schätze, er würde zu Brentano's gehen und dort in den Taschenbüchern stöbern, und meine Mutter meinte, als ich ihr die Frage stellte, er würde eine Besorgung machen, irgendwo, aber der entscheidende Punkt ist, daß die Polizei nicht versteht, wie ein Psychiater, der den ganzen Tag stillsitzen und zuhören muß, sich erholt, indem er sich bewegt. Sie glauben, wenn er nicht irgendwelche ruchlosen Pläne gehegt hätte, dann wäre er schlicht und einfach in seiner Praxis geblieben, wie jeder andere normale Mensch, und hätte sich um seine Korrespondenz gekümmert. Und um es ganz verwerflich zu machen, sind sie auch noch überzeugt, daß er dann eben eine Freundin angerufen und sich mit ihr zum Lunch verabredet hätte, mit zwei Wodka-Cocktails vorneweg. Es ist zwecklos, ihnen zu erzählen, daß Emanuel nie mittags ißt und ganz sicher niemals mit jemand anderem, und daß er in keinem

Fall darauf eingestellt ist, Leute anzurufen und sich mit ihnen zum Lunch zu verabreden, weil er niemals – es sei denn, durch solch einen Zufall –, und jetzt, da ich darüber nachdenke, war das gar kein Zufall, sondern geplant – über Mittag die Zeit hätte, zum Lunch zu gehen.«

»Was hast du also unternommen, Emanuel?« fragte Kate.

»Ich bin um den See im Park gegangen, immer rundherum, eine Art Trab.«

»Ich weiß. Ich habe dich dort einmal gesehen. Ich bin auch getrabt.« Das war lange her, noch vor Nicolas Zeit, als sie noch jung genug war, für nichts und wieder nichts herumzurennen.

»Es war Frühling. Ich hatte den Frühling im Blut.« Kate fiel der Schriftzug aus Kreide ein. Es kam ihr vor, als hätte sie ihn in einem anderen Leben gesehen. Plötzlich fühlte sie sich hundemüde, als fiele sie in sich zusammen wie eine von diesen Comic-Figuren aus ihrer Kindheit, die auf einmal bemerkten, daß sie auf gar nichts saßen und dann zu Boden plumpsten. Vom ersten Schock, den die Bemerkung des Kriminalbeamten Stern ausgelöst hatte – *Sie ist ermordet worden* –, bis zu diesem Moment hatte sie sich nicht gestattet, ihre Gedanken um Emanuels Situation kreisen zu lassen. Vor allem hatte sie die Frage noch ausgeklammert, wer für diese Situation verantwortlich sein könnte. Sie dachte noch logisch genug, sogar jetzt in diesem Zustand physischer und psychischer Erschöpfung, um sich nicht die ganze Schuld zu geben. Sie konnte nicht wissen, daß das Mädchen ermordet werden würde, konnte nicht gedacht – nein, nicht einmal sich vorgestellt – haben, daß der Mord in Emanuels Praxis geschehen würde. Wenn ihr solch ein Gedanke durch den Kopf gegangen wäre, hätte Kate ihn, um mit Nicolas Worten zu sprechen, für eine »Halluzination« gehalten.

Auch wenn Kate nicht mehr war als ein Glied in der Kette von Ereignissen, die zu dieser Katastrophe geführt hatten, so hatte sie dennoch eine Verantwortung nicht nur Emanuel und Nicola gegenüber, sondern auch sich selbst und vielleicht auch Janet Harrison gegenüber.

»Erinnert ihr euch an diesen Witz vor ein paar Jahren?« sagte sie zu ihnen. »Über die beiden Psychiater auf der

Treppe, und der eine fällt über den anderen her und macht ihn fertig. Der Unterlegene ist zuerst ziemlich wütend, aber dann zuckt er mit den Schultern und tut den Vorfall ab. ›Im Grunde‹, soll er gesagt haben, ›ist es *sein* Problem.‹ Aber ich kann es nicht so machen wie er. Es ist auch *mein* Problem, selbst wenn ihr nicht meine Freunde wärt.«

An der Art, wie Emanuel und Nicola es vermieden, sich oder sie anzuschauen, merkte sie, daß dieser Punkt zwischen ihnen zumindest erwähnt worden war. »In der Tat«, fuhr sie fort, »bin ich, aus einem bestimmten Blickwinkel gesehen, sagen wir, aus dem der Polizei, selbst ziemlich verdächtig. Der Kriminalbeamte, der bei mir war, hat mich gefragt, wo ich gestern vormittag war. Das konnte reine ›Routine‹ sein, wie sie es nennen; vielleicht aber auch nicht.«

Emanuel und Nicola starrten sie an. »Das ist absoluter Unsinn«, sagte Emanuel.

»Kein größerer Unsinn als der Gedanke, daß du sie in deiner eigenen Praxis ermordet haben solltest, oder vielleicht Nicola. Sieh dir das doch einmal vom Standpunkt des Kriminalbeamten Stern an: Ich weiß mehr oder weniger genau, wie bei euch der Tag abläuft, im Haushalt und in der Praxis. Wie sich herausgestellt hat, wußte ich nicht, wie das mit deinem Telefon geht, den Lichtsignalen statt des Läutens, oder darüber, daß du nicht antwortest, wenn du mit einem Patienten sprichst, aber dafür steht nur meine Aussage. Ich habe das Mädchen zu Emanuel geschickt. Vielleicht war ich ihretwegen eifersüchtig bis zum Wahnsinn, oder ich hatte ihr Geld gestohlen oder eine ihrer literarischen Ideen und packte deshalb die Gelegenheit beim Schopf und brachte sie um.«

»Aber du standest in keinerlei persönlicher Beziehung zu ihr, oder?« fragte Nicola.

»Natürlich nicht. Aber ich nehme an, Emanuel genausowenig. Doch die Polizei muß unterstellen, daß es da eine Verbindung gab, eine verrückte Leidenschaft oder etwas Ähnliches, wenn er sogar so weit ging, sie in seiner eigenen Praxis umzubringen. Ich kann mir nicht vorstellen, daß sie annehmen, er habe plötzlich den Verstand verloren und sie während einer ihrer interessanteren freien Assoziationen erdolcht.«

»Sie war eine Schönheit«, sagte Nicola. Sie ließ den Satz fallen, wie ein Kind einem ein Geschenk ungeschickt in den Schoß fallen läßt. Emanuel und Kate wollten beide zugleich sagen: »Woher weißt du das?« Aber keiner sprach es aus. Konnte Nicki das in dem Augenblick aufgefallen sein, als sie das Mädchen tot fand? Mit einem Schlag erinnerte sich auch Kate an die Schönheit des Mädchens. Es war keine von jener strahlenden Art gewesen, nach der sich die Männer auf der Straße umdrehen und die sie auf Parties umringen. Diese Art von Schönheit war nicht mehr und nicht weniger als das Resultat von Farbe und Make-up auf einem ansprechenden, ebenmäßigen Gesicht. Janet Harrison hatte etwas gehabt, das Kate als »Schönheit durch und durch« bezeichnete. Die fein ausgeprägten Züge, die Flächen ihres Gesichts, die tiefliegenden Augen, die breite klare Stirn – das machte ihre Schönheit aus, die sich auf den zweiten oder dritten Blick plötzlich erschloß, als habe sie sich bis dahin verborgen gehalten. *Mein Gott,* dachte Kate, *mußte das noch dazukommen.* »Worauf ich hinauswollte, ist«, fuhr sie nach kurzer Pause fort, »daß ich eine Verantwortlichkeit für all dies spüre, eine Schuld, wenn ihr so wollt, und es wird mir ganz sicher helfen, wenn ihr mir alles sagt, was ihr wißt, ganz ausführlich. Ich habe jetzt schon ziemlich gut den Tagesablauf vor mir. Um zehn Uhr dreißig hat Nicola die Wohnung verlassen, und Emanuel befand sich mit dem Zehn-Uhr-Patienten in der Praxis, als das Telefonlämpchen einen Anruf signalisierte. Hat es einmal aufgeleuchtet, ich meine, für einen Anruf, oder waren es zwei?«

»Es waren zwei. Wahrscheinlich würde die Person, wenn es dieselbe war – sagen wir: der Mörder – sich die Mühe machen und zweimal anrufen, wenn sie für beide den Termin absagen würde. Es würde gleich Verdacht erregen, wenn einer das für beide Patienten erledigen würde. Die Patienten kennen sich untereinander ja nicht.«

»Weißt du sicher, daß sie das nicht tun?«

»Laß es mich so ausdrücken: Sie könnten sich schon einmal im Wartezimmer begegnet sein, das kommt bisweilen vor. Aber wenn sie sich wirklich gut gekannt hätten, dann hätte ich wohl davon gewußt.«

»So etwas kommt bei der Analyse heraus?«

Emanuel nickte und war offensichtlich nicht bereit, das im einzelnen zu diskutieren. »Aber«, fragte Kate, »wenn der Zwölf-Uhr-Patient, ein Mann, aus irgendeinem Grund ihre Anziehungskraft auf ihn und ihre Verbindung zu ihm geheimhalten wollte, würde er sich dann nicht so verhalten?«

»Das würde ich nicht erwarten.«

»Und«, fügte Kate hinzu, »es würde darauf hindeuten, daß er den Mord an ihr geplant hatte.« Darauf hatte keiner etwas zu erwidern. »Gut, fahren wir fort. Um zehn vor elf hast du den Auftragsdienst angerufen, und da erfuhrst du von den beiden Absagen. Darauf hast du sofort die Praxis verlassen und bist rund um den See getrabt.«

»Du siehst«, unterbrach Nicola sie, »obwohl du glaubst, daß es so war, klingt es doch verrückt, sogar aus deinem Mund.«

Emanuel lächelte sein helles Lächeln. Hinweis darauf, daß er sich in das Unvermeidliche schickte. Kate wurde klar, daß Emanuel mehr als jeder andere, den sie kannte, die Fähigkeit besaß, sich in das Unvermeidliche zu schicken. Es war etwas, zu dem vielleicht die Psychiatrie erzog, ein Beruf, der dem, der ihn länger und gut ausübte, nur noch wenige Überraschungen bot. Konnte der Mord an Janet Harrison als solch eine berufliche Überraschung angesehen werden? Kate schob den Knochen erst einmal beiseite, um später an ihm weiterzunagen.

»Ich bin nicht direkt aus meinem Sessel zum See gesprungen«, sagte Emanuel. »Ich brauche zwar mein Training, aber so dringend ist es nicht. Ich bin also erst nach hinten in die Wohnung gegangen und habe mich umgezogen. Und dann bin ich in einem Aufzug hinausgewandert, den man als Freizeitkleidung bezeichnen könnte.«

»Hat dich jemand hinausgehen sehen? Bist du jemandem begegnet?«

»Niemandem, der das beschwören könnte. Flur und Halle waren leer.«

Nicola setzte sich auf. »Vielleicht hat ihn einer von Dr. Barristers Patientinnen am Fenster vorbeigehen sehen in Richtung Fifth Avenue. Ich bin sicher, wenn wir ihn bitten, dann fragt er sie, bei einer so wichtigen Angelegenheit. Vielleicht hat er dich auch selber von seiner Praxis aus gesehen.«

»Das ist unwahrscheinlich. Aber gleichgültig, ob sie oder er mich gesehen haben – aus Sicht der Polizei hätte ich mich auch wieder zurückschleichen können. Und auf dem Weg rund um den See bin ich niemandem begegnet. Ich bin zwar an einigen Leuten vorbeigekommen, aber an die kann wiederum ich mich nicht erinnern. Wie sollten die dann auch einen Mann identifizieren, der in schmutziger Hose und alter Jacke schnell an ihnen vorbeizog?«

»Diese Sachen hattest du an, als du zurückkamst«, sagte Nicola. »Ganz sicher hättest du so etwas nicht während ihrer Analysestunde getragen. Beweist das nicht, daß du sie nicht ermordet hast?«

»Er könnte sich umgezogen haben, nachdem er sie erstochen hat«, sagte Kate. »Aber einen Moment. Wenn man von dir annimmt, du hättest dein Alibi geplant, falls man ein paar Runden um den See ein Alibi nennen kann, wer soll dann die beiden Anrufe mit den Absagen für die Patienten gemacht haben? Du sagtest, der Auftragsdienst notiere die Zeiten. Wenn du mit einem Patienten beschäftigt warst, und das warst du, kannst du die Anrufe nicht selber gemacht haben. Selbst wenn der Patient das Lämpchen nicht gesehen hat – und der Mörder kann das ja gewußt haben –, weiß der Auftragsdienst, wann die Anrufe angekommen sind.«

»Daran habe ich auch gedacht«, sagte Emanuel. »Ich bin sogar so weit gegangen, es der Polizei gegenüber zu betonen, obwohl das vielleicht nicht gerade klug von mir war. Sie sagten nichts dazu, aber zweifellos wollen sie darauf hinaus, daß ich jemanden dafür bezahlt haben könnte, an meiner Stelle anzurufen, oder daß ich Nicki oder dich dazu benutzt habe.«

»Das ist noch eine schwache Stelle in ihrer Rechnung. Ich persönlich werde das fest in meinem Busen bewahren. Warum nimmst du übrigens an, daß der Mörder genau zu der Zeit angerufen hat und nicht, als du allein in deiner Praxis warst? Dann gäbe es nämlich nur deine Aussage.«

»Vielleicht konnte er zu keinem anderen Zeitpunkt.

Wahrscheinlicher klingt aber: Er wollte sichergehen, daß ich *nicht* ans Telefon gehe und die Nachricht selber entgegennehme. Ich hätte ja erkennen können, daß das gar nicht die Stimme eines meiner Patienten war, oder ich hätte – doch das erscheint mir unwahrscheinlich – die Stimme am Telefon erkennen können.«

»Es gibt noch eine Möglichkeit«, sagte Nicola. »Wenn er früher angerufen hätte, dann hättest sogar du, bei all deinem Drang, draußen herumzurennen, dir möglicherweise noch etwas anderes vorgenommen. Du hättet es zum Beispiel mir gegenüber erwähnen können, und ich hätte gesagt: Wunderbar, dann können wir uns zusammensetzen und unsere Haushaltspläne durchgehen, oder wir können uns lieben – natürlich nur, wenn ich auch *meine* Analysesitzung abgesagt hätte. Ich weiß, das klingt unwahrscheinlich, aber jeder, der uns so gut kennt wie dieser Mörder, konnte möglicherweise auch wissen, daß ich genau der Typ bin, der so etwas macht. Pandora war aus, und da hätte ich doch auf die Idee kommen können, wie nett es zur Abwechslung einmal wäre, am Vormittag miteinander ins Bett zu gehen – also, ich glaube, der Mörder oder die Mörderin wollte verhindern, daß Emanuel über Alternativen nachdachte, und er wollte sichergehen, daß ich aus dem Haus war.«

»Wie dem auch sei«, sagte Kate, »es ist vielleicht eine Schwachstelle, die dem Mörder noch zu schaffen machen könnte. Hoffen wir es. Als du nach Hause kamst, Emanuel, war da der Vorhang sozusagen schon aufgegangen?«

»Besser gesagt, das Chaos war ausgebrochen. Wenn es einen nicht selbst betroffen hätte, hätte man es sogar interessant finden können.«

»Dr. Barrister sagte zu mir, ich sollte besser die Polizei anrufen«, sagte Nicola. »Er schien sogar die Nummer zu wissen, *Spring* sowieso, aber ich war offenbar nicht einmal fähig zu wählen, hob nur den Hörer ab und rief das Amt an, so daß er mir den Hörer abnahm und die Nummer selber wählte. Dann drückte er ihn mir wieder in die Hand. Eine Männerstimme sagte: ›Polizeirevier‹, und ich dachte: Das alles hier ist nichts als Einbildung; ich werde morgen gleich mit Dr. Sanders darüber reden. Was bedeutet das alles? Dann kann es, nehme ich an, keine Minute gedauert haben, bis sie einen dieser Streifenwagen, die dauernd unterwegs sind, angerufen hatten – erinnert ihr euch, als wir Kinder waren, da gingen die Polizisten noch zu Fuß.«

»Als wir Kinder waren«, warf Emanuel ein, »waren die Polizisten gewöhnlich alte Männer. Wie hieß das noch? Sie sind alt genug, dein Vater zu sein, und plötzlich sind sie jung genug, dein Sohn zu sein.«

»Jedenfalls«, fuhr Nicola fort, »warfen diese Streifenpolizisten nur einen Blick auf die Leiche, als wollten sie sichergehen, daß wir sie nicht auf den Arm nehmen, und dann riefen *sie* an, und als nächstes sahen wir, wie der Aufmarsch begann: Männer mit allen möglichen Ausrüstungen, Kriminalbeamte, einen nannten sie Inspektor, Leute, die herumfotografierten, ein ulkiger kleiner Mann, den sie alle mächtig vergnügt mit ›Mister Medicus‹ anredeten. Ich habe sie nicht auseinanderhalten können. Wir haben uns hier ins Wohnzimmer gesetzt. Ich weiß nicht, wann Emanuel heimgekommen ist, aber mir scheint, es war lange, bevor sie sie hinausgetragen haben. Das einzige, was ich wirklich bewußt aufgenommen habe, war, daß eine Ambulanz kam mit ein paar Männern in Weiß, und einer von ihnen sagte zu einem der Polizisten: ›Tot bei Eintreffen, in Ordnung.‹ Ich habe mal einen Film gesehen, der hieß ›Tot bei Eintreffen‹. Bei wessen Eintreffen?«

»Sie schienen sehr interessiert, mich zu sprechen, nachdem ich zurückgekehrt war – das muß ich ja nicht extra betonen«, fuhr Emanuel fort. »Aber ich mußte mich erst einmal ans Telefon setzen und meinen Nachmittagspatienten absagen. Ich konnte sie nicht alle erreichen, und eine Patientin wurde von einem Polizisten wieder weggeschickt, was mir nicht besonders gefiel, aber vielleicht war es besser, als wenn ich in dem ganzen Durcheinander aufgetaucht wäre und sie heimgeschickt hätte. Jedenfalls ist ›Durcheinander‹ das richtige Wort. Wie gründlich die Polizei vorgeht, und wie wenig sie dabei begreift!«

Später am Abend gingen Kate seine Worte wie ein Echo durch den Kopf: *Wie wenig sie begreift!* Kaum hatte Emanuel das gesagt, schon war wieder ein Kriminalbeamter erschienen und hatte noch einmal mit ihnen sprechen wollen. Kate hatte er nach einem langen Blick gehen lassen. Aber die Fakten, dachte Kate, während sie müde ins Bett fiel, die Fakten, wenn es denn welche waren, sahen für Emanuel nicht so aus, daß die Polizisten, die alle einen soliden Untere-Mittelklasse-Hintergrund hatten, sie begreifen würden: daß nämlich ein Psychiater, auch wenn er vielleicht unter größerem Druck stehen mochte als andere Menschen, niemals ein Verbrechen in der eigenen Praxis, sozusagen auf dem Grund und Boden seiner eigenen Profession, begehen würde; daß Emanuel sich niemals mit einer Patientin einlassen würde, so schön sie auch sein mochte; daß Emanuel niemals jemanden ermorden könnte, bestimmt nicht mit einem Messer; daß ein Mann und eine Frau, die sich einmal geliebt hatten, nämlich sie und Emanuel, jetzt Freunde sein konnten. Was würde die Polizei mit so etwas anfangen, eine Polizei, die wahrscheinlich nur Sex auf der einen und Ehe auf der anderen Seite kannte. Und was war mit Nicola? »Sie war sehr schön«, hatte Nicola gesagt. Aber bestimmt war Nicola bei ihrer Analyse gewesen, das perfekte Alibi.

Als die beiden Schlaftabletten, die Kate genommen hatte – und sie hatte keine Schlaftablette mehr genommen seit dieser schrecklichen Geschichte mit dem giftigen Efeu vor sieben Jahren –, zu wirken begannen, konzentrierte sie ihre schwächer werdende Aufmerksamkeit auf den Arzt gegenüber. Offenbar der Mörder. Die Tatsache, und es war eine Tatsache, daß es nicht die geringste Verbindung von ihm zu irgend jemandem in dem Fall gab, schien, je mehr ihr Bewußtsein dahinschwand, immer weniger wichtig.

4

Reed Amhurst war stellvertretender Bezirksstaatsanwalt, doch Kate hatte nie begriffen, welche Aufgaben und Funktionen sich hinter diesem Titel verbargen. Offensichtlich saß er oft in Gerichtsverhandlungen und fand seine Arbeit aufregend und aufreibend. Er und Kate waren einander vor Jahren über den Weg gelaufen, während der kurzen Spanne, in der Kate politische Aktivitäten entwickelt und in einem politischen Zirkel für Reformprogramme mitgearbeitet hatte. Für Reed war Politik ein Dauerthema gewesen, aber nachdem Kate sich nach ihrem ersten und einzigen Vorwahlen-Einsatz erschöpft zurückgezogen hatte, trafen Reed und sie sich weiterhin, eher freundschaftlich. Sie gingen gemeinsam zum Dinner oder von Zeit zu Zeit ins Theater, und es gab vieles, worüber sie gemeinsam lachen konnten. Wenn einer von ihnen einmal für einen gesellschaftlichen Anlaß einen Partner brauchte und deswegen nicht gleich in eine Beziehungsgeschichte stolpern wollte, dann ging Kate eben mit Reed oder umgekehrt. Da beide nicht verheiratet waren, und da keiner von ihnen auch nur einen Moment lang auf die einfach unerhörte Idee kam, sie könnten einander heiraten, wurde ihre lockere Bekanntschaft eine feste Einrichtung in ihren sonst durchaus unterschiedlichen Gesellschaftsaktivitäten.

So hätten sie womöglich in alle Ewigkeit weitergemacht, bis sie am Ende tatterig und gelegentlich gemeinsam in das gesegnete Alter gekommen wären, wenn Reed sich nicht durch eine Serie von impulsiven Handlungen und Fehleinschätzungen einmal tief in die Tinte gesetzt hätte. Die Einzelheiten hatte Kate längst vergessen, und sie war auch der Meinung, daß die Fähigkeit, zu vergessen, zu den wichtigsten Voraussetzungen einer Freundschaft gehörten, aber keiner von beiden konnte vergessen, daß es Kate gewesen war, die ihn aus dem Schlamassel wieder herausgeholt, ihn kurz vor der Katastrophe gerettet hatte. Dadurch stand er nun für immer in ihrer Schuld, und Reed war nett genug, Hilfe anzunehmen, ohne sie dem Helfenden zum Vorwurf zu machen. Einen Gegendienst zu erbitten, war für Kate eine gräßliche Vorstellung, und wenn sie ihn jetzt anrief, dann tat sie das dennoch genau mit dem Hintergedanken, wie sie sich eingestehen mußte. Deshalb brütete sie am nächsten Morgen, trotz ihrer Vorsätze tags zuvor, volle zwei Stunden darüber, ehe sie endlich zum Hörer griff. Auf der anderen Seite, und ebenso unabweisbar war die Notwendigkeit, Emanuel zu helfen. Niemand, davon war Kate überzeugt, konnte Emanuel helfen, solange er nicht ihren Glauben an Emanuels Unschuld verband mit dem Wissen der Polizei. Der einzige mögliche Weg, an diese Informationen heranzukommen, schien über Reed zu führen. Sie verfluchte ihr Gewissen, weil es in solchen Fragen, die vernünftigere Menschen glatt ignorierten, zu empfindlich reagierte, und sie verfluchte Reed, weil er einmal auf ihre Hilfe angewiesen war. Nach zwei Aspirin-Tabletten, acht Tassen Kaffee und ausgedehnten Märschen durch ihr Wohnzimmer, beschloß sie, ihn um Hilfe zu bitten. Wenigstens war es ein Donnerstag, also ein vorlesungsfreier Tag. Sehnsüchtig dachte sie an ihren unschuldigen Dienstagmorgen im Büchermagazin – würde sie jemals zu Thomas Carlyle zurückkehren, den sie mitten in einem seiner früheren Redeschlüsse im Stich gelassen hatte? –, während sie den Telefonhörer abhob.

Sie erwischte Reed gerade auf dem Sprung zu einem dringenden Termin. Natürlich hatte er von der »Leiche auf der Couch« gehört, wie der Fall bei ihnen offenbar hieß (Kate unterdrückte ein Stöhnen). Als er begriff, was sie von ihm wollte – immerhin das komplette Dossier (falls sie diesen Ausdruck gebrauchten) über den Fall –, verfiel er für rund zwanzig Sekunden in tiefes Schweigen; ihr kam es vor wie eine Stunde. »Ein guter Freund von dir?« fragte er.

»Ja«, antwortete Kate, »und in der denkbar scheußlichsten Klemme«, und verwünschte sich dann selbst, weil es so schien, als erinnere sie ihn an seine »Schuld«. Aber zum Teufel, dachte sie, dann erinnere ich ihn eben; es hat keinen Sinn, darum herumzureden.

»Ich tue, was ich kann«, sagte er. (Offensichtlich war er nicht allein.) »Es paßt heute zwar schlecht, aber ich sehe mir die Sache an und rufe dich gegen halb acht bei dir zu Hause an. Reicht das?« Schließlich, dachte Kate, muß er auch noch seinen Lebensunterhalt verdienen. Hast du denn erwartet, er läßt alles stehen und liegen und stürzt her, sobald er den Hörer wieder aufgelegt hat? Wahrscheinlich kostet ihn das Ganze sowieso ziemlich viel Mühe.

»Ich werde auf dich warten, Reed, tausend Dank.« Sie hängte ein. Zum ersten Mal seit Jahren stand Kate da und hatte nichts zu tun, aber es war nicht dieses vergnügliche Nichtstun, bei dem man sich sagt: Ehe ich mir noch so eine Seminararbeit antue und krank werde, schleiche ich mich lieber auf leisen Sohlen davon und ins Kino; das hier war eher die schrecklichere Variante des Nichtstuns, die manche Menschen (Kate hörte es stets mit einem Schaudern) als »Zeittotschlagen« bezeichneten. Sie selbst kannte so etwas nicht, denn ihr Leben war so angefüllt von verschiedenen Aktivitäten, daß freie Zeit ihr als Segen und nicht etwa als Last erschien. Doch jetzt sah sie sich plötzlich vor dem Problem, was um alles in der Welt sie bis halb acht unternehmen sollte. Edel bekämpfte sie den Drang, Emanuel und Nicola anzurufen; am besten wartete sie, bis sie etwas Aufbauendes zu sagen hatte. An Arbeit war nicht zu denken – sie stellte fest, daß sie weder die nächste Vorlesung vorbereiten noch Arbeiten korrigieren konnte. Nach einigem ziellosen Hin- und Hergewandere in ihrer Wohnung – wobei sie völlig unbegründet das Gefühl hatte, sie müsse eine Festung halten und dürfe diese auf gar keinen Fall verlassen – griff sie zu dem Mittel, das ihre Mutter immer gebraucht hatte, wenn sie unter Anspannung stand – damals, als Kate noch ein Kind war: Sie räumte Schränke auf.

Diese Aufgabe, die harte, schmutzige Arbeit und erstaunliche Entdeckungen miteinander verband, gab ihr bis zwei Uhr zu tun. Erschöpft mußte sie den Flurschrank in seinem Staub und mit seinem seltsamen Innenleben stehen lassen und fiel in einen Sessel, Freuds ›Studien über Hysterie‹ auf den Knien, die ein Weihnachtsgeschenk von Nicola gewesen waren. Das war eine Reihe Jahre her. Sie konnte sich nicht darauf konzentrieren, aber ein Satz fiel ihr ins Auge, eine Bemerkung Freuds gegenüber einer Patientin: »Viel ist erreicht, wenn es uns gelingt, Ihre hysterische Not in ein normales Unglücklichsein zu transformieren.« Sie wünschte, sie hätte den Satz für Emanuel parat gehabt, als beide noch frei und ohne bestimmten Zweck über Freud hatten diskutieren können. Kein Wunder, daß sie so eine schwere Aufgabe zu bewältigen hatten, diese modernen Psychoanalytiker: Selten genug begegneten sie einer wirklich hysterischen *Not* und mußten sich statt dessen mit gewöhnlichem *Un-*

glücklichsein befassen, für das es, wie Freud offensichtlich wußte, keine klinische Heilung gibt. Ihr wurde klar, daß es jetzt ihr Ziel war, Emanuel aus der Katastrophe, die sich da anzukündigen schien, dem normalen Unglücklichsein zurückzugewinnen. Ein beunruhigender Gedanke, der sie in müßige Tagträume verfallen ließ.

Wie der Rest des Nachmittags verging, konnte sie später nicht mehr sagen. Sie brachte die Wohnung in Ordnung, ging unter die Dusche – und legte währenddessen mit Schuldgefühlen den Hörer neben das Telefon, so daß ein möglicher Anrufer (Nicola, Reed, die Polizei?) das Besetztzeichen hören und noch einmal wählen würde – bestellte ein paar Dinge zu essen, falls Reed Hunger haben sollte, und dann marschierte sie wieder auf und ab. Ein paar Telefongespräche mit Leuten, die kein Wort über den Mord verloren und damit auch nichts zu tun hatten, waren eine große Hilfe...

Reed kam um fünf nach halb acht. Kate mußte sich zurückhalten, ihn nicht wie den lange vermißten Erben aus Übersee zu begrüßen. Er ließ sich in einen Sessel fallen und akzeptierte dankbar den angebotenen Scotch mit Soda. »Ich nehme an, du glaubst nicht, daß es der Psychiater war?«

»Natürlich war er es nicht«, sagte Kate. »Das ist eine absurde Vorstellung.«

»Die Vorstellung, meine Liebe, daß einer deiner Freunde einen Mord begangen haben könnte, mag absurd sein. Ich bin der erste, der das zugesteht oder deinem Wort in jedem Fall glaubt. Aber für die Polizei, die ja netterweise ganz ohne jedes persönliche Vorurteil an die Sache herangeht, sieht er so schuldig aus, wie nur möglich. Ja, ja, fang noch nicht an, mit mir zu streiten, ich nenne dir erst einmal die Tatsachen, und dann kannst du mir erzählen, was für ein reizender Mensch er ist und wer der wahre Verbrecher ist, so es ihn gibt.«

»Reed! Besteht die Möglichkeit, daß sie es selbst getan haben könnte?«

»Eigentlich nicht, wenn ich auch zugeben will, daß ein guter Verteidiger vor Gericht aus dieser Vorstellung etwas machen könnte, und sei es nur, um die Geschworenen konfus zu machen. Wer sich ein Messer tief ins Innere sticht, der tut das nicht von unten nach oben, und ganz bestimmt tut er es nicht auf dem Rücken liegend; er wirft sich in die Klinge hinein, wie Dido. Und wenn er sich ein Messer in den Leib rennt, dann entblößt er die Stelle seines Körpers – frag mich nicht, warum, so machen sie es eben, jedenfalls steht es so in den schlauen Büchern –, und, ein weniger anfechtbarer Punkt, es bleiben unvermeidlicherweise Fingerabdrücke immer zurück.«

»Vielleicht hatte sie Handschuhe an.«

»Dann muß sie sie ausgezogen haben, nachdem sie tot war.«

»Vielleicht hat jemand anders sie ihr ausgezogen.«

»Meine liebe Kate, ich mache dir besser erst einmal einen Drink. Vielleicht solltest du auch gleich mehrere Beruhigungsmittel nehmen. Es heißt, Alkohol hebe ihre Wirkung wieder auf. Halten wir uns einen Moment lang an die Fakten?« Kate holte sich einen Drink und eine Zigarette, verzichtete aber auf das Beruhigungsmittel und nickte gehorsam. »Gut. Sie wurde ermordet zwischen zehn vor elf, als der Zehn-Uhr-Patient ging, und zwölf Uhr fünfunddreißig, als sie von Mrs. Bauer entdeckt wurde, und dies wiederum beobachteten, mehr oder weniger, Mr. Michael Barrister, Pandora Jackson und Frederick Sparks, der Zwölf-Uhr-Patient. Der Gerichtsmediziner konnte den Todeszeitpunkt noch nicht genauer feststellen – sie schätzen immer in einer Zeitspanne von zwei Stunden –, aber er hat gesagt, wenn auch absolut inoffiziell, und das bedeutet, vor Gericht wird er das nicht bestätigen, daß sie wahrscheinlich schon seit einer Stunde tot war, als sie gefunden wurde. Es gab keine äußeren Blutungen, weil das Heft des Messers ihre Kleidung in die Einstichwunde hineingedrückt und verhindert hatte, daß Blut austrat. Das ist Pech, denn ein blutbefleckter Verbrecher mit blutbespritzten Kleidern ist schließlich leichter zu finden.« Reeds Stimme klang ganz neutral und unbewegt, wie die Stimme eines Stenographen, der aus seinen Notizen vorlas. Kate war ihm dafür dankbar.

»Sie ist mit einem langen, schmalen Tranchiermesser aus der Küche der Bauers umgebracht worden«, fuhr er fort, »es gehört zu einem Satz, der in einem hölzernen Gestell an der Wand hängt. Die Bauers leugnen nicht,

daß ihnen das Messer gehört. Es hätte auch gar keinen Zweck, denn die Fingerabdrücke von ihnen beiden sind darauf.« Kate seufzte unwillkürlich. Reed unterbrach sich und sah sie an. »Wie ich sehe«, sagte er mit gezwungenem Lächeln, »ist deine Fähigkeit, zwischen den verschiedenen Qualitäten von Beweismitteln zu unterscheiden, nicht sehr entwickelt. Das hier ist für sie das Hauptbeweismittel. Nachdem heutzutage aber jedes Kind über Fingerabdrücke Bescheid weiß, ist zu erwarten, daß jeder, wenn er ein Messer als Waffe benutzt, auch soviel Hirn hat, die Abdrücke wegzuwischen. Natürlich könnte ein gewiefter Psychiater schlau genug sein, sich auszurechnen, daß die Polizei genauso denken würde. Unterbrich mich nicht. Dr. Bauer und seine Frau sagen, die Fingerabdrücke seien am Abend zuvor darauf gekommen, als sie einen kleinen Streit darüber gehabt hätten, wie man am besten einen Braten in Alufolie aufschneidet, und beide es versucht hätten. Da sie zu den Leuten gehören, die sich auskennen, tauchen sie ein Messer nicht ins Wasser, sondern wischen die Klinge mit einem feuchten Lappen ab und danach mit einem trockenen. Die Fingerabdrücke sind also, wenn sie überhaupt eine Bedeutung haben, ein Beweis zu ihren Gunsten, da sie zum Teil verwischt sind, so, als hätte jemand das Messer mit Handschuhen angefaßt. Aber das ist eine Annahme ohne Beweiskraft.«
Reed holte tief Luft. »Jetzt kommen wir zum vernichtenderen Teil. Sie wurde im Liegen erstochen, wenn man dem Bericht des Mediziners folgt, und zwar von jemandem, der sich vom Kopfende der Couch her über sie gebeugt und das Messer zwischen ihren Rippen hochgestoßen hat. Das muß also, nebenbei bemerkt, jemand gewesen sein, der recht genau in der Anatomie Bescheid weiß, *id est* ein Arzt. Aber auch damit befinden wir uns wieder auf schwankendem Boden. Dieser von hinten angesetzte und dann nach oben geführte Stich wurde (wenn auch nicht bei liegenden Opfern) im Zweiten Weltkrieg in Frankreich und auch anderswo allen Einheimischen der Resistance beigebracht. Die entscheidende Frage lautet: Wer hat das Mädchen dazu gebracht, sich hinzulegen? Wer kann sich hinter sie gestellt haben? Wer könnte

sie schließlich erstochen haben, ohne zu irgendeinem Zeitpunkt eine Gegenwehr, gleich welcher Art, auszulösen? Du kannst dir vorstellen, daß die Polizei sich sagt: ›Wo sitzt ein Psychoanalytiker? Auf einem Stuhl hinter dem Kopfende des Patienten.‹ Fragt also der Kriminalbeamte: ›Warum sitzt der Psychoanalytiker an dieser Stelle, Dr. Bauer?‹ Darauf Dr. Bauer: ›Damit der Patient den Doktor nicht sieht.‹ Kriminalbeamter: ›Warum soll der Patient den Doktor nicht sehen?‹ Dr. Bauer: ›Das ist eine sehr interessante Frage, auf die mehrere Antworten möglich sind, zum Beispiel, daß das dem Patienten hilft, die Anonymität des Doktors zu wahren, und daß so die Möglichkeiten für eine Übertragung verbessert werden. Aber der wirkliche Grund scheint zu sein, daß Freud diese Position eingeführt hat, weil er nicht ertragen konnte, von seinen Patienten den ganzen Tag lang angesehen zu werden.‹ Kriminalbeamter: ›Liegen alle Ihre Patienten auf der Couch?‹ Dr. Bauer: ›Nur die, die bei mir eine Analyse machen. Patienten, die in Therapie sind, sitzen auf einem Stuhl auf der anderen Seite des Schreibtischs.‹ Kriminalbeamter: ›Sitzen Sie hinter ihnen?‹ Dr. Bauer: ›Nein.‹ Das Schulterzucken des Kriminalbeamten ist hier nicht verzeichnet.«

»Reed, meinst du, daß die Polizei ihren ganzen Verdacht auf die Tatsache stützt, daß niemand anders hätte hinter sie treten können, während sie auf der Couch lag?«

»Nicht ausschließlich, aber es ist auf jeden Fall ein heikler Punkt. Falls Dr. Bauer nicht da war, warum legte sie sich dann überhaupt auf die Couch? Nehmen wir einmal an, sie ging in das Zimmer und legte sich hin, als niemand sonst da war – und Dr. Bauer hat dem Kriminalbeamten versichert, kein Patient würde so etwas von sich aus tun, sie warten vielmehr draußen, bis ihr Analytiker sie hereinruft –, würde sie denn liegen geblieben sein, wenn ein anderer als der Analytiker hereingekommen wäre, sich hinter sie gesetzt und sich dann mit dem Messer über sie gebeugt hätte?«

»Mal angenommen, sie hat das Messer nicht gesehen, als er sich über sie beugte.«

»Selbst dann bleibt die Frage: Warum legte sie sich auf die Couch, wenn der Analytiker nicht da war? Warum legen sich Frauen auf eine Couch? In Ordnung, drauf brauchst du nicht zu antworten.«

»Augenblick mal, Reed. Vielleicht wollte sie ein Nikkerchen machen.«

»Nun mach mal einen Punkt, Kate.«

»Gut, aber nehmen wir einmal an, sie hatte eine Affäre mit einem der Patienten vor oder nach ihr – wir wissen ja so gut wie nichts über die –, und sie oder einer von denen, ja sagen wir, dieser andere Patient sorgte dafür, daß Emanuel aus der Praxis verschwand, damit er und das Mädchen sich auf der Couch lieben konnten. Jedenfalls brauchte der Zehn-Uhr-Patient einfach nur dazubleiben, und der Zwölf-Uhr-Patient *ist* ja ziemlich früh gekommen...«

»Die beiden telefonischen Absagen fanden während der Sitzung mit dem Zehn-Uhr-Patienten statt, er konnte sie also kaum selber gemacht haben.«

»Genau. Er hat jemanden beauftragt, für ihn anzurufen. Das verschaffte ihm ein Alibi, und weil er zu der Zeit selber vor Ort war, konnte er sich davon überzeugen, daß die Anrufe ankamen oder daß wenigstens *ein paar* Anrufe ankamen.«

»Aber warum hat er dann *für* den Zwölf-Uhr-Patienten absagen lassen, diesen selbst aber nicht benachrichtigt, daß die Stunde ausfiele? Sicher, vielleicht kannte er seine Telefonnummer nicht. Aber warum wollte er Dr. Bauer los sein, wenn der Zwölf-Uhr-Patient auf alle Fälle erscheinen wird?«

»Für Verliebte ist auch eine Stunde miteinander wie eine Ewigkeit«, sagte Kate mit Grabesstimme. »Übrigens hatte er ja nicht wirklich vor, sie zu lieben; er wollte sie ermorden.«

»Zugegeben: Du hast auf alles eine Antwort. Darf ich dennoch darauf hinweisen, daß du deine ganze Geschichte auf reichlich tönerne Füße gestellt hast? Es gibt nicht den geringsten Beweis für irgend etwas, was du behauptet hast, obwohl die Polizei, da bin ich sicher, sich ihre Beweise holen wird, egal woher.«

»Wenn ich dessen nur so sicher wäre, wie du es bist. Auch gegen Emanuel gibt es im Grunde nicht den Fetzen eines Beweises.«

»Kate, Liebes, ich bewundere deine Loyalität gegenüber Emanuel, aber benutze bitte deine außerordentliche Fähigkeit, den Tatsachen ins Auge zu sehen: Das Mädchen ist in Emanuels Praxis ermordet worden, mit Emanuels Messer, in einer Lage, die Emanuel jede Möglichkeit eröffnete, das Verbrechen zu begehen. Er kann kein Alibi vorbringen; die Anrufe mit den Absagen der Patienten haben zweifellos stattgefunden, aber er könnte sie, genauso wie jeder andere, gegen Bezahlung bestellt haben. Der Mord geschah, als sonst niemand in der Wohnung war, aber wer, außer Emanuel und seiner Frau, *wußte* denn, daß niemand in der Wohnung sein würde? Bei all deiner entzückend beflügelten Phantasie – wir *wissen* nicht, ob das Mädchen einen einzigen Menschen gekannt hat, der in Verbindung zu Emanuels Praxis zu bringen wäre. Tatsächlich ist besonders seltsam an diesem Fall, wie wenig offenbar über dieses Mädchen herauszukriegen ist.«

»War sie Jungfrau?«

»Keine Ahnung. Jedenfalls hatte sie keine Kinder.«

»Reed! Willst du etwa behaupten, sie können, wenn sie so eine Autopsie machen, nicht feststellen, ob ein Mädchen noch jungfräulich war? Ich dachte, das wäre eines der ersten Dinge, auf die sie achten.«

»Es ist schon erstaunlich, wie lang sich diese Ammenmärchen halten, selbst bei sonst recht intelligenten Menschen. Der Sinn dieser Geschichten ist, nehme ich an, die Mädchen rein und unberührt zu erhalten. Wie kommst du darauf, daß das feststellbar ist? Wenn du an das denkst, was man zu Urgroßmutters Zeiten einfühlsam als ›Jungfernschaft‹ zu umschreiben pflegte, dann muß ich dir leider erklären: Heutzutage ist die Zahl derer, die ihre vom Sport geprägte Mädchenzeit auf die Weise ›intakt‹ überstehen, so winzig, daß die alten Damen von damals nur erröten würden. Davon mal abgesehen, was für Befunde erwartest du? Wenn Spermaspuren gefunden werden, beweißt uns das nur, daß eine Frau sexuelle Beziehungen hatte; weist ihr Körper Quetschungen oder Kratzspuren auf, vermuten wir Vergewaltigung oder versuchte Vergewaltigung. Natürlich wurde in unserem Fall nichts dergleichen gefunden. Aber ob sie nun noch Jungfrau war oder nicht, das erfährst du besser von Leuten, die sie gekannt haben, falls du sie findest.«

»Ich kann mich nicht erinnern, jemals einen Schock wie diesen erlebt zu haben. Die Welt, wie ich sie bisher gekannt habe, geht unter.«

»Dein Freund Emanuel kann dir wahrscheinlich auch sagen, ob sie sexuelle Beziehungen hatte, das heißt, wenn du ihn dazu bringen kannst, dir überhaupt etwas von ihr zu erzählen.«

»Da die Polizei Emanuels Charakter gar nicht zur Kenntnis nimmt und davon überzeugt ist, daß er es getan hat, was war ihrer Meinung nach denn sein Motiv?«

»Am Motiv ist die Polizei gar nicht so interessiert; wenn die Beweise stimmen und die Umstände zueinanderpassen, genügt ihr das schon. Natürlich zollen sie auch dem Motiv ihre pflichtgemäße Aufmerksamkeit, und falls einer von diesen beiden Patienten nun plötzlich eine Million Dollar von Janet Harrison erbt, dann spitzen sie schon die Ohren. Aber ein Arzt, der sich mit einer schönen Patientin eingelassen hat und plötzlich beschließt, sie wieder loszuwerden, das ist ihnen schon Motiv genug.«

»Aber sie haben keinen Beweis dafür, daß er sich mit ihr ›eingelassen‹ hat, und das ist wahrscheinlich auch der Grund, warum sie ihn noch nicht verhaftet haben. Dagegen habe ich jede Menge Beweise, daß er sich mit ihr gar nicht eingelassen haben *kann*, sie nicht ermordet haben *kann*, und ganz sicher nicht auf seiner Couch.«

»In Ordnung, ich werde sie mir alle anhören. Aber erst laß mich dir den Rest erzählen. Der Stoß mit dem Messer, der sie getötet hat, wurde mit ziemlicher Kraft geführt, aber mit nicht mehr, als auch eine energische Frau hätte aufbringen können – zum Beispiel du oder Mrs. Bauer. Laß mich ausreden. Die Leiche ist nach dem Stich nicht mehr bewegt worden, aber das habe ich dir bereits erzählt. Keine Hinweise auf einen Kampf. Keine Fingerabdrücke, außer denen, die man erwarten konnte. Das übrige ist lauter technisches Zeug, darunter Fotos, die einem auf den Magen gehen können. Und so kommen wir nun zu dem einzig interessanten Punkt.«

Er sah sie an. »Der Mörder – wir nehmen an, es war der

Mörder – hat ihre Handtasche durchwühlt, wahrscheinlich nachdem sie tot war. Er hat Gummihandschuhe getragen, die ihre eigene Art von Abdrücken hinterlassen, in unserem Fall auf dem goldfarbenen Schloß ihrer Handtasche. Man nimmt an, daß er, falls er etwas gefunden hat, dies dann herausgenommen hat. Von den Mädchen, die mit ihr zusammen in dem Studentinnenheim lebten, kannte sie keine besonders gut, aber eine sagte auf Fragen der Polizei, sie hätte bemerkt, daß Janet Harrison immer ein Notizbuch in ihrer Handtasche mit sich trug. Doch das Notizbuch wurde nicht gefunden. Auch scheint sie keine Fotos in der Handtasche oder in der Brieftasche gehabt zu haben, obwohl Frauen doch fast immer Fotos von irgendwem mit sich herumtragen. Das sind alles Vermutungen. Aber es *hat* ein Foto gegeben, das der Mörder offenbar übersehen hat. In der Brieftasche hatte sie einen Führerschein, ausgestellt von den New Yorker Behörden, nicht die neue feste Karte, sondern ein alter aus Papier, den man zusammenfaltet, und da drinnen steckte ein kleines Foto von einem jungen Mann. Die Polizei bemüht sich natürlich herauszubekommen, um wen es sich dabei handelt; ich werde mir umgehend einen Abzug besorgen und ihn dir zeigen, vielleicht klingelt es ja bei dir. Das Wichtigste an der Sache ist, daß sie das Bild so sorgfältig versteckt hatte. Warum?«

»Es hört sich so an, als hätte sie gefürchtet, jemand könnte ihre Tasche durchsuchen, und sie wollte verhindern, daß man es fand. Manche Menschen sind halt von Natur aus verschlossen.«

»Offenbar war Miß Harrison von *un*natürlicher Verschlossenheit. Es gibt über sie ein paar Informationen von der Universität, aber die sind reichlich dünn. Niemand scheint sie besonders gut gekannt zu haben. Seltsamerweise ist in ihr Zimmer in dem Wohnheim am Abend vor ihrem Tod eingebrochen worden, aber ob das ein Zufall war oder nicht, das bekommen wir vielleicht nie heraus. Offenbar hatte jemand den Schlüssel, hat alles durchwühlt und ist mit einer 35-Millimeter-Kamera im Wert von ungefähr siebzig Dollar verschwunden. Eine brandneue tragbare Royal-Schreibmaschine, die viel wertvoller ist, hat er dagelassen. Ob die dem Einbrecher zu auffällig war oder ob er es nur auf Fotoapparate abgesehen hatte, läßt sich nicht feststellen. Alle Schubladen und ihr Schreibtisch waren gründlich durchsucht, aber offenbar wurde sonst nichts mitgenommen. Die Sache wurde dem zuständigen Polizeirevier angezeigt, aber obwohl sie ein gewissenhaftes Protokoll aufgenommen haben, sind diese Fälle ziemlich hoffnungslos. Als sie ermordet wurde, hatte man ihr Zimmer schon wieder in Ordnung gebracht, so daß jede mögliche Spur inzwischen beseitigt ist.

Was man über Janet Harrison weiß, ist erstaunlich dünn, aber wir haben ihre Spur noch nicht bis in ihre Heimat zurückverfolgt. Die Polizei von North Dakota – dorther stammt sie erstaunlicherweise – tut, was sie kann, um mehr herauszubekommen. Das einzige, was uns die Universität erzählen kann, ist, daß sie dreißig Jahre alt war...«

»*Tatsächlich?*« sagte Kate. »Danach sah sie nicht aus.«

»Offensichtlich nicht. Sie ist amerikanische Staatsbürgerin und hat ein College in einem Ort namens Collins besucht. Die Universität erklärt, daß die Rubrik ›Bei Notfall bitte benachrichtigen‹ nicht ausgefüllt war, und diese Unterlassung ist im Betrieb der Einschreibung unentdeckt geblieben. Das wäre alles, glaube ich«, schloß Reed, »bis auf eine Kleinigkeit, die ich mir aufbewahrt habe, du kennst ja meine Vorliebe für einen dramatischen Schlußpunkt: Nicola Bauer war an dem Morgen, als der Mord geschah, nicht bei ihrem Analytiker. In letzter Minute hat sie ihn angerufen und abgesagt. Die Polizei hat ihren Analytiker eben erst erreicht. Sie behauptet jetzt, daß sie den Vormittag mit einem Spaziergang im Park verbracht hat, nicht rund um den See, sondern in der Nähe von etwas, das sie das alte Schloß nennt. Gewiß verbringen die Leute bemerkenswert viel Zeit damit, unschuldig umherzuwandern, aber daß *beide* Bauers, jeder für sich, im Central Park unterwegs gewesen sein sollen, während in ihrer Wohnung jemand ermordet wurde, das ist einem Kriminalinspektor nur sehr schwer begreiflich zu machen. Und beim besten Willen, ich kann das auch nicht anders sehen als er.«

Reed stand auf und goß Kate sehr liebevoll einen neuen Drink ein. »Gewöhne dich bitte an den Gedanken, Kate, daß sie es getan haben könnten. Ich sage nicht, daß sie es getan haben. Ich sage nicht, daß ich mich nicht in deine Überzeugung hineinfühlen kann, die dir sagt, sie waren es nicht. Ich helfe, wo immer ich kann. Aber tu mir bitte den Gefallen und laß in deinem Hinterkopf ein wenig Platz für den Gedanken an die Möglichkeit, daß sie schuldig sein könnten. Janet Harrison war ein sehr schönes Mädchen.«

5

Kate und Emanuel waren sich begegnet, als beiden ihr Leben schal erschien und die Welt matt und nutzlos, wenn nicht gar aus den Fugen. Der Zufall wollte es, daß sie sich an diesem identischen Punkt in ihrem Leben trafen, als beide sich für eine berufliche Laufbahn entschieden hatten, sich dessen aber noch nicht bewußt waren. Ihre Begegnung war der romantische Augenblick in ihrer beider Leben (wie man ihn aus dem Kino kennt), und obwohl Kate da, wie Emanuel es später ausdrückte, etwas »projiziert« haben mochte – ihr kam es immer so vor, als sei beiden bewußt gewesen, welch dramatischen Charakter ihre Begegnung hatte: Es war ihnen bestimmt, sich zu begegnen, es war ihnen aber auch bestimmt, niemals zu heiraten, ohne sich jemals ganz zu trennen.

Sie waren buchstäblich zusammengestoßen, und zwar an einer Ausfahrt des Merritt Parkway. Kate – und das ließ sie ihn dann auch gleich wissen – verließ den Parkplatz so, wie sich das gehörte. Emanuel aber kam ihr im Rückwärtsgang entgegen, weil er falsch abgebogen war. Es herrschte Dämmerung, und Kates Konzentration war auf das Problem gerichtet, welche Richtung sie einschlagen sollte; Emanuel, noch wütend über seinen Fehler, war vollkommen abgelenkt. Es wurde ein sehr hübscher Zusammenstoß.

Nach dem Austausch einiger Vorwürfe, die bald in Gelächter übergingen, fuhren sie in Emanuels Wagen zu einem Restaurant und riefen von dort aus eine Werkstatt an, die sich um Kates Wagen kümmern sollte. Sie vergaßen beide, daß sie eigentlich anderswo erwartet wurden, Emanuel, weil, wie Nicola später zu sagen pflegte, Vergessen seine Lieblingsbeschäftigung war, und Kate, weil sie nicht wollte, daß ihre Gastgeber kämen, um sie abzuholen. Sie hatte sich nicht »auf den ersten Blick« in ihn verliebt, sie würde nie in Emanuel »verliebt« sein. Aber sie wollte an diesem Abend mit ihm zusammenbleiben.

Als sie jetzt auf dem Weg zu Emanuels Wohnung war, Reeds Ermahnung vom Abend zuvor noch im Ohr, dachte Kate darüber nach, wie schwierig es werden würde, einem Polizisten diese Art von Beziehung zu erklären. Sie ging vom Riverside Drive zu Fuß zur Fifth Avenue in der Hoffnung, daß der Marsch und die frische Luft für einen klaren Kopf sorgen würden, und ihr ging durch den Kopf, wie gerade dies bestimmten Leuten unerklärlich sein würde. Angenommen, in ihrer Wohnung würde jetzt jemand ermordet – was für ein Alibi wäre die schlichte Erklärung, daß sie sich entschlossen hätte, zu Fuß die halbe Stadt zu durchqueren? Zwar stimmte, daß Emanuel und Nicola, deren Alibis ja genauso aussahen, kein Ziel gehabt hatten, sondern von einem unerklärlichen Wandertrieb erfaßt worden waren; und es stimmte auch, daß man in ihre Wohnung nicht so leicht hineinkam; und gar nicht vorstellbar war, daß es jemanden geben sollte, der dort Opfer eines Mordes werden könnte. Blieb noch die Tatsache, daß sie, wie die Bauers, ein Leben führte, das zu begreifen kein Polizist während seiner Ausbildung gelernt hatte.

Der Rückhalt, den sie und Emanuel aneinander in dem Jahr nach ihrer Begegnung fanden, erwuchs aus einer Beziehung, für die sogar die englische Sprache kein treffendes Wort hat. Es war keine Freundschaft, weil sie ein Mann und eine Frau waren, es war keine Liebesaffäre, weil sie sich eher auf geistiger denn auf leidenschaftlicher Ebene trafen. Ihre Beziehung (ein ungenauer und lebloser Begriff) verhalf beiden zu einer günstigeren Sichtweise, unter der sie ihr Leben betrachteten, und sie hatte ihnen eine Zeitlang das Geschenk gemacht, miteinander lachen und heftige Diskussionen führen zu können, deren Vertrauensgrundlage für immer unerschütterlich bleiben würde. Sie hatten eine Zeitlang auch miteinander geschlafen – sie mußten auf niemand anderen als sich selber Rücksicht nehmen –, aber das war nie der Kernpunkt ihres Verhältnisses. Nach diesem ersten Jahr dachten sie an körperliche Liebe genausowenig wie daran, gemeinsam eine Nerzfarm zu eröffnen, doch wer in der Welt, außer einer Handvoll Leuten, hätte das verstanden?

Als sie in Nicolas Zimmer stand, körperlich erschöpft und innerlich entsprechend weniger unruhig, entdeckte Kate, daß Nicolas Gedanken sich in der gleichen Richtung bewegt hatten. Sie hatte nicht an Emanuel und Kate gedacht, sondern daran, wie wenige Menschen es gab, die Moral nicht mit Konvention gleichsetzten.

»Wir haben den Vormittag und den größten Teil des gestrigen Tages mit der Polizei verbracht«, sagte Nicola. »Wir sind jeder einzeln verhört worden und ein wenig gemeinsam, und obwohl sie nicht wirklich offensiv sind, so wie ein Berlitz-Lehrer auch nicht englisch spricht, wenn er einem Französisch beibringt, lassen sie uns doch in tausenderlei Arten merken, daß wir beide Lügner sind, oder zumindest einer von uns, und wenn wir jetzt zusammenbrächen und alles zugeben würden, dann würden wir unsere Würde bewahren und ihnen unendlich viel Ärger ersparen. Natürlich ist Emanuel trotzig geworden und hat sich geweigert, ihnen irgend etwas über Janet Harrison zu erzählen. Er behauptet, daß er das nicht einmal aus der edlen Gesinnung heraus tut, ihm anvertraute Dinge geheimhalten zu müssen, sondern er sieht einfach nicht ein, wozu das gut wäre, wahrscheinlich würden wir dadurch nur noch tiefer hineingeraten. Weißt du nicht irgendwas niederschmetternd Besonderes über sie, aus deinem College zum Beispiel? Warum bist du übrigens nicht dort? Ist heute nicht Freitag?« Nicolas Fähigkeit, sich die Zeitpläne aller Leute genau zu merken, gehörte zu ihren besonders bemerkenswerten Eigenschaften. (»Ich habe angerufen, weil ich weiß, daß du jetzt gerade vom Ausführen deines Hundes zurückgekommen bist«, sagte sie einmal zu einer erstaunten neuen Bekannten.)

»Ich habe jemanden gefunden, der meine Vorlesungen übernimmt«, sagte Kate. »Ich war heute einfach nicht in der Lage dazu.« Tatsächlich plagten sie deswegen heftige Schuldgefühle, und sie erinnerte sich an den Satz von irgend jemandem, ein Profi sei der, der auch dann seinen Auftritt absolvieren könne, wenn er sich eigentlich nicht in der Lage dazu fühle.

»Das Schreckliche daran ist«, fuhr Nicola fort, »daß keiner von ihnen auch nur eine Ahnung hat, was für Menschen wir sind. Sie glauben alle, wir wären eine besondere Spezies von Verrückten, die sich der Psychiatrie zugewandt hätten, weil wir zu gesunden Zielen nicht fähig sind. Ich meine nicht, daß sie in der Theorie keine Ahnung von Psychiatrie haben – ich nehme an, sie sind an Gutachten von Psychiatern und all diese Dinge gewöhnt –, aber Leute wie wir, die plötzlich Spaziergänge machen, die offen über Eifersucht und Aggression reden und zugleich darauf beharren, daß wir sie, eben weil wir darüber reden, kaum ausagieren werden; also, das einzige an mir, das einem der Kriminalbeamten etwas zu sagen schien, war, daß mein Vater die Yale Law School besucht hat. Sie haben übrigens aus mir herausgeholt, daß ihr, du und Emanuel, einmal ein Verhältnis hattet, und daraus haben sie sicherlich geschlossen, daß wir ein phantastisches Leben à la Noël Coward führen müssen, weil wir jetzt Freunde sind und ich dir Zutritt zu meinem Haus gewähre. Weißt du, Kate, sie haben Verständnis, wenn ein Mensch bei seiner Steuererklärung mogelt oder sich mit Callgirls trifft, während seine Frau glaubt, er ist auf Geschäftsreise, aber ich glaube, wir erschrecken sie, weil wir behaupten, im Grunde ehrlich zu sein, wenn auch nach außen hin ein bißchen schlampig, während sie Verständnis für heimliche Unregelmäßigkeiten haben, Hauptsache, der Schein wird gewahrt. Wahrscheinlich sind sie davon überzeugt, daß etwas Unsittliches daran ist, wenn ein Mann einer Frau zwanzig Dollar dafür abnimmt, daß sie sich bei ihm auf eine Couch legen und reden darf.«

»Ich glaube«, sagte Kate, »die Polizei ähnelt diesen Engländern, wie Mrs. Patrick Campbell sie gesehen hat. Sie sagte, den Engländern ist egal, was die Leute tun, solange sie es nicht auf der Straße tun und damit die Pferde scheu machen. Ich unterstelle gar nicht, daß die Polizei bewußt und aktiv gegen Emanuel oder dich, gegen mich oder gegen die Psychiatrie eingestellt ist. Es sind nur leider die Pferde scheu geworden, und unglücklicherweise weiß die Polizei zu wenig von der Integrität der Psychiater – dort, wo sie integer praktiziert wird, und wir müssen wohl zugeben, daß das nicht immer geschieht –, um sich klar zu sein, daß Emanuel der letzte wäre, der das Mädchen ermordet haben könnte. Übrigens, wo *warst du* denn gestern morgen, und warum, zum Teufel, hast du, als du deinen Tagesablauf geschildert hast, unterschlagen, daß du nicht bei deinem Analytiker warst?«

»Woher weißt du, daß ich nicht bei ihm gewesen bin!«

»Ich habe meine Methoden. Beantworte meine Frage.«

»Ich weiß nicht, warum ich es dir nicht erzählt habe, Kate. Ich hatte es vor, jedesmal, wenn die Sprache darauf kam, aber keiner benimmt sich gern wie ein Feigling, und darüber zu reden, ist noch unangenehmer. Glaube mir oder glaube mir nicht – und die Polizei tut es nicht –, ich bin im Park spazierengegangen, am Schloß und am See, dort, wo die japanischen Kirschbäume stehen. Es war immer schon mein Lieblingsplatz, seit meiner Kindheit, als ich dort den Atem anhielt und ganz blau im Gesicht wurde, wenn meine Kinderschwester versuchte, mit mir irgendwo anders hinzugehen.«

»Aber *warum, warum* nur mußtest du dir gerade diesen Vormittag aussuchen, um deinen Kindheitserinnerungen nachzuhängen, wenn du das doch auch auf Dr. Sanders' Couch hättest tun können und damit gleichzeitig ein hervorragendes Alibi gehabt hättest?«

»Niemand hat mir gesagt, daß Janet Harrison zu der Zeit auf Emanuels Couch ermordet werden würde. Aber wie dem auch sei, ich glaube, es ist sogar besser so; hätte ich ein Alibi, dann wäre Emanuel als einziger und Hauptverdächtiger übrig. So aber ist die Polizei noch nicht weit genug, um ihn verhaften zu können. Jedenfalls haben sie jetzt genausoviel gegen mich in der Hand wie gegen Emanuel.«

»Kommt denn normalerweise die Frau des Psychiaters mir nichts, dir nichts in die Praxis marschiert und setzt sich hinter einen Patienten? Wohl kaum. Ich möchte immer noch wissen, warum du nicht zu deinem Termin mit Dr. Sanders gegangen bist.«

»Kate, du benimmst dich wie die Polizei, forderst ordentliche, vernünftige Antworten auf alles und jedes. Es gibt Leute, die halten jeden Termin mit ihrem Analytiker ein und kommen immer pünktlich – ich bin sicher, die gibt es –, doch mehr Leute neigen, so wie ich, zum Kneifen. Dafür gibt es verschiedene Strategien: Man kommt zu spät, sagt kein Wort, redet über dies und das und umgeht das wirkliche Problem – in diesem Fall kommt man natürlich so lange immer wieder darauf zurück, bis man es endlich anzupacken wagt. Ich bediene mich meistens der Methode des Intellektualisierens, aber an *dem* Tag fühlte ich, daß es Frühling war, und ich konnte nichts dagegen tun. Ich kam bis zur Madison Avenue, und dann beschloß ich umzukehren und ging statt dessen in den Park. Ich hatte keine Ahnung, daß Emanuel zur selben Zeit auch im Park unterwegs war.«

»Hast du Dr. Sanders angerufen und ihm abgesagt?«

»Natürlich. Es wäre höchst unfair, ihn einfach sitzenzulassen, statt ihm eine freie Stunde zu gönnen. Vielleicht läuft ja auch *er* gern um den See. Schade, daß er es nicht getan hat, vielleicht wäre er Emanuel begegnet.«

»Kennt Emanuel ihn?«

»Sicher, sie sind am selben Institut.«

»Nicki, hat dich jemand gesehen, als du das Haus verließest, um eigentlich zu deinem Psychiater zu gehen? Hat dich jemand gesehen, als du von der Madison Avenue aus bei ihm angerufen hast?«

»Niemand hat mich beim Telefonieren beobachtet. Aber Dr. Barrister hat gesehen, wie ich das Haus verließ. Um die Zeit ist er fast immer mit seinen Patienten beschäftigt, aber diesmal stand er aus irgendeinem Grund in der Tür, um eine Patientin hinauszubegleiten oder so etwas. *Er* hat mich weggehen sehen, aber was beweist das schon? Ich hätte ohne weiteres wieder umkehren und das Mädchen erdolchen können.«

»Was für ein Arzt ist er?«

»Frauen. Ich meine, er behandelt Frauen.«

»Gynäkologe? Geburtshelfer?«

»Nein, er scheint nicht sehr viel zu operieren, und bestimmt macht er keine Geburtshilfe. Er kommt mir nicht vor wie einer, der sich aus dem Theater oder aus dem Bett holen läßt, um Babys auf die Welt zu helfen. Emanuel hat sich tatsächlich über ihn erkundigt, auf mein Drängen, und er hat einen hervorragenden Leumund. Emanuel mag ihn nicht.«

»Warum nicht?«

»Nun ja, teils, weil Emanuel die meisten Leute nicht *mag,* vor allem die nicht, die eine glatte Art haben, aber hauptsächlich, nehme ich an, weil er und Barrister sich einmal im Flur begegnet sind und Barrister bei der Gelegenheit die Bemerkung fallen ließ, sie täten beide die gleiche Art von Arbeit, zumindest hätten beide noch keinen Patienten zu Grabe getragen. Das war wohl eine Variante zu dem Medizinerwitz über den Dermatologen, der nie jemanden heilt und nie jemanden umbringt, aber Emanuel ärgerte sich darüber und sagte, Barrister höre sich an wie ein Arzt im Kino.«

»Tja, die Natur imitiert die Kunst; Oscar Wilde hat schon recht.«

»Ich habe Emanuel gesagt, das sei der blanke Neid. Dr. Barrister sieht nämlich sehr gut aus.«

»Von Minute zu Minute kommt er mir verdächtiger vor. Gestern abend habe ich schon fast entschieden, daß er es getan haben muß.«

»Ist mir klar. Ich habe selber wie verrückt nach Verdächtigen gesucht, und eines unserer Probleme ist eben, daß die Gegend nicht gerade von Verdächtigen überquillt. Außer dir, mir und Emanuel, die wir von vornherein unschuldig sind, sozusagen, gibt es nur noch den Fahrstuhlführer, Dr. Barrister, seine Patientinnen und die Sprechstundenhilfe, außerdem die beiden Patienten vor und nach Janet Harrison – oder den Triebmörder. Nicht gerade ermutigend. Für Dr. Barrister ist das eine schreckliche Sache, auch wenn er sich ganz nett uns gegenüber verhält. Die Polizei verhört ihn, und ein Polizist ist draußen vor seiner Praxis postiert – könnte sein, daß seine Patientinnen das nicht mögen –, und dann habe ich ihn ja auch noch hereingeschleppt, damit er sich die Leiche anschaut. Tatsache ist doch, daß er, wenn er vorhat, jemanden zu ermorden, das so weit von seiner Praxis entfernt wie nur möglich erledigen wird.«

»Wir haben noch einen möglichen Verdächtigen ausgelassen: Jemand könnte Janet Harrison in eine Falle gelockt haben. Derjenige sagte die Termine für die anderen Patienten ab, sah, daß alle gegangen waren, bugsierte sie in die Praxis und brachte sie um.«

»Kate, du bist genial! Genau so muß es passiert sein.«

»Zweifellos. Alles, was wir jetzt noch zu tun haben, ist, diesen Mann zu finden – wenn er existiert.«

Trotzdem ging Kate dieser wahrscheinlich gar nicht existierende Mann nicht aus dem Kopf, als sie etwas später Emanuel in seiner Praxis aufsuchte. Sie hatte sich natürlich vorher erkundigt, ob er frei war und angeklopft, bevor sie hineinging und die Tür hinter sich schloß.

»Emanuel, es tut mir so leid, oder habe ich das schon gesagt? Mir kommt das alles vor wie in einem griechischen Drama: als wäre von dem Augenblick an, als wir am Merritt Parkway unseren Zusammenstoß hatten, alles auf diese Krise zugelaufen. Ich glaube, es liegt einiger Trost in dem Gedanken, daß sich das Schicksal, wie bildlich auch immer, um unser Los kümmert.«

»Ziemlich das gleiche ist mir auch durch den Kopf gegangen. Du warst damals nicht sicher, ob du Lehrerin an einem College werden wolltest, und ich hatte ambivalente Gefühle, was die Psychiatrie betraf. Und jetzt stehen wir da, du als die Professorin, die mir, dem Psychiater, eine ihrer Studentinnen als Patientin geschickt hat. Es scheint, als verliefe das nach einem Muster, aber das stimmt natürlich nicht. Wenn wir nur zeigen könnten, daß es kein solches Muster gibt oder daß wir das Muster falsch interpretieren, dann wären wir aus dem Schneider.«

»Emanuel! Ich glaube, du hast gerade etwas sehr Wichtiges und Grundlegendes gesagt.«

»Habe ich das? Mir scheint es überhaupt keinen Sinn zu ergeben.«

»Macht nichts, ich bin sicher, der Grund für die Wichtigkeit wird mir noch klarwerden. Was ich mir jetzt wünsche, ist, daß du dich an deinen Schreibtisch setzt und mir alles erzählst, was du über Janet Harrison weißt. Vielleicht erinnert mich das, was du sagst, an etwas, das ich selber weiß und nur vergessen habe. Von einem bin ich fest überzeugt: Falls wir den Mörder finden sollten, immer angenommen, es handelt sich nicht um den Triebmörder, der zufällig von der Straße hereingekommen ist, dann finden wir ihn durch Informationen über das Mädchen. Wirst du mir helfen?«

Zu Kates großem Erstaunen wies er das Ansinnen nicht glatt zurück; er zuckte nur mit den Schultern und sah weiter aus dem Fenster in den Hof hinaus, wo es sicher nichts zu sehen gab. Kate setzte sich mit einer gewissen einstudierten Unbekümmertheit auf die Couch. Einer der Sessel wäre gewiß bequemer gewesen, aber nicht auf der Couch zu sitzen hätte bedeutet, ihr auszuweichen.

»Was kann ich dir erzählen? Der Tonbandmitschnitt einer Analyse bietet jemandem, der nicht gelernt hat, das Gesagte zu interpretieren, so gut wie nichts. Es steckt nicht voller versteckter Hinweise wie in einer Detektivgeschichte à la Sherlock Holmes, zumindest nicht solcher Hinweise, die für einen Polizisten von irgendeinem Nutzen wären. Sie hat mir ja nicht eines Tages erzählt, daß sie wahrscheinlich ermordet werden würde, und wenn das passiere, der und der wahrscheinlich der Täter war. Glaube mir, wenn sie etwas so Eindeutiges gesagt hätte, dann würde ich nicht zögern, das zu enthüllen, bestimmt nicht aus einem irgendwie mißverstandenen Grundsatz heraus. Der andere wesentliche Aspekt, den man nicht vergessen darf: Für den Analytiker ist es nicht entscheidend, ob etwas tatsächlich passiert ist oder ob das Ereignis bloß in der Phantasie des Patienten stattgefunden hat. Für den Analytiker gibt es da keinen wesentlichen Unterschied, wohl aber für den Polizisten: Für ihn ist es *der* Unterschied per se.«

»Ich würde denken, daß es für den Patienten von größter Bedeutung ist, ob etwas wirklich passiert ist oder nicht. Ich würde denken, das ist der wichtigste Punkt.«

»Genau. Aber das wäre eben der Fehler. Ich kann das nicht einfach erklären, ohne es zu verdrehen, und mache ich es zu einfach, dann wird es falsch. Aber wenn du willst, gebe ich dir, wenn auch zögernd, ein Beispiel. Als Freud mit der Behandlung seiner Patienten begann, entdeckte er erstaunt, wie viele Frauen in Wien als Kinder mit ihren Vätern sexuelle Beziehungen gehabt hatten. Eine Zeitlang schien es so, als seien zumindest eine Handvoll Väter in Wien wahre Sexualmonster gewesen. Dann wurde Freud klar, daß keiner dieser sexuellen Erfahrungen tatsächlich stattgefunden hatte, es waren reine Phantasieprodukte. Aber seine wichtige Entdeckung bestand in der Erkenntnis, daß es für die psychische Entwicklung der Patientin (wenn auch nicht für die sexuelle Moral in Wien) keinerlei Bedeutung hatte, ob diese Dinge nun wirklich passiert waren oder nicht. Die Phantasien waren für sich genommen von enormer Bedeutung. Kate, hast du jemals einem selbstzufriedenen Menschen, der Lloyd Douglas für einen großen Romancier hält, den ›Ulysses‹ zu erklären versucht?«

»In Ordnung, ich weiß, worauf du hinauswillst, ehrlich. Aber laß mich noch etwas den Quälgeist spielen, ja? Ich habe zum Beispiel nie erfahren, warum sie glaubte, sie bräuchte einen Analytiker. Was hat sie gesagt, als sie zum erstenmal bei dir war?«

»Der Anfang ist immer eher Routine. Ich frage natürlich, was für ein Problem sie hat. Ihre Antwort war nicht ungewöhnlich. Sie schlief schlecht, hatte Schwierigkeiten im Studium, war unfähig, länger zu lesen, und sie hatte Schwierigkeiten, wie sie es in bedauerlichem Sozialarbeiter-Jargon ausdrückte, Beziehungen zu anderen Menschen einzugehen. Der Gebrauch dieses Ausdrucks war das Bezeichnendste, was sie an diesem Tag sagte; es zeigte, wie sie das Problem intellektualisiert hatte und in welchem Ausmaße ihre Gefühle unbewußt davon abgezogen waren. Das meiste davon hat auch die Polizei schon herausbekommen, als sie mit mir darüber sprach; das übrige schien ihr für ihre Zwecke überflüssig.

Ich habe sie gebeten, mir von sich zu erzählen; das ist auch Routine. Die Fakten sind gewöhnlich nicht wichtig, aber das, was weggelassen wird, um so mehr. Sie war das einzige Kind von strengen, pflichtbewußten Eltern, beide sind mittlerweile tot. Beide waren bereits ziemlich alt, als sie geboren wurde – wenn du Einzelheiten wissen willst, kann ich nachschauen. Sie erwähnte zu Anfang keinerlei Liebesaffären, auch keine ganz nebensächlichen, wiewohl sich später herausstellte, daß sie eine Affäre erlebt hatte, in die sie tief verstrickt war. Gelegentliche Assoziationen brachten sie auf diese Geschichte und brachen ihren Widerstand auf, aber sie wich jedesmal wieder sofort vor dem Thema zurück. Wir kamen gerade dem wahren Material etwas näher, als es passierte.«

»Emanuel, merkst du nicht, wie wichtig das ist? Übrigens, hatte sie – war sie noch Jungfrau?« Er wandte sich zu ihr um, überrascht von der Frage und der Tatsache, daß Kate sie stellte. Kate zuckte mit den Schultern. »Wahrscheinlich meine wollüstige Phantasie, aber ich habe das komische Gefühl, daß es wichtig sein könnte.«

»Ich weiß es nicht, jedenfalls nicht mit absoluter Sicherheit. Aber wenn du nach meiner professionellen Einschätzung fragst, würde ich sagen, die Liebe wurde auch physisch vollzogen. Aber das ist nur eine Vermutung.«

»Reden Patienten anfangs eher über die Vergangenheit oder über die Gegenwart?«

»Über die Gegenwart. Die Vergangenheit gerät natürlich immer stärker hinein im Laufe der Zeit. Ich hatte so eine Vorahnung – aber hüte dich, deren Bedeutung zu überschätzen –, daß es etwas in der Gegenwart gab, das sie *nicht* erwähnte, irgend etwas, das mit der Liebesgeschichte zusammenhing, wenn auch vielleicht nur im Sinne ein und derselben Schuld. Oh, ich bewundere dich besonders, wenn du dieses Glänzen in den Augen hast – wie ein Falke, bevor er sich hinabstürzt. Glaubst du, sie war die Schlüsselfigur in einem Drogenring?«

»Lachen kannst du später, ich habe noch eine Frage. Du erwähntest gestern abend, sie sei wütend geworden, die Übertragung hätte also begonnen. Wie ist das mit der Übertragung, wenn sie am Ziel ist, wie Molly Bloom sagen würde?«

»Ich verabscheue vereinfachte Erklärungen in der Psychiatrie. Laß es mich so ausdrücken: Die Wut, die sich in einer bestimmten Situation verbarg, wird freigesetzt und auf den Analytiker gerichtet. Er wird zum Objekt dieser Gefühle.«

»Merkst du es nicht, Emanuel? Das paßt. Setze nur zwei Dinge zusammen, die du mir zufällig erzählt hast. Erstens, daß sie wahrscheinlich etwas aus der Gegenwart, etwas, das vielleicht mit ihrer Vergangenheit zusammenhing, vor dir verbarg. Zweitens hatte die Beziehung zu dir emotionalen Charakter angenommen. Schlußfolgerung: Sie könnte dir erzählt oder deinem geschulten, sensiblen Ohr etwas enthüllt haben, das jemand auf jeden Fall geheimhalten wollte. Vielleicht gab es jemanden, mit dem sie über ihre Analyse geredet hat – ganz beiläufig wie *sie* meinte, halt so, wie Leute über ihre Analyse reden – ich weiß das, ich habe sie gehört –, und wer immer dieser Mensch war, *er* wußte, daß sie sterben mußte. Es war nicht weiter schwer, ihren Tagesablauf herauszubekommen, und so kam er, brachte sie um und hinterließ dir ihre Leiche. *Quod erat demonstrandum.*«

»Kate, Kate, eine derart drastisch übertriebene Simplifizierung habe ich noch nie erlebt.«

»Unsinn, Emanuel. Was dir fehlt, was allen Psychiatern fehlt, falls du mir verzeihst, daß ich das sage, ist der feste Zugriff auf das Naheliegende. Gut, ich will dich damit nicht aufhalten. Aber versprich mir wenigstens, daß du mir jede Frage beantwortest, die ich dir stelle, so idiotisch sie dir auch erscheinen mag.«

»Ich verspreche dir, mit dir zu kooperieren bei deinem tapferen Versuch, mich vor einer Katastrophe zu bewahren. Aber du weißt, meine Liebe, um beim Offensichtlichen zu bleiben, die Polizei hat hier einen recht eindeutigen Fall vor sich.«

»Die kennt dich nicht, und das ist der Vorteil, den ich ihr gegenüber habe. Sie wissen nicht, was für ein Mensch du bist.«

»Oder was für ein Mensch Nicola ist?«

»Nein«, sagte Kate, »auch das nicht. Es wird alles gutgehen, du wirst sehen.«

Dennoch fühlte sie sich, als sie entschlußlos draußen im Flur stand, wie ein Ritter, der aufgebrochen war, den Drachen zu töten, aber vergessen hatte zu fragen, in welchem Teil der Welt denn der Drache zu finden sei. Sich zum Handeln zu entschließen, war das eine, aber was sollte sie denn nun unternehmen? Wie es ihre Art war, zog sie Notizbuch und Stift heraus und fing an, eine Liste aufzustellen: Janet Harrisons Zimmer ansehen und mit den Leuten reden, die sie vom Wohnheim her kannten; über Zehn- und Zwölf-Uhr-Patienten erkundigen; herausfinden, wer Mensch auf Foto in

Janet Harrisons Besitz ist (Listen hatten immer eine verheerende Auswirkung auf Kates Syntax).

»Es tut mir leid, wenn ich störe. Ist Mrs. Bauer zu Hause?« Kate, die ihre Handtasche als Unterlage für ihr Notizbuch benutzt hatte, ließ Block, Stift und Handtasche fallen. Der Mann bückte sich, um ihr beim Aufheben zu helfen, und als sie sich beide wieder aufrichteten, wurde sich Kate der ausgeprägt männlichen Schönheit ihres Gegenübers bewußt; jede Frau reagiert automatisch darauf, wie flüchtig auch immer. Diese Schönheit reizte Kate nicht direkt, aber irgendwie kam sie sich in seiner Gegenwart mädchenhafter vor. Sie erinnerte sich daran, einmal auf einer Dinner-Party einem hübschen, jungen, bescheidenen Schweden begegnet zu sein. Er hatte perfekte Manieren; kein Hauch von einem Flirtversuch, und doch hatte Kate mit Erschrecken festgestellt, daß er allen Frauen im Raum aufgefallen zu sein schien. Ihr Schreck hatte sich in Belustigung verwandelt, als er mit ihr sprach und sie ziemlich einfältig reagierte, wie sie fand.

Dieser Mann hier war nicht so jung. An den Schläfen waren seine Haare schon grau. »Sie sind Dr. Barrister, nicht wahr?« sagte Kate. Und sie hatte Schwierigkeiten, nicht noch hinzuzufügen »unser Hauptverdächtiger«. »Ich bin Kate Fansler, eine Freundin von Mrs. Bauer. Ich sage ihr Bescheid.«

Als Kate nach hinten ging, bemerkte sie, wie stark in der Tat die Verbindung zwischen Erscheinung und Wirklichkeit ist. In der Vorstellung hatte gutes Aussehen immer etwas Unheilvolles an sich, doch jetzt, das gute Aussehen direkt vor Augen, strahlte es Unschuld aus. Natürlich war es kein Zufall, daß in der westlichen Literatur, ganz bestimmt im volkstümlichen Teil, Schönheit und Unschuld gewöhnlich als Einheit gesehen wurden.

Alle drei standen sie schließlich, an diesem patientenlosen Tag, im Wohnzimmer. Nicht, daß Nicola sie aufgefordert hätte, Platz zu nehmen; Nicola ignorierte gesellschaftliche Formen nicht so sehr – für sie schienen sie überhaupt nie existiert zu haben.

»Ich wollte nur einmal vorbeischauen und nachfragen, wie Sie zurechtkommen«, sagte Dr. Barrister zu Nicola. »Ich weiß, ich kann nichts für Sie tun, aber ich kann nur schwer dem Impuls widerstehen, mich nachbarschaftlich zu benehmen, sogar in New York, wo Nachbarn sich selten kennen.«

»Sind Sie nicht aus New York?« fragte Kate, um irgend etwas zu sagen.

»Gibt es hier überhaupt New Yorker?« fragte er.

»Ich bin eine New Yorkerin«, sagte Nicola, »und mein Vater war auch von hier. *Sein* Vater allerdings kam aus Cincinnati. Woher stammen Sie?«

»Einer von diesen oberschlauen Kritikern hat, wenn ich es richtig verstanden habe, eine neue Art von Romanen entdeckt, die von dem jungen Burschen aus der Provinz handeln. Ich war so ein junger Mann aus der Provinz. Aber Sie haben mir noch nicht gesagt, wie es Ihnen geht.«

»Emanuel mußte für heute seinen Patienten absagen. Wir hoffen, in ein, zwei Tagen ist er soweit, daß er wieder Patienten empfangen kann.«

»Das hoffe ich auch. Lassen Sie mich wissen, wenn ich etwas für Sie tun kann? Ich bin voll guten Willens, mir fehlen bloß die Ideen.«

»Ich weiß«, sagte Nicola. »Wenn es einen Toten oder einen Kranken in einer Familie gibt, dann schickt man Blumen oder etwas zu naschen. In diesem Fall, nehme ich an, können Sie nichts anderes tun, als jedermann erzählen, daß Emanuel und ich es nicht getan haben. Kate ist dagegen voller Ideen und wird den Mörder finden.« Dr. Barrister sah Kate interessiert an.

»Ich werde jetzt etwas ganz anderes tun«, sagte Kate, »nämlich nach Hause gehen.«

»Ich fahre Richtung East Side«, sagte Dr. Barrister. »Kann ich Sie ein Stück mitnehmen?«

»Das ist sehr nett von Ihnen«, sagte Kate, »aber ich muß in die entgegengesetzte Richtung.«

Kate saß im Taxi und war auf dem Weg nach Hause, als ihr Jerry einfiel.

6

Natürlich hatte Kate noch das ganze Wochenende, bevor am Montag wieder ihre Vorlesungspflichten begannen. Aber eine gewisse Vorbereitung darauf war notwendig, ganz besonders deshalb, weil sie in den vergangenen Tagen den Kontakt zur akademischen Welt so sehr verloren hatte, als sei sie ein Jahr lang weg gewesen. Man hatte schließlich seine Verpflichtungen dem Beruf gegenüber, egal ob nun ein Mord passiert und entsprechende Untersuchungen notwendig waren oder nicht.

Und was sollte sie nun genaugenommen untersuchen? Einiges war sicherlich mit ein paar tiefgründigen Fragen in der Umgebung des Wohnheims zu erfahren, in dem Janet Harrison gelebt hatte; und beim Durchsehen der Unterlagen in der Universität würde ihr vielleicht auch etwas Interessantes auffallen. All das konnte sie in Angriff nehmen, ohne dabei mit ihren beruflichen Pflichten zu kollidieren. Aber die Polizei hatte das Feld bereits mehr oder weniger abgegrast, und deswegen versprach sie sich mehr von Nachforschungen über die anderen Verdächtigen, denen die Polizei nicht mehr als ein oberflächliches Interesse entgegenbringen würde: die Patienten vor und nach Janet Harrison, beide männlichen Geschlechts; der Fahrstuhlführer und jeder andere in der Gegend herumlaufende Mann, der sich hoffentlich ein- und von dem sich herausstellen würde, daß er Janet Harrison gekannt hatte, wie oberflächlich auch immer.

Es schien Kate, abgesehen von der Frage der Zeit, die ihr zur Verfügung stand, unumgänglich, daß ein Mann gefunden wurde, möglichst ungebunden und frei, der für sie einen Teil der Nachforschungen erledigte. Der Kandidat mußte entweder wie der weltläufige Student höheren Semesters wirken und jene Patina besitzen, die nur auf einem etwas feineren College zu haben ist, oder der junge Arbeiter sein, der den Tag über geschuftet hat und, entsprechend angezogen, in den typischen Clubs und Kneipen herumsitzen und mit den anderen bereden kann, was man unter arbeitenden Menschen so beredet, ohne gleich anbiedernd zu wirken. Die Beschreibung paßte auf Jerry wie angegossen, und das zeigte wieder einmal, welche Vorzüge hin und wieder eine große Familie haben kann.

Nicht, daß Jerry irgendwie mit Kate verwandt war; jedenfalls bis jetzt noch nicht. Aber eines Tages, in näherer Zukunft, würde er durch Heirat ihr Neffe werden. Kate erinnerte sich nicht genau, wie alt er war, aber er war alt genug, um wählen zu gehen, und jung genug, um zu glauben, daß das Leben voll unbegrenzter Möglichkeiten war. »Kein junger Mensch denkt je daran, daß er sterben wird.« Hazlitt hatte damit Jerry genau beschrieben.

Obwohl Kate aus einer großen Familie stammte, war sie als Einzelkind aufgewachsen – eine einzigartige Kombination von Vorzügen. Ihre Eltern hatten, dem normalen Ablauf des Lebens entsprechend – normal nach den Regeln des oberen Mittelstandes in New York City (mit Sommerferien in Nantucket) –, in den ersten acht Jahren ihrer Ehe drei Söhne in die Welt gesetzt. Sie hatten sich gerade so weit von den Konventionen – oder dem, was Kate für durchdachte Ökonomie hielt – entfernt, daß ihnen plötzlich, der jüngste Sohn war schon vierzehn Jahre alt, noch eine kleine Tochter nachgeboren wurde. Sie hatten für Kate eine Kinderschwester eingestellt, danach eine Gouvernante, liebten sie hingebungsvoll, ließen ihr alles durchgehen und mußten dann verzweifelt mitansehen, wie sie dem gesellschaftlichen Leben ihrer Art den Rücken kehrte und nicht nur eine »Intellektuelle« wurde, sondern auch noch eine Doktorin der Philosophie. Die Schuld daran gab man, was ziemlich unfair war, der Tatsache, daß sie den Namen Kate erhalten hatte, weil ihre Mutter aus dem Englisch-Unterricht am College nur behalten hatte, daß dies der Lieblingsname Shakespeares war. Ihre Brüder hatten alle eine ordentlichere und in ihren Kreisen übliche Karriere gemacht. Sally Fansler, die Tochter ihres ältesten Bruders, war mit Jerry verlobt.

Natürlich war Jerry nur mäßig passend. Wäre er absolut unpassend gewesen, z. B. ein Automechaniker, dann würde die Verlobung vermutlich mit allen Mitteln hintertrieben. Aber ihm ganz und gar den Fuß in den Nacken zu setzen – ihre Familie liebte solche auf den Körper bezogenen Metaphern, meistens mit anderen vermischt –, hätte bedeutet, dem amerikanischen Traum den Rücken zu kehren. Jerrys Vater war tot. Seine Mutter betrieb einen kleinen Geschenkeladen in New Jersey und hatte ihren Sohn mit Hingabe und harter Arbeit durchs College gebracht, und sie würde auch dabei helfen, Jerry ab nächsten Herbst auf die Law School zu schicken. Jerry hatte Stipendien gewonnen, hatte im Sommer und nach der Schule gearbeitet, im Laden der Mutter mitgeholfen, und er hatte eine Art, die Welt zu begreifen und zu bezaubern, so daß sie ihm gab, was sie zu geben hatte. Jerry hatte gerade seine sechs Monate in der Army hinter sich und fuhr jetzt bis zum Herbst einen Laster für ein Transportunternehmen für Gefriergut. Kate dachte sich, daß er vielleicht gerne etwas tun würde, das ein bißchen mehr nach Abenteuer aussah – für das gleiche Geld.

Als sie bei seiner Mutter in New Jersey anrief, war er gerade von der Arbeit zurück und sofort bereit (zu Kates Überraschung), sich noch am selben Abend auf den Weg zu machen und mit ihr zu sprechen; zufällig hatte er den Wagen eines Freundes zur Verfügung. Kate gelang es, ihm vorzuschlagen, daß er den Anruf und das Ziel seiner Fahrt geheimhielt, ohne, wie sie hoffte, so konspirativ zu klingen, wie sie sich fühlte. Es war schon seltsam, dachte sie, daß sie bereit war, einem jungen Mann zu vertrauen, dem sie nur einige Male bei den Familienfeierlichkeiten im Zusammenhang mit der Verlobung begegnet war, an denen sie teilzunehmen bereit gewesen war. Sie hatten sich voneinander angezogen gefühlt, weil beide amüsiert und mit Abstand das Ganze geschehen ließen. Was tun *wir* hier eigentlich?, schienen sie sich, ein Lächeln auf den Lippen, gegenseitig zu fragen. Kate war da, weil sie sich einigen – wenigen – Familienverpflichtungen nicht entziehen mochte, und Jerry war da, weil Sally sehr hübsch und etwas Besonderes war. Kate hatte sie immer für eher langweilig gehalten, aber Jerry war vielleicht nur schlau genug, dem Lauf der Welt zu folgen und eine etwas langweilige und konventionelle, dafür aber hübsche Frau zu nehmen.

Als er bei ihr ankam, bot Kate ihm ein Bier an und kam gleich zur Sache: »Ich möchte dir einen Job anbieten«, sagte sie. »Du bekommst das gleiche, wie du jetzt hast.

Kannst du dort eine Zeitlang pausieren und dann wieder anfangen, wenn du willst?«

»Wahrscheinlich. Aber ich kriege bei diesem Job einen Aufschlag für Überstunden.« Er wirkte entspannt und wartete darauf, nun aufgeklärt und, so vermutete Kate, unterhalten zu werden.

»Ich bezahle dir nur den regulären Lohn. Dieser Job hier ist viel interessanter, und er entspricht auch mehr deinen Begabungen. Aber wenn du Erfolg hast, kriegst du am Ende noch einen Bonus.«

»Was ist das für ein Job?«

»Bevor ich dir das sage, mußt du mir feierlich versprechen, daß du alles wie ein Geheimnis behandelst. Mit niemandem darfst du darüber reden – weder mit deiner Familie noch mit deinen Freunden; sie dürfen nicht die leiseste Ahnung haben, in welcher Sache du steckst. Nicht einmal Sally darf argwöhnisch werden.«

»Einverstanden. Wie Hamlets Freunde werde ich nicht einmal erkennen lassen, daß ich darüber reden könnte, wenn ich es denn wollte. Ich schwöre es auf mein Schwert. Sehr gutes Stück, finde ich«, fügte er hinzu, bevor Kate ihren erstaunten Blick wieder unter Kontrolle hatte. »Ich verspreche, auch Sally kein Wort zuzuflüstern.« Kate schien seine Bereitschaft, Dinge vor Sally zu verheimlichen, nichts Gutes für ihrer beider Ehe zu versprechen, aber sie kannte keine Skrupel mehr, sondern nahm die glücklichen Fügungen so, wie sie kamen.

»Also gut. Ich möchte, daß du mir einen Mord aufklären hilfst. Nein, ich habe nicht den Verstand verloren, und ich habe auch weder Paranoia noch Megalomanie. Hast du von dem Mädchen gelesen, das auf der Couch eines Psychoanalytikers ermordet worden ist? Das hast du kaum übersehen können, nicht wahr? Sie glauben, der Analytiker war der Täter. Er ist ein sehr guter Freund von mir, und ich möchte beweisen, daß er es nicht war und seine Frau, die sie als Verdächtige in Reserve halten, genauso wenig. Aber ich bin überzeugt, daß ich Emanuels Unschuld nur beweisen kann, wenn ich herausbekomme, wer es getan hat. Ein junger Mann wie du kann ganz normal mit einer Menge Leute reden und Fragen stellen, die ich nicht stellen kann. Außerdem nimmt die Arbeit

am College zum Semesterende immer gewaltige Ausmaße an.«
»Was ist mit der Polizei?«
»Die Polizei ist sehr gewissenhaft, auf ihre phantasielose Weise. Vielleicht habe ich da auch meine Vorurteile, wahrscheinlich sogar. Aber sie haben einen solch passenden Verdacht, sie sind dermaßen sicher, daß niemand sonst es getan haben *könnte*, daß sie ihre Nachforschungen in andere Richtungen zu wenig energisch betreiben, jedenfalls erscheint mir das so. Wenn wir eine richtig schöne Spur finden, die zu jemand anderem führt, dann könnten sie dazu überredet werden, diese weiter zu verfolgen.«
»Hast *du* denn einen Hauptverdächtigen?«
»Leider, nein. Uns fehlt es nicht nur an Verdächtigen, uns fehlt es erfreulicherweise an jeder Art von Informationen.«
»Vielleicht stand das Mädchen unter Drogen. Dann könnte sie jeder auf die Couch gelegt und ermordet haben, nachdem er erst einmal den Analytiker weggelockt hat.«
»Du hörst dich vielversprechend an. Also, über den Mord selbst haben wir schon ein paar Informationen, wenn auch nicht über andere Verdächtige oder über das Mädchen. Sie stand nicht unter Drogen. Wenn du den Job möchtest, erzähle ich dir alles. Es dauert nicht lange.«
Es dauerte jedoch länger, als Kate angenommen hatte. Sie erzählte Jerry die Geschichte von Anfang an, und sie begann damit, daß sie dem Mädchen Emanuel empfohlen hatte. Er hörte aufmerksam zu und stellte eine ganze Reihe intelligenter Fragen. Kate wurde klar, daß sie ihm ein Abenteuer mit sicherer Bezahlung bot, und vielleicht würde dieser Fall seine Sichtweise des Lebens verändern. Die jüngere Generation, so war täglich in den Zeitungen zu lesen – und es stimmte im allgemeinen so sehr, daß es einem Angst machen konnte –, entschied sich immer für die Sicherheit, den sicheren Job, die sichere Pension, die sichere Art zu leben. Sie mochte das Abenteuer lieben, aber sie war nicht bereit, den Preis dafür zu zahlen. Besser, man saß in seinem klimatisierten Studio in Westchester und las ›Kon-Tiki‹. Jerry bekam ein Abenteuer und dazu Bezahlung nach Tarif. Das mochte nicht das beste

Training für einen jungen Mann sein, aber wenn man es sich genau überlegte, dann war es für einen Psychoanalytiker auch nicht gerade das beste Training, Leichen auf seiner Couch zu finden.

So oder so gab es für Jerry aber vor Montag nichts zu tun. Er versprach, am späten Nachmittag zu kommen und sich einweisen zu lassen, und hoffte, sich bis dahin vom Gefriergut befreit zu haben und, falls nötig, eine plausible Geschichte zu erfinden. Jerrys Abgang wurde durch das Telefon beschleunigt. Der Anruf kam von Reed. Nein, er habe keine Neuigkeiten, dafür aber einen Abzug von dem Foto. Zwei Abzüge? Ja, sie könne auch zwei Abzüge haben. Er würde sie am Abend vorbeibringen, einverstanden? Wie wäre es mit einem Kinobesuch, um auf andere Gedanken zu kommen? Danny Kaye? Ohne Begeisterung stimmte Kate zu.

Nach dem Film gingen Reed und Kate essen. Kate holte das Bild von dem jungen Mann aus ihrer Handtasche. Sie hatte sich das Gesicht so lange und fest angesehen, als könnte sie das Bild zum Reden bringen. »Die Frage ist«, sagte sie, »ist das der junge Mann, mit dem sie ihre Liebesaffäre hatte?« Sie erzählte Reed von ihrem Gespräch mit Emanuel. »Wie alt würdest du diesen jungen Mann schätzen?« fragte Kate.

»Dreißig, vielleicht fünfundzwanzig. Er sieht sehr jung aus, und gleichzeitig sieht er wie jemand aus, der jung für sein Alter aussieht, wenn du mir folgen kannst.«

»Ich kann dir folgen. Er erinnert mich dauernd an jemanden.«

»Wahrscheinlich an ihn selbst, so, wie du das Foto anstarrst.«

»Da hast du zweifellos recht.« Kate steckte den jungen Mann entschlossen weg.

»Ein gewissenhafter junger Kriminalbeamter ist mit dem Bild durch das ganze Wohnheim marschiert«, sagte Reed. »Er ist ein sehr attraktiver junger Mann, und die Mädchen und Frauen waren entzückt, mit ihm über Gott und die Welt schwatzen zu können. Sie hätten ihm sicher nur allzu gern erzählt, daß sie diesen jungen Mann auf dem Bild jeden Tag gesehen haben, nur um den jungen Detektiv glücklich zu machen, aber die Wahrheit ist leider, daß niemand seiner dort jemals ansichtig geworden ist. Eine ältere Studentin glaubte, ihn zu erkennen, aber dann stellte sich heraus, daß sie an Cary Grant in seinen jüngeren Jahren dachte. Wenn dieser junge Mann – oder sein Bild – jemals die Runde durch das Wohnheim gemacht hat, dann ist es ihm gelungen, von niemandem gesehen zu werden, einschließlich des Hauspersonals, das übrigens auch befragt wurde. Verstehst du, Kate, er war wahrscheinlich ein ganz gewöhnlicher junger Mann, der ihr den Laufpaß gegeben hat, oder, um es weniger zynisch zu sehen, der in einem Krieg oder bei einem Unfall den Tod gefunden und sie auf ewig einsam zurückgelassen hat.«

»Er sieht nicht so gut aus wie Cary Grant. Er sieht gar nicht wie ein Filmschauspieler aus.«

»Kate, langsam fange ich an, mir Sorgen um dich zu machen. Bist du ... bedeutet dir dieser Mann, dieser Emanuel Bauer, so viel?«

»Reed, wenn ich es nicht schaffe, daß du diese Geschichte verstehst, wie soll dann jemals die Polizei Emanuel verstehen? Er ist der letzte Ehemann auf der Welt, der sich mit einer anderen Frau einließe, schon gar nicht mit einer Patientin. Aber selbst wenn das alles möglich wäre, was ich nicht eine Minute lang annehme, begreifst du denn nicht, daß diese Praxis, diese Couch – daß die seinen Beruf bedeuten? Verstehst du nicht, daß kein wahrer Psychoanalytiker mit Emanuels Ausbildung während seiner Ordinationsstunden von irgendeiner verrückten Leidenschaft überwältigt werden könnte? Selbst wenn ich zugäbe (was ich nicht tue), daß er wie jeder Mensch ein Verbrechen begehen könnte, als Psychiater könnte er es nicht.«

»Sind Psychiater um so vieles rechtschaffener als andere Leute?«

»Nein, natürlich nicht. Von vielen Psychiatern weiß ich, daß sie der Abschaum der Menschheit sind. Sie reden auf Parties über ihre Patienten. Sie werden reich und prahlen mit den Honoraren, die sie kassieren; sie nehmen 150 Dollar für eine Unterschrift unter ein Stück Papier, das einen Patienten aus irgendeiner Klinik entläßt. Die Unterschrift bedeutet, daß der Patient sich nun unter ihrer Obhut befindet, aber sie unterschreiben nur und werden dafür bezahlt, und damit ist für sie der Fall erledigt. Schon eine Unterschrift pro Tag bringt ein schönes Jahreseinkommen. Es gibt Psychiater, die laden Ärzte ein und bewirten sie, damit diese Ärzte ihnen Patienten überweisen. Natürlich alles auf Spesen. Aber Emanuel und andere, die ihm ähnlich sind, lieben ihre Arbeit, und wenn du mein Rezept für Rechtschaffenheit wissen willst, dann finde den Mann, der seine Arbeit liebt und die Sache, der er dabei dient. Klingt ziemlich pompös, wie?«

»Was ist denn das für eine Sache? Daß er Leuten hilft?«

»So seltsam es klingt, nein. Ich glaube nicht – jedenfalls bei Emanuel. Er möchte herausbekommen, was in den Köpfen der Menschen vor sich geht. Würdest du ihn fragen, dann bekämst du wahrscheinlich die Auskunft, daß die Analyse für die Forschung von größter Bedeutung ist, die Therapie dagegen mehr oder weniger ein Nebenprodukt. Was würde man im Büro des Staatsanwalts mit einer solchen Auskunft anfangen?«

»Kate, verzeih mir, aber ihr wart einmal ein Liebespaar. Das ergab sich jedenfalls aus der Aussage der Frau, wenn sie es auch von sich aus nicht zur Sprache gebracht hat. Ich nehme an, die Kriminalbeamten haben einfach überall nach Motiven gesucht.«

»Dann müßte Nicola doch mich ermordet haben oder ich sie. Nur ist das lange, lange her und die Leidenschaften seitdem sehr abgekühlt.«

»Wo habt ihr euch getroffen, Emanuel und du, damals, als die Glut noch heißer war?»

»Ich hatte auch damals schon eine Wohnung. Versuchst du, aus mir ein Flittchen zu machen? Reed, warum vergesse ich immer wieder, daß du Polizist bist?«

»Weil ich keiner bin. Im Augenblick bin ich Vertreter der Anklage. Hatte Emanuel damals auch schon eine Praxis?«

»Er teilte sich eine kleine mit einem anderen Analytiker.«

»Hast du ihn dort jemals getroffen?«

»Ja, ich nehme an, ein- oder zweimal.«

»Wart ihr jemals – ich meine, zusammen – auf der Couch?«

»Reed, ich habe dich unterschätzt. Du gibst einen exzellenten und absolut diabolischen Staatsanwalt ab, der einem nicht nur Halbwahrheiten entlockt, sondern es auch noch fertigbringt, sie zu verdrehen und damit der Wahrheit aus dem Wege zu gehen. Im Zeugenstand könnte ich das natürlich nicht erklären. Die Wahrheit ist trotzdem, daß Emanuel damals gerade in seinem Beruf angefangen hatte. Er machte Therapie, benutzte also die Couch nicht, die zur Ausstattung gehörte als Mobiliar zum zukünftigen Gebrauch, wahrscheinlich. Und ich war nie während der Praxisstunden dort.«

»Meine liebe Kate, ich will dir nur zeigen, auf was du dich da einläßt. Du stürzt dich auf diesen Fall, ohne zu wissen, was da auf dich wartet. Ich weiß, der Naive begibt sich in Gefahren, die selbst Engel vorsichtig werden lassen. Aber ich habe nie herausbekommen, was ein Naiver je erreicht hat. Nein, ich bezeichne dich nicht als Dummkopf. Ich versuche dir nur zu erklären, daß du dir – weiß Gott tapfer – vorgenommen hast, Emanuel zu retten, und es könnte damit enden, daß du einigen Dreck aufwirbelst und dich dabei selber ruinierst. Und wenn zwischen euch nichts mehr ist, wie es in diesen schrecklichen Magazinen immer heißt, warum tust du es dann? Aus uneigennütziger Liebe zur Wahrheit?«

»Ich bin nicht bereit zuzugestehen, daß das ein schlechtes Motiv wäre. Ich bin zu alt, um schockiert zu sein von der Tatsache, daß jedermann käuflich und Korruption die einzige Lebensform ist. In jeder Rede bei jeder Schlußfeier, und ich habe viele gehört, wird über die Bestechlichkeit der Welt gejammert. Ich weiß nur, daß man ab und an jemanden findet, der an der Wahrheit interessiert ist, am Guten, wenn du es genau wissen willst, um der Sache willen. Wieviele Polizisten gibt es in New York, die niemals auch nur einen Dollar neben ihrem Gehalt kassiert haben? In Ordnung, vielleicht werde ich romantisch. Betrachte es auf die kaltblütige Art, wie du sie bevorzugst. Emanuel hat vier Jahre College hinter sich, vier Jahre Medical School, ein allgemeines Assistenzjahr in der Klinik, zwei Jahre in der Psychiatrie, drei Jahre Zusatzausbildung am Institut und viele, viele wertvolle Jahre an Erfahrung. Und das soll alles den Bach hinuntergehen, weil ein gerissener Mörder ein Mädchen in seiner Praxis umgebracht hat?«

»Ich hatte bisher immer den Eindruck, daß du der Psychiatrie relativ wenig Vertrauen entgegenbringst.«

»Als therapeutisches Werkzeug ist sie, glaube ich, reichlich plump, und das ist noch freundlich ausgedrückt. Ich habe noch eine Menge anderer Einwände gegen sie. Aber was hat das damit zu tun, daß ein fähiger Psychiater für etwas verurteilt wird, was er nicht getan hat? Es gibt viele Dinge, die ich an Emanuel nicht bewundere, aber ich empfinde bei ihm das, was Emerson über Carlyle gesagt hat: ›Wenn Genie billig zu haben wäre, könnten wir wohl ohne Carlyle auskommen, aber bei unserer gegenwärtigen Bevölkerung können wir nicht auf ihn verzichten.‹«

»Darf ich fragen, wo du anzufangen gedenkst?«

»Es wäre mir lieber, wenn du es nicht tätest. Hast du irgend etwas über die anderen Patienten herausbekommen?«

»Der Zehn-Uhr-Patient heißt Richard Horan. Achtundzwanzig, unverheiratet, arbeitet für eine Werbefirma. Hatte vor, seine Stunde so bald wie möglich zu verlegen, weil sie weder für ihn noch für Emanuel günstig lag, obwohl ich glaube, entre nous, Werbefirmen sind daran gewöhnt, daß ihre Angestellten Analyse machen. Wir leben in einer faszinierenden Zeit; nichts geht mehr ohne Analyse. Der Zwölf-Uhr-Patient unterrichtet Englisch, das hörst du sicher gerne, und zwar an einem der Colleges in der City. Ich kann mich nicht erinnern wo, aber er muß jedesmal eine lange U-Bahn-Fahrt auf sich nehmen. Auch unverheiratet, und es wirkt nicht so, als würde sich das bald ändern, wenn der Eindruck des Kriminalbeamten richtig ist; vielleicht auch nicht. Dein Emanuel schweigt, wie üblich, obwohl ich seinen Standpunkt schon respektieren kann. Offenbar kann er über die Patienten nicht reden, die noch nicht ermordet wurden. Der Name dieses Patienten ist Frederick Sparks, wie du weißt, aber ich schicke dir eine Kopie der Unterlagen; dann wirst du in der Lage sein, *mich* zu erpressen. Habe ich dir damit mein Vertrauen bewiesen?«

»Kannst du mir auch ihre Privatadressen besorgen?«

»Du kannst alles haben, was in meiner Macht steht. Laß mich nur immer in großen Zügen wissen, was du gerade unternimmst, ja? Und wenn du eine Nachricht erhältst, daß du dich mit einem mysteriösen Mann wegen einer interessanten Information in einer dunklen Straße treffen sollst, dann geh nicht hin.«

»Mit Frotzeleien«, sagte Kate frotzelnd, »kommst du bei mir nicht weiter. Kannst du mir noch einen Kaffee bestellen?«

7

Am Montag war das Leben zwar noch nicht wieder normal, aber von außen schien es zumindest so. Emanuel kehrte wieder – ohne seine Elf-Uhr-Patientin – zu seiner Tätigkeit als Psychiater zurück. Nicola ging zu ihrer psychoanalytischen Sitzung. Kate, die sich zur Disziplin gerufen und das Wochenende über ihre Vorlesungen vorbereitet hatte, ging wieder an ihr Pult. Den Samstagabend hatte sie mit einem Maler verbracht, der nur französische Zeitungen las, an Mord kein Interesse zeigte und über nichts als die Kunst Theorien verbreiten konnte. Das war ihr eine große Hilfe.

Aber der Hauptgrund, warum die Bauers aus dem Mittelpunkt der Aufmerksamkeit und dem starren Blick der Publizität rückten, war ein schreckliches Verbrechen in Chelsea: Ein Verrückter hatte ein vierjähriges Mädchen zu sich gelockt, vergewaltigt und ermordet. Die Polizei und die Zeitungen konzentrierten all ihre Kräfte darauf, zumindest für den Augenblick. Der Verrückte wurde eine Woche später festgenommen, ohne größere Schwierigkeiten, was für Kate einigen Trost bedeutete. Verrückte, schloß sie, werden also normalerweise gefangen. Daher konnte Janet Harrison nicht von einem Verrückten ermordet worden sein. Diese Glanzleistung an Unlogik hatte für sie etwas sehr Beruhigendes.

Am Montagmorgen um zehn Uhr hielt Kate eine Vorlesung über ›Middlemarch‹. Hatte überhaupt etwas eine Bedeutung neben der Tatsache, daß die Phantasie Welten wie ›Middlemarch‹ erschaffen konnte, daß man lernen konnte, diese Welten zu verstehen und die Strukturen, auf die sie sich stützten? Als Kate den Roman am Abend zuvor noch einmal gelesen hatte, war sie auf einen Satz gestoßen, der ihr merkwürdig zutreffend erschien: »Eigentümlich, daß manche von uns, die schnell ihren Blickwinkel wechseln können, hinauszusehen vermögen über unsere Verblendetheiten und sogar dann, wenn wir uns auf Höhenflügen befinden, den Blick aufs Einfache gerichtet behalten, dort, wo unser eigentliches Selbst ruht und unserer harrt.« Gewiß, dieser Satz hatte nichts mit dem gegenwärtigen Fall zu tun: Ein Mord war keine Verblendetheit. Und doch merkte sie nach ihrer Vorlesung, daß sie während ihres Vortrags über ›Middlemarch‹ nichts anderes hatte denken können. Unser eigentliches Selbst, dachte sie, findet sich in der Arbeit wieder, die unsere ganze Aufmerksamkeit gefangen hält. Emanuel hatte, wenn er am Kopfende seiner Couch saß und zuhörte, vielleicht die gleiche Erfahrung gemacht. Kate wurde klar, daß es nur wenige Leute gab, die über ihr »eigentliches Selbst« verfügten, und daß Emanuel, als einer von ihnen, gerettet werden mußte.

So lenkte sie ihre Schritte nach der Vorlesung zum Wohnheim, in dem Janet Harrison gelebt hatte. Auf dem Campus lebten nicht viele Studenten, wie Kate dem Kriminalbeamten namens Stern erzählt hatte, aber die Universität hielt ein Heim für die Studentinnen bereit, die auf eigenen Wunsch oder auf Drängen ihrer Eltern in ordentlicher und kontrollierter Umgebung wohnen wollten. Eine Wohltat bedeutete das Heim auch für jene Studentinnen, die sich nicht um Haushalt und dergleichen kümmern wollten, und wahrscheinlich war das der Grund, weshalb Janet sich entschieden hatte, dort zu wohnen.

Kate hatte sich einen äußerst komplizierten Plan ausgedacht, nach dem sie das Wohnheim in Angriff nehmen wollte. Dazu gehörten Spaziergänge durch die Korridore, Gespräche mit dem Hausmeister und den Zimmermädchen und vielleicht ein paar vertrauliche Informationen von der Leiterin des Heims. Aber das sollte sich alles erübrigen, als Kate auf den Eingangsstufen mit Miss Lindsay zusammenstieß. Letztes Jahr hatte Miss Lindsay bei ihr als Studentin einen Kurs über »Schreiben für Fortgeschrittene« belegt, den sie von einem anderen Professor für die Zeit seiner Abwesenheit übernommen und bei seiner Rückkehr mit der größten Erleichterung wieder abgegeben hatte. Der Kurs hatte trotzdem seine lichten Momente gehabt, und Miss Lindsay, die als Hauptfächer Latein und Griechisch studierte, hatte am meisten dazu beigetragen. Kate hatte in der Tat jetzt noch ihren Spaß an der lateinischen Übersetzung von ›Twinkle, Twinkle, Little Star‹, die mit »Mica, mica, parva stella, Micor quae nam sis, tam bella« begann und die Miss Lindsay bei irgendeiner ihr inzwischen entfallenen Gelegenheit vorgetragen hatte. Kates eigene Lateinkenntnisse waren, trotz einer faszinierenden Lektüre von Vergils ›Aeneis‹ vor einigen Jahren, irgendwo in der Gegend von »hic, haec, hoc« stehengeblieben.

Miss Lindsay gehörte zu der seltenen Spezies von Studenten, die zwanglos mit einem Professor reden kann, ohne jemals die Grenze zur Vertraulichkeit zu überschreiten. Jetzt folgte sie Kate gern in die Halle und änderte ohne zu zögern ihre Pläne. Kate, die sie brauchte, protestierte nicht sehr überzeugend. Ihr wurde klar, und das nicht zum erstenmal, daß bei der Aufdeckung eines Mordes Kants kategorischer Imperativ ständig ignoriert werden mußte. Kate fragte Miss Lindsay, ob sie Janet Harrison gekannt habe.

»Oberflächlich«, sagte Miss Lindsay. Falls die Frage sie überrascht hatte, ließ sie es sich nicht anmerken. »Wir reden natürlich seit Tagen über nichts anderes. Tatsächlich haben wir das einzige Mal, als wir uns unterhielten, über Sie gesprochen. Sie waren offenbar die einzige Lehrerin, die Janet aus ihrer gewohnten akademischen Mattigkeit aufwecken konnte. Irgendwas mit moralischen Verpflichtungen hat sie besonders betroffen gemacht, soweit ich mich erinnere.«

»Kommt es Ihnen nicht komisch vor, daß ausgerechnet sie das Opfer eines Mordes werden sollte? Natürlich erwartet man nicht, daß irgend jemand einem Mord zum Opfer fällt, aber sie schien mir so – ich glaube, ›unbeteiligt‹ ist das Wort, das ich suche –, so gar nicht dafür geschaffen, Leidenschaften zu wecken, trotz ihrer Schönheit.«

»Da bin ich nicht Ihrer Meinung. In der Stadt, aus der ich komme, gab es ein Mädchen, das war so wie sie, distanziert und etwas über den Dingen stehend. Doch am Ende stellte sich dann heraus, daß sie seit ihrem fünfzehnten Lebensjahr mit einem Lebensmittelhändler zusammenlebte, von dem alle Welt geglaubt hatte, er sei glücklich verheiratet. Also kein stilles Wasser, sondern ruhige Oberfläche, unter der sich todbringende Strudel verbergen. Ich könnte mich, was Janet Harrison angeht, natürlich auch irren. Am besten reden Sie mit Jackie Miller. Sie hatte ihr Zimmer ganz in der Nähe von Janets Zimmer. Jackie gehört zu den Mädchen, die die ganze Zeit reden und nie zuzuhören scheinen, aber sie unterbricht ihren Redefluß immer wieder mit pointierten Fragen, deren Beantwortung man nicht vermeiden kann. Sie weiß mehr über jeden als sonst jemand. Vielleicht kennen Sie diesen Typ?« Kate ließ bloß ein Stöhnen hören. Sie kannte diesen Typ nur zu gut. »Wie wäre es, wenn Sie gleich mit ihr sprechen? Wahrscheinlich steht sie jetzt gerade auf, und wenn Sie sie erst einmal zum Reden gebracht haben, wird sie Ihnen alles erzählen, was Sie wissen möchten. Ich glaube«, fügte Miss Lindsay hinzu und ging die Treppe voraus, »sie war es, die dem Kriminalbeamten erzählt hat, daß Janet Harrison immer ein Notizbuch mit sich heraumgetragen hat. Niemand sonst hatte das bemerkt.«

Jackie antwortete auf ihr Klopfen, indem sie die Tür aufriß und beide fröhlich in das unordentlichste Zimmer hereinwinkte, das Kate seit ihren eigenen College-Tagen erlebt hatte. Jackie war noch im Nachtgewand: ganz kurze Höschen und ein spitzenbesetztes, ärmelloses Hemdchen – was für ein überflüssiger Aufwand in einem Wohnheim, das nur weibliche Studenten beherbergte! –, und bereitete sich mit dem Wasser aus der Warmwasserleitung eine Tasse Pulverkaffee. Sie bot ihnen auch davon an. Miss Lindsay lehnte mit lobenswerter Entschiedenheit ab, aber Kate akzeptierte ihre Tasse fromm in der Hoffnung, so schneller zu ihrem Ziel zu kommen. Immerhin hütete sie sich wohlweislich, das Gebräu zu trinken.

»Sie sind also Professor Fansler«, fing Jackie an. Sie war

wirklich genau die Frau, die hundert Jahre früher ihren Sonnenschirm geschwenkt und gesagt hätte: »Also, Sie sind Präsident Lincoln.« »Ich höre dauernd alle Studenten über Sie reden, aber ich schaffe es einfach nicht, einen Ihrer Kurse in meinen Stundenplan einzubauen. Alle Scheine, die ich an der Boston University gemacht habe, sind aus der Literaturwissenschaft – ich lese zu gerne Romane –, deshalb muß ich meine ganze Zeit hier anderen schrecklichen Fächern widmen. Aber einen von Ihren Kursen muß ich einschieben, weil alle sagen, daß Sie zu den wenigen Professoren gehören, die es schaffen, gleichzeitig unterhaltsame und profunde Vorlesungen zu halten. Und offengestanden: Die meisten Professorinnen sind fürchterlich langweilige alte Jungfern.« Jackie fiel wohl gar nicht auf, daß ihre Wortwahl etwas unpassend sein könnte. Kate kämpfte den Zorn nieder, den solche Verallgemeinerungen bei ihr auslösten.

»Janet Harrison gehörte zu meinen Studenten«, sagte sie, was keine allzu raffinierte Einleitung war. Aber Raffinesse wäre bei Jackie wohl auch fehl am Platze gewesen.

»Ja, ich weiß. Sie hat es einmal beim Lunch erwähnt, und viel, das wissen Sie ja, ließ sie nie heraus – der strenge, schweigsame Typ; alles andere als anziehend an einer Frau, finde ich. Egal, an dem Tag sagte sie beim Lunch (da mußt du aber gerade den Mund voll gehabt haben, dachte Kate hämisch), Sie hätten gesagt, daß Henry James gesagt hätte, Moral hänge ab – die Moral des eigenen Handelns, meinte er –, hänge ab oder solle abhängen von der moralischen Qualität der Person, die handelt, und nicht von der moralischen Qualität der Person, auf die die Handlung gerichtet sei. Natürlich«, fügte Jackie hinzu und zeigte das erste Anzeichen von Einsicht, das Kate an ihr entdeckte, »hat sie das besser ausgedrückt. Worum es aber ging, war, daß sie damit nicht einverstanden war. Sie meinte, wenn jemand moralisch schlecht sei, dann sollte man um seinetwillen etwas dagegen unternehmen und nicht wegen der eigenen Moral.« Kate nahm tapfer hin, daß sie und Henry James derart wiedergegeben wurden und fragte sich, ob Janet Harrison im Ernst so etwas gesagt haben könnte. *Könnte* sie Verbindung zu einem Drogenring gehabt haben?

»Natürlich«, fuhr Jackie fort, »war sie frigide, das arme Ding, und völlig unfähig, Beziehungen zu anderen einzugehen. Das habe ich auch zu ihr gesagt, und sie hat mir praktisch zugestimmt. Ich hatte natürlich die Vermutung, daß sie eine Analyse machte. Sie ging jeden Morgen zur gleichen Zeit weg, und ich habe herausgefunden, daß sie nicht zur Vorlesung ging, und ich fand das auch gut für sie. Wenn Sie mich fragen, ich glaube, der Analytiker hat sie aus blankem Frust erstochen. Wahrscheinlich lag sie Stunde um Stunde da und machte den Mund nicht auf. Haben Sie mal eine Analyse gemacht?«

Es war fast ein Vierteljahrhundert her, daß Kate den Drang in sich gespürt hatte, jemandem die Zunge herauszustrecken. »Sind außer ihrem Zimmer noch andere durchwühlt worden?« fragte sie.

»Nein, es war wirklich sehr seltsam. Ich habe zu ihr gesagt, sie hätte wahrscheinlich in irgendeinem armen frustrierten Mann so eine Art Fetischismus geweckt. Wenn Sie mich fragen, er nahm die Kamera nur zur Täuschung mit, hat in Wirklichkeit aber nach etwas Persönlichem gesucht; aber tatsächlich gab es nichts in ihrem Zimmer, was die Suche gelohnt hätte« – Jackie glitt hastig über die unglücklichen Implikationen hinweg, die diese Bemerkung enthielt –, »und natürlich ist sie herumgelaufen wie die Oberlehrerin an einem Mädchenpensionat. Ich habe ihr immer wieder gesagt, daß sie wirklich sehr gut aussehen könnte, wenn sie sich nur die Haare abschneiden würde, statt sie lang und zurückgekämmt zu tragen, und wenn sie halt ein bißchen aus sich machte. Ich war fasziniert von dem Foto, das der Polizist hier herumgezeigt hat, offenbar jemand, der mit Janet in Verbindung stand. Vielleicht hat sie sich draußen ja mit einem Mann getroffen, obwohl mir das unwahrscheinlich vorkommt. Wenn aber, dann hat sie ihn gut vor uns verborgen.«

»Ging sie oft aus?«

»Nein, nicht oft, aber ziemlich regelmäßig. Sie ging zum Dinner aus, oder sie verschwand ganz einfach und ging offensichtlich nicht in die Bibliothek. Ich glaube, irgendwer hat sie mal mit einem Mann gesehen.«

»Wer?« fragte Kate. »Jemand, der auch das Foto gesehen hat?«

»Danach hat mich der Kriminalbeamte auch gefragt«, sagte Jackie in ihrer Art, die einen rasend machen konnte, »aber, wissen Sie, ich kann mich nicht erinnern. Es war jemand, mit dem ich mich am Brunnen unterhalten habe, weil ich mich erinnere, daß jemand Seifenpulver in den Brunnen geschüttet hatte, und wir, dieses Mädchen und ich, haben darüber geredet. Aber ich kann mich nicht erinnern, wie die Frage überhaupt aufgekommen ist – irgendwie sagte ich, man erwartet ja eigentlich nicht, Seifenpulver in einem Brunnen zu finden, und sie sagte, es passieren eben auch unerwartete Dinge und so weiter. Aber ich kann mich einfach nicht erinnern, wer das war. Vielleicht habe ich alles nur geträumt. Natürlich war sie – ich meine Janet – ein Einzelkind, und ich glaube, die wechselseitige Rivalität einer geschwisterlichen Beziehung trägt eine Menge zur Entwicklung der Persönlichkeit bei, nicht wahr?«

Es sah nicht so aus, als erwarte sie eine Antwort darauf, aber Kate stand auf und sah deutlich auf ihre Uhr. Auch wenn es um die Aufklärung eines Mordfalls ging – es gab einen Punkt, über den sie nicht hinausgehen wollte. Miss Lindsay folgte ihr zur Tür. »Sie lassen es mich wissen«, sagte Kate und bemühte sich um einen beiläufigen Tonfall, »wenn Sie sich an die Person erinnern, die Janet und den Mann zusammen gesehen hat, ja?«

»Warum sind Sie daran so interessiert?« fragte Jackie.

»Danke für den Kaffee«, gab Kate zurück, schloß die Tür hinter sich und eilte mit Miss Lindsay den Korridor hinab.

»Ein Jammer, daß niemand *sie* ermordet hat«, sagte Miss Lindsay und traf damit genau Kates Gedanken. »Ich glaube, selbst die Polizei würde den Fall gerne zu den ungeklärten Akten legen.«

Mit einem intensiven Gefühl von Frustration machte Kate sich auf den Weg zur Universitätsverwaltung. Dort gelang es ihr, nachdem sie etwas nachdrücklich geworden war – Jerry würde sagen, sie hätte »das Gewicht ihrer Persönlichkeit zum Einsatz gebracht« –, die Unterlagen über Janet Harrison in die Hand zu bekommen. Das erste- und zweifellos das letztemal in ihrem Leben war Kate froh über die moderne Manie, was Formulare angeht. Sie begann bei Janets Seminarscheinen. Ihre Zensuren lagen bei B minus, hin und wieder bei B. Für Kates erfahrenes Auge bedeutete das, daß ihre Lehrer sie für fähig hielten, die Note A zu erreichen, daß ihre Leistungen aber wahrscheinlich nur auf C-Niveau war. Es gab unter den Professoren die deutliche Tendenz, und das galt auch für sie selbst, ein C wirklich nur den C-Studenten zu geben, von denen es weißgott, genug gab.

Janet Harrison hatte am College alle Scheine gemacht, die sie brauchte; ihr Hauptfach war Geschichte, als Nebenfach hatte sie Ökonomie belegt. Wieso hatte sie sich dann entschieden, an der Graduate School Englische Literatur zu studieren? Gut, die Gebiete hatten im weiteren Sinne schon miteinander zu tun. Am College hatte sie sich um verschiedene Darlehen beworben und sie auch bekommen, und sie hatte auch um ein Universitätsstipendium nachgesucht. Einzelheiten dieses Antrages waren in den entsprechenden Büros zu erfahren.

Fluchend ging Kate dorthin. Janet hatte das Stipendium wahrscheinlich erhalten, aber es war doch interessant, es genau zu wissen. Am College hatte sie fast nur A-Zensuren bekommen, obwohl dieses sicher in der Nähe ihrer Heimatstadt gelegene College (Kate kam ein wenig ins Schwimmen, wenn es um die Geographie des Mittelwestens ging) wahrscheinlich zu klein gewesen war, um etwas anderes als den normalen Bachelor-Abschluß zu bieten. Doch wieso war ein Mädchen, das auf seinem, wenn auch kleinen College lauter A's bekommen hatte, an der Graduate School auf die B-Minus-Ebene abgerutscht? Normalerweise ging es umgekehrt. Vielleicht hatte sie andere Gedanken im Kopf gehabt. Tatsächlich schienen alle von der Idee auszugehen – das fiel Kate jetzt auf –, daß Janet Harrison mit etwas beschäftigt war. Aber was? Was?

Die Stipendienanträge waren sogar noch ausführlicher als die Aufnahmeformulare für die Universität. Wo, wollten sie zum Beispiel wissen, hatte sie ihr Leben verbracht, Jahr für Jahr? (Keine Lücken lassen! forderte das Formular streng.) Nach dem College hatte Janet Harrison die Schwesternschule an der Universität von Michigan besucht. Schwesternschule! Das war nun wirklich sonderbar. Geschichte, Schwesternschule, Englische Literatur. Gut, junge Amerikanerinnen sahen sich, falls sie nicht früh heirateten, schon hier und da nach einem möglichen Beruf um. Aber diese Art zeichnete sich doch durch eine etwas reichliche Bandbreite aus. Vielleicht waren ihre Eltern von der altmodischen Sorte gewesen, die ein Mädchen zwar auf ein College schickten, aber zugleich darauf bestanden, daß sie lernte, sich ihren Lebensunterhalt selber zu verdienen. Für solche Leute gab es nach Kates Erfahrungen nur drei Berufe, die einem Mädchen den Lebensunterhalt sichern: Sekretärin, Krankenschwester oder Lehrerin.

Doch Janet Harrison war nicht bei ihrer Schwesternausbildung geblieben. Ihr Vater war ein Jahr, nachdem sie damit angefangen hatte, gestorben, und sie war nach Hause zurückgekehrt, um wieder bei ihrer Mutter zu leben. Offensichtlich war sie erst nach dem Tod der Mutter nach New York gegangen, um nun Englische Literatur zu studieren. Aber warum nach New York? Das verdammte Formular produzierte mehr Fragen als Antworten. Dem Einkommensnachweis zufolge, der angeheftet war, hatte Janet nach dem Tod der Mutter einige Einkünfte gehabt, aber nicht genug, um damit die hohen Gebühren für die Universität zahlen zu können; es sei denn, sie hätte nebenbei noch einen Job angenommen. Aber die Universität zog es vor, in diesem Fall den Studenten ein Darlehen zu geben, statt daß sie einer Arbeit nachgingen und damit ihr Studium belasteten. Nach den Unterlagen hatte Janet ihr Stipendium bekommen, allerdings kein sehr großes.

Kate ging wieder zurück zu ihrem Büro, den Kopf voller Fragen. Hatte Janet Harrison ein Testament hinterlassen, und wenn ja – oder wenn nicht –, wer bekam jetzt ihr Geld? War es genug, um sie deswegen zu ermorden? Das mußte Reed für sie herausbekommen. Vielleicht war die Polizei, an die Kate bedauerlicherweise viel zu wenig dachte, dem bereits nachgegangen, jedenfalls lag das nahe. Warum war Janet Harrison nach New York gegangen? Die University of Michigan hatte eine hervorragende Graduate School. Nun gut, vielleicht wollte sie weg von zu Hause, aber mußte es gleich *so* weit sein? Warum hatte sie sich zu so einem ganz anderen Studium entschlossen? Warum hatte sie eigentlich nie geheiratet? Jakkie Miller, zum Teufel mit ihrer dämlichen Geschwätzigkeit, mochte annehmen, daß Janet frigide gewesen sei oder »unfähig, Beziehungen zu anderen einzugehen« (genau diese Formulierung hatte Janet Emanuel gegenüber benutzt); aber sie war ein schönes Mädchen und hatte, das nahm jedenfalls Emanuel an, eine Liebesaffäre gehabt.

Vor ihrem Büro traf Kate auf wartende Studenten, und so stürzte sie sich wieder ins akademische Leben und fühlte sich dabei wie eine Trapezkünstlerin.

Erschöpft kam sie am späten Nachmittag endlich nach Hause und fand dort Jerry, der es sich auf den Eingangsstufen bequem gemacht hatte. Er hatte das Glänzen eines Goldgräbers in den Augen, der fündig geworden ist. Sie entschädigte ihn für sein Warten mit einem Bier.

»Ich war heute morgen bei meiner Firma«, sagte er, »und ich konnte dich nicht erreichen, nachdem ich mich dort vorübergehend abgemeldet hatte. Weil ich annehme, daß ich ab heute von dir bezahlt werde, beschloß ich, wie es sich gehört, auch zur Arbeit zu erscheinen. Du hattest mir keine Anweisungen hinterlassen, also habe ich mich auf eigene Faust umgesehen. Weil mir nichts anderes einfiel, bin ich zu dem Wohnheim gegangen, in dem Janet Harrison gelebt hat.«

»Tatsächlich?« sagte Kate. »Ich war auch dort. Hast du auch Jackie Miller getroffen?«

»Mit weiblichen Wesen befasse ich mich nicht; das ist eindeutig deine Domäne. Ich bin in den Keller hinuntermarschiert und habe mit dem Hausmeister gesprochen. Natürlich habe ich ihm keine direkten Fragen über Janet Harrison gestellt. Das ist meiner Meinung nach nicht der Weg, an Informationen heranzukommen. Ich habe einfach den netten, eifrigen Jungen gespielt, der wissen wollte, wie er an so einen Hausmeister-Job an der Universität kommt, weil er dann nichts für die Lehrveranstaltungen bezahlen muß, die er gerne belegen will. Angestellte müssen das nämlich nicht, mußt du wissen. Dann kam noch die Rede auf die Tigers und ihre Chance, den Pokal zu gewinnen, und darauf, wie teuer heutzutage alles ist, und so kam ich Schritt für Schritt in den Besitz der Information, die Emanuel, wenn ich ihn so nennen darf, retten wird.«

»Um Gottes willen, mach es weniger dramatisch und komm zur Sache!«

»Die Sache ist die, meine liebe Kate, daß an dem Morgen, als Janets Zimmer durchsucht wurde, auch die Uniform des Hausmeisters gestohlen wurde. Der Hausmeister war deswegen ziemlich außer sich, weil die Universität sich stur stellt und ihm keine neue kaufen will; du kennst ja die Uniformen, die sie tragen – blaues Hemd und Hose, und auf der Hemdtasche ist ›Hausverwaltung‹ eingestickt. Schon recht, schon recht, nicht gleich hysterisch werden. Offensichtlich hat also ein Mann die Uniform gestohlen, um in Janet Harrisons Zimmer zu kommen. Ein Mann kann ja gewöhnlich nicht so ohne weiteres in einem Studentinnenheim herummarschieren, wie ich aus eigener Erfahrung weiß, aber von einem Hausmeister nimmt niemand Notiz. Der ist eben nur auf dem Weg, um irgend etwas zu reparieren, und kein Mensch schenkt ihm mehr als einen Blick.«

Kate sah ihn ungeduldig an, und er fuhr fort: »Also, das Nette daran ist, daß der Hausmeister seinen Dienst mittags antrat und dabei merkte, daß die Uniform verschwunden war, und vor halb elf ist das Zimmer nicht durchsucht worden, denn zu dem Zeitpunkt hat das Zimmermädchen dort aufgeräumt. Also wurde die Uniform gestohlen und das Zimmer durchsucht, als Emanuel ein wunderschönes Alibi hatte: Er erwartete eine Patientin, und die Patientin, meine Damen und Herren, war Janet Harrison, die deswegen nicht mehr in ihrem Zimmer war. Folglich wurde das Zimmer *nicht* von Emanuel durchsucht, und darum sehe ich kein Hindernis, die Schlußfolgerung zu ziehen: Wer immer das Zimmer durchsucht hat, hat auch das Mädchen ermordet, und das war nicht Emanuel.«

»Die Polizei wird einwenden, daß er jemanden dafür angeheuert haben könnte.«

»Aber wir wissen, daß es nicht so war, und das werden wir beweisen. Ansonsten habe ich dort niemanden gesehen, aber ich bin zu Emanuels Haus hinübergegangen, um auch dort ein bißchen mit dem Personal zu plaudern – die Tigers haben wirklich gute Chancen, dieses Jahr den Pokal zu gewinnen –, und ich habe entdeckt, daß der Fahrstuhlführer freitags frei hat. Dr. Michael Barrister hat freitags keine Sprechstunde, und wenn du mir die Namen des Zehn- und des Zwölf-Uhr-Patienten gibst, werden wir bald wissen, was sie freitags zu tun haben. Ich verwette meinen gesamten Lohn, daß derjenige, der das Zimmer durchsucht hat, auch der Mörder des Mädchens ist. Und ich glaube nicht, daß er, wer immer es war, diese Aufgabe einem Dritten überlassen hat. Ich glaube das deshalb, weil so etwas eine verdammt schwierige Sache ist. Nehmen wir als erstes Mrs. Bauer – darf ich Nicola sagen? –, sie war zu ihrer Analyse-Sitzung unterwegs und hat ein Alibi. Aber es war natürlich ein Mann, der die Uniform gestohlen hat, also kommen wir damit nicht weiter.«

»Jerry, du bist wunderbar.«

»Ich glaube, nach der Law School gehe ich am besten zum F.B.I. Jagen die auch Mörder oder nur Kommunisten und Drogenhändler? Mir macht das hier nämlich richtig Spaß.«

»Wir müssen uns jetzt erst einmal einen Plan zurechtlegen«, sagte Kate ein wenig förmlich, um seinen Überschwang etwas zu dämpfen.

»Das geht ganz einfach. Du wendest dich morgen wieder deinem Thomas Carlyle zu – wenn das der Mann ist, mit dem du diese Affäre da im Büchermagazin hast –, und ich setze mich auf die Spur des Zehn-Uhr-Patienten aus der Werbebranche. Du siehst einen jungen Mann vor dir, der darauf brennt, in die Werbung einzusteigen. Die Rolle nimmt man mir doch ab, oder?«

8

Jerry erschien am nächsten Morgen um Viertel vor neun in Kates Wohnung. Sie hatten beschlossen, daß er jeden Morgen um diese Zeit zu einer Besprechung kommen sollte. Kate nahm an, ohne ihn direkt danach zu fragen, daß seine Mutter, seine Freunde und seine Verlobte immer noch glaubten, er sei mit dem Laster unterwegs.

»Eines macht mir Gedanken«, sagte Kate. »Warum hat der Mann, wer immer es war, die Uniform nicht zurückgebracht? Hätte er sie vor zwölf zurückgelegt, dann wäre dem Hausmeister gar nicht aufgefallen, daß sie weg war. Warum hat der Hausmeister übrigens nicht der Polizei erzählt, daß sie gestohlen wurde?«

»Die zweite Frage zuerst: Der Hausmeister hat der Polizei nichts davon erzählt, weil er die Polizei nicht mag und weil sie ihn sonst vielleicht ›hineingezogen‹ hätte oder auf die Idee kommen könnte, daß er mit in der Sache steckt. Der Diebstahl der Uniform könnte das Ganze so aussehen lassen wie eine interne Geschichte.«

»Wie schnell du dir den entsprechenden Jargon angewöhnst.«

»Und um auf die erste Frage zu antworten«, sagte Jerry und ignorierte ihren Einwurf, »er hat die Uniform nicht zurückgelegt, weil es schon riskant genug war, sie zu stehlen. Warum das doppelte Risiko eingehen und doppelt Gefahr laufen, erwischt zu werden? Außerdem stelle ich mir vor, es war für ihn so viel leichter, unbemerkt wieder herauszukommen. Einen Mann in Hausmeisteruniform beachtet man nicht weiter. Ein Mann, der mit Anzug und Aktenkoffer aus einem Studentinnenheim kommt, würde sehr wohl bemerkt. Besser, die Uniform für ein schnelles Verschwinden zu benutzen und sie dann in irgendeinem Müllschlucker verschwinden zu lassen.«

»Was hat er mit seinen eigenen Kleidern gemacht, als er die Uniform anzog?«

»Wirklich, Kate, du hast in diese Dinge nicht den richtigen Einblick, wenn du mir nicht übelnimmst, daß ich das sage. Er hat sie natürlich über seine eigenen Sachen gezogen. Der Hausmeister hat unglücklicherweise eine etwas ausladende Figur, wir brauchen also nicht gerade nach einem winzigen Mörder Ausschau zu halten. Solche Uniformen werden natürlich immer weitergegeben, niemand erwartet mehr als eine annähernde Paßform.«

»Also«, sagte Kate, »ich habe beschlossen, vorerst einmal Thomas Carlyle im Stich zu lassen. Schon ein entzückender Mann, auf seine Weise, aber nicht gerade erholsam. Er fordert schrecklich viel Zeit. Ich sollte mich besser an Frederick Sparks heranmachen. Schließlich arbeitet er auf meinem Gebiet – ich kenne sogar ein paar Leute an seinem Englisch-Institut –, und wenn er ein Motiv haben sollte, dann kriege ich das wohl eher heraus als du. Also bleibt dir die Werbebranche. Vielleicht hat einer von uns schon heute abend einen Verdächtigen mit einem schönen runden Motiv. Es kann natürlich auch sein, daß unsere Nachforschungen noch Tage dauern. Vielleicht sollten wir über alles genaue Notizen machen, und wenn wir das hier hinter uns haben, schreiben wir ein Handbuch für den Do-it-yourself-Detektiv. Hast du wirklich vor, dich um einen solchen Job zu bewerben?«

»Ich habe mich noch nicht endgültig entschieden. Im Moment denke ich eher daran, mal Dr. Barristers Sprechstundenhilfe zu bearbeiten. Ich habe gestern einen kurzen Blick auf sie geworfen – sehr jung, sehr attraktiv, und, ich würde sagen, sehr gesprächsfreudig, wenn man sie sofort nach Arbeitsschluß dazu ermuntert – nachdem sie sich stundenlang das Gerede über die Unpäßlichkeiten ihrer ältlichen Patientinnen hat anhören müssen. Vielleicht erfahren wir so alles über den bösen Doktor von gegenüber.«

»Du bist ihm noch nicht begegnet. Wenn du ihn triffst, wirst du sehen, daß an ihm dummerweise nichts Unheimliches ist. Trotzdem müssen wir natürlich jede Möglichkeit einkalkulieren, falls das der richtige Ausdruck ist. Nur mach dich, nebenbei bemerkt, nicht so sehr an die junge, attraktive Sprechstundenhilfe heran, daß du darüber meine Nachforschungen und deine Verlobte vergißt.«

»Ich habe diesen Auftrag ohnehin nur übernommen, weil alle Detektive so ein faszinierendes Liebesleben haben. Hast du Raymond Chandler gelesen?«

»Ich habe Raymond Chandler gelesen, und sein Philip Marlowe war nie verlobt und schon gar nicht verheiratet.«

»Und er hatte auch nie den netten, sicheren Job, Gefriergut durch die Lande zu fahren. Genausowenig hat er, wie mir gerade einfällt, sechs Monate als Koch bei der Army verbracht.«

»Als *Koch*? Wieso denn das?«

»Weil ich nie in meinem Leben an einem Kochtopf gestanden habe, aber eine Menge Erfahrung als Lastwagenfahrer hatte. Leider hatten sie bei der Army im Fuhrpark nichts frei, weil alle Stellen mit Köchen besetzt waren. Über meine Moral mach dir auf alle Fälle mal keine Gedanken, ganz bin ich noch nicht korrumpiert, auch nicht korrumpierbar. Ich kannte mal einen Burschen, der sich mit einer Rothaarigen einließ, nachdem er sich mit einer Brünetten verlobt hatte. Er lernte die Rothaarige in einem Nachtclub auf dem Land kennen, wo er eine Zeitlang den Kontrabaß zupfte. Die beiden Frauen machten ihn so fertig, daß er bei einem Schiffsorchester anheuerte, obwohl er schon bei der Überfahrt zur Freiheitsstatue seekrank geworden war, und das letzte Mal, daß man von ihm gehört hat, war in Rom, wo er in abgerissenen Kleidern unter einem Balkon Geige spielte und darauf wartete, daß Tennessee Williams ihn zu einer Rolle in seinem neuesten Stück macht.«

Nachdem Kate ihm einen Abzug des Fotos aus Janet Harrisons Handtasche, etwas Geld und einen Schlüssel zu ihrer Wohnung für den Fall gegeben hatte, daß er in ihrer Abwesenheit diesen Stützpunkt brauchen sollte, machte er sich auf den Weg.

Was Frederick Sparks anging, dessen Sprechstundentermin nach dem von Janet Harrison gelegen hatte und der dabeigewesen war, als die Leiche gefunden wurde, so war Kate geneigt, jeden noch so schlimmen Verdacht zu wälzen. Nachdem Jerry gegangen war, erwog sie kurz, Emanuel anzurufen und ihn um ein paar Worte über Mr. Sparks zu bitten. Mochte Emanuels ganze berufliche Karriere – mehr noch, sein Leben – in Gefahr sein, an seinem beruflichen Format hatte sich in Kates Augen kein Quentchen geändert; und das fand sie außerordentlich ermutigend, auch wenn es bedeutete, daß sie ihn um die Zeit für ein Gespräch bitten mußte, statt sie zu fordern. Und Kate war sich sicher, daß Emanuels Patienten genauso über ihn dachten. Also wartete sie besser, bis sie mit Frederick Sparks gesprochen oder zumindest ein paar Eindrücke gesammelt hatte, bevor sie den Versuch machte, Emanuel ein paar Worte zu entlocken.

Aus diesen Überlegungen riß sie ein Anruf von Reed, der sich genauso anhörte wie Jerry am Abend zuvor.

»Wir haben jetzt endlich etwas entdeckt«, sagte Reed, »von dem ich so eine Vorahnung habe, daß es auf die eine oder andere Weise die Wende bringen könnte für unseren Fall.«

»Über die Uniform weiß ich bereits genau Bescheid«, sagte Kate geziert.

»Was für eine Uniform?«

»Entschuldige, ich muß an einen meiner anderen Fälle gedacht haben. Was habt ihr herausbekommen?«

»Janet Harrison hat ein Testament hinterlassen.«

»Hat sie das? Ich hoffe, man hat sie wegen ihres Geldes ermordet. Was wir nämlich dringend in diesem Fall brauchen, das ist ein Motiv.«

»Sie hatte 25 000 Dollar in irgendein Familienunternehmen investiert, das ihr 6 Prozent Dividende bezahlte (Vorzugsaktien), oder, um dich mit höherer Mathematik nicht in Verlegenheit zu bringen, 1500 Dollar pro Jahr.«

»Vielleicht hat die Familie, der das Unternehmen gehört, sie wegen des Aktienpakets ermordet.«

»Kaum. Ich versuche ja gerade, dir zu erzählen, daß sie ein Testament hinterlassen hat. Sie hat das Aktienpaket nicht der Familie vererbt. Was glaubst du, wem sie es vermacht hat?«

»Wenn sie es Emanuel vermacht hat, erschieße ich mich auf der Stelle.«

»Das macht nur Flecken. Außerdem schießen Leute, die nicht geübt sind, gewöhnlich daneben, machen Löcher in die Wände und erschrecken die Nachbarn. Sie hat es einem Daniel Messenger, Doktor der Medizin, hinterlassen.«

»Wer ist das? Reed! Könnte das der Jüngling auf dem Foto sein?«

»Zwei Seelen, ein Gedanke. Oder besser, zwanzig Seelen. Wir haben bereits eine Beschreibung des Dr. Daniel Messenger, der medizinische Forschung praktiziert – praktiziert man Forschung? Wohl nicht. In Chicago. Er ist deutlich älter als unser Mann und könnte dem Foto gar nicht unähnlicher sehen – falls er das Ding so gedreht hat, der unsägliche Schurke.«

»Vielleicht hat er sein Äußeres verändert – die Haare gefärbt, plastische Chirurgie.«

»Kate, Mädchen, ich mache mir von Mal zu Mal größere Sorgen um dich, wenn wir miteinander reden. Wir erwarten noch ein Foto von dem Kerl, und ich denke, das wird sogar dich überzeugen. Nach dem, was ich gehört habe, könnte ihn niemand mit einem jungen Cary Grant verwechseln; ein junger Lon Chaney in voller Kriegsbemalung käme ihm sicher näher. Er hat einen tiefen Haaransatz, eine lange, eher fleischige Nase und abstehende Ohren. Zweifellos hat er eine wunderbare Persönlichkeit; er muß Charakter haben, wenn er in die Forschung geht, während das Geld für die Herren Doktoren auf der Straße liegt.«

»Was hatte er mit Janet Harrison zu tun, und wo habt ihr das Testament gefunden?«

»Genau das ist die Frage des Tages: Was hatte er mit Janet Harrison zu tun? Ein Kollege in Chicago hat ihn verhört und schwört, daß der gute Doktor den Namen noch nie gehört und sie auch nicht auf dem Foto erkannt hat. Etwas an diesem Mädchen fängt an, mich zu faszinieren. Wie wir an das Testament gekommen sind, zeigt, wie nützlich Öffentlichkeit sein kann. Der Anwalt, bei dem sie es hinterlegt hatte, hat uns angerufen und uns das Testament ausgehändigt. Nein, du brauchst nicht zu fragen: Der Anwalt kannte sie nicht. Sie hat seinen Namen offenbar aus dem Telefonbuch gefischt. Er hat das Testament für sie aufgesetzt, ein ganz einfaches, und ihr fünfzig Dollar dafür abgenommen. Er hatte sich auf einer dieser verfluchten Geschäftsreisen befunden und der Name fiel ihm nur auf, weil seine Frau ihm nach seiner Rückkehr von dem Fall erzählte. Er scheint mir durch und durch aufrichtig zu sein. Aber es *muß* eine Verbindung zu diesem Daniel Messenger geben, obwohl er und Janet Harrison, soweit wir das überprüfen konnten, sich niemals auch nur zur gleichen Zeit am gleichen Ort aufgehalten haben.«

»Werfen Sie bitte zehn Cents für die nächsten fünf Minuten nach.«

»Reed, du rufst aus einer Telefonzelle an.«

»Mit ein bißchen Übung, meine Liebe, wird aus dir

noch eine große Detektivin. Ich könnte kaum all diese Geheimnisse vom Telefon im Büro des Bezirksstaatsanwalts aus ausplaudern. Kate, ich fange an, mich für deinen Fall zu interessieren. Was wahrscheinlich beweist, daß Wahnsinn ansteckend ist. Ich habe nicht eine Münze mehr.« Er hängte ein.

Daniel Messenger. Ein paar hektische Augenblicke lang spielte Kate mit dem Gedanken, sich ein Flugzeug nach Chicago zu schnappen. Aber wie brutal sie auch zu Thomas Carlyle gewesen war, morgen mußte George Eliot erledigt werden. Und natürlich konnte man sich nicht schnell mal ein Flugzeug »schnappen«. Man mußte sich vielmehr auf den langen langsamen Weg zum Flughafen machen und stundenlang an den Ticket-Schaltern mit Angestellten herumstreiten, die offenbar vor fünf Minuten eingestellt worden waren, aber für einen ganz anderen Job; und wenn man das überlebt hatte, dann erreichte man Chicago nur, um dort seine Warteschleifen über dem Flugplatz zu ziehen und dabei entweder vor Langeweile zu sterben oder mit einem anderen Flugzeug zusammenzustoßen, das glaubte, in einer Warteschleife über Newark zu sein. Mit einiger Anstrengung gelang es Kate, ihre umherschweifenden Gedanken wieder auf Frederick Sparks zu konzentrieren. Reeds Anruf hatte sie nicht nur abgelenkt und den Fall kompliziert, er hatte sie auch an die Nützlichkeit des Telefons erinnert. Sie wählte die Nummer einer Professorin für Literatur des sechzehnten Jahrhunderts, mit der sie vor vielen Jahren einmal zusammen für's »Mündliche« gelernt hatte.

»Lillian. Hier ist Kate Fansler.«

»Kate! Wie läuft's auf der Uni auf dem Hügel?«

»Es ist schrecklich, wie jedesmal im Frühling.« April ist der grausamste Monat. Damit hatte es begonnen. Ein paar Augenblicke schwatzten sie über persönliche Dinge. »Ich rufe an«, sagte Kate schließlich, »um dich nach einem deiner Kollegen zu fragen. Frederick Sparks.«

»Falls ihr vorhabt, ihn bei euch einzustellen, tut es nicht. Erstens sitzt er fest auf seinem Posten und würde nicht im Traum daran denken, ihn aufzugeben, und zweitens ist er ein großer Bewunderer des Lesedramas und hält ›The Cenci« für besser als ›Macbeth‹.«

»Nichts lag mir ferner, als ihn anheuern zu wollen. Ich erzähle dir ein andermal, worum es geht. Was ist er für ein Mensch?«

»Ziemlich ermüdend. Gut als Wissenschaftler. Lebt allein, hat sich vor kurzem von seiner Mutter gelöst, zumindest einigermaßen. Hat einen französischen Pudel namens Gustave.«

»*Gustave?*«

»Nach Flaubert. Obwohl Proust sein französischer Lieblingsautor ist. Ich meine Gustaves Lieblingsautor.«

»Ich nehme an, er macht sich nicht viel aus Frauen. Sparks, meine ich.«

»Das vermuten die meisten. Ich, für meine Person, vergebe solche Etiketten nicht mehr. Über mich sind so viele falsche in die Welt gesetzt worden, daß ich einfach nicht mehr so denke. Übrigens ist er in der Analyse.«

Das war eine Richtung des Gesprächs, der Kate im Moment noch nicht folgen wollte. »Lillian, gibt es eine Möglichkeit, Sparks einmal zu treffen, bei einem gesellschaftlichen Anlaß vielleicht, oder ganz zufällig? Möglichst bald, wenn es geht.«

»Du fasziniert mich. Kein Mensch war begierig darauf, Sparks zu treffen, seit das P. & B.-Komitee ihn zur festen Anstellung vorgeschlagen hatte.«

»Was ist denn um Himmels willen das P. & B.-Komitee?«

»Ach, ihr Unschuldsgemüter, die ihr nicht an City-Colleges arbeitet. Keiner von uns hat die blasseste Idee, wofür die Initialen stehen, aber es ist ein allmächtiger Ausschuß. Jedenfalls gehe ich heut abend zu einer Party, die für einen Kollegen ausgerichtet wird, der ein Fulbright-Stipendium nach Indien bekommen hat, und Sparks wird zweifellos auch da sein. Ich bin selber schon in Begleitung, aber ich schleppe dich halt als eine Cousine mit, die wir nicht haben abschütteln können. Einverstanden?«

»Wunderbar. Aber je kleiner die Lügen, desto besser, heißt meine Devise. Sagen wir also, ich bin plötzlich bei euch hereingeplatzt.«

»Sehr gut, machen wir es noch geheimnisvoller. Platz also bei mir gegen acht herein. Bring eine Flasche als

Mitbringsel mit, und du bist dreifach willkommen. Bis dann.«

Womit Kate nichts anderes übrigblieb, als wieder an ihre Arbeit zurückzugehen und sich zu fragen, was Jerry wohl gerade machte. Richard Horan, der Mann aus der Werbebranche, mußte sich jetzt gerade auf Emanuels Couch ausgestreckt haben. Dr. Barristers hübsche Sprechstundenhilfe hatte mit ihren weiblichen Patienten zu tun. Wahrscheinlich genehmigte Jerry sich währenddessen ein Doppelprogramm im Kino. Kate verbannte Daniel Messenger aus ihren Gedanken und nahm sich ›Daniel Deronda‹ vor.

9

Jerry war nicht im Kino. Es hätte ihn auch geärgert, wenn er gewußt hätte, was Kate vermutete; um so mehr hätte sich Kate jedoch geärgert, wenn sie gewußt hätte, was er wirklich tat. Er lauerte nämlich Emanuel auf.

Es war nicht direkt so, daß Jerry Kates Überzeugung von der Unschuld Emanuels anzweifelte. Die beiden waren Freunde, das wußte Jerry, und er vermutete noch ein bißchen mehr – obwohl Kate sich in diesem Punkt nur sehr vage ausgedrückt hatte –, und das sprach sehr für Emanuels Unschuld, weil Frauen, davon war Jerry überzeugt, nicht automatisch eine hohe Meinung von Männern hatten, die sie zwar geliebt, aber nicht geheiratet hatten. Dennoch war für Jerrys männliches und daher objektives Einsichtsvermögen Emanuel immer noch der Verdächtige Nummer Eins, und die Tatsache, daß Kate von seiner Unschuld überzeugt war, wog nicht so schwer für Jerry, wie er behauptete. Auch wenn er bereit war, Kates Instruktionen zu folgen – schließlich bezahlte sie ihn dafür –, so konnte er sie sicher mit größerem Sinn für's Zweckmäßige ausführen, wenn er mit Emanuel gesprochen hatte. Mit seinen zweiundzwanzig Jahren hatte Jerry großes Vertrauen in seine Fähigkeit, Menschen richtig einzuschätzen.

Natürlich konnte er nicht einfach hineinmarschieren

und sich Emanuel als Kates Assistenten und Neffen in spe präsentieren. Erstens hatte Kate Emanuel gar nichts über seine, Jerrys, Rolle bei den Nachforschungen erzählt, und zweitens war es wichtig, Emanuel unvorbereitet zu erwischen. Er wollte herausfinden, ob Emanuel, der ja nun um elf Uhr einen Termin frei hatte, einfach loswandern würde. Kate und Nicola waren überzeugt davon.

Also besorgte Jerry sich in einem Laden an der Madison Avenue ein Fensterleder – das er tugendhaft nicht auf seine Spesenrechnung setzte – und fing an, gegenüber dem Eingang zu Emanuels Praxis ein Auto zu polieren. Von dort aus hatte er einen sehr guten Überblick über alles, was ein und aus ging, und zugleich einen guten Grund, in einer eleganten Straße herumzulungern, in der man nicht gerade zum Herumlungern ermutigt wurde. Prekär würde die Sache nur werden, wenn der Besitzer des Wagens erschiene, aber Jerry war darauf vorbereitet.

Um fünf vor elf trat ein junger Mann aus dem Gebäude. Aller Wahrscheinlichkeit nach Richard Horan. Jerry duckte sich, polierte den Kotflügel und sah sich den Mann genau an. Mr. Horan war später an der Reihe. Zu Jerrys nicht geringem Erstaunen sah Mr. Horan so aus, wie man sich in Hollywood einen »jungen Madison-Avenue-Angestellten auf dem Weg nach oben« vorstellte. Weil Horan eine Analyse machte, hatte Jerry ihn sich ein wenig unsicherer und gehetzter vorgestellt. Aber hier ging die personifizierte Selbstsicherheit. Jerry fühlte Erleichterung, über deren Ursprung er sich allerdings keine Rechenschaft gab. Tatsächlich war er, ohne es selber zu wissen, froh, daß er mit Mr. Horan kein Mitleid zu haben brauchte.

Nachdem das Objekt seines prüfenden Blickes verschwunden war – in Richtung Madison Avenue, wie passend – polierte Jerry weiter an dem Wagen herum, allerdings nicht mehr so fleißig, und er legte eine Zigarettenpause ein. Er sah, wie eine Frau das Haus betrat und eine andere herauskam, vermutlich auf dem Wege zu und von Dr. Barrister. Zu seiner Überraschung paßten beide Frauen nicht in die Rubrik »älter« oder »ältlich«. Die eine war sogar eindeutig jünger als Kate, die Jerry, auch wenn er sich eher umgebracht hätte, als es ihr gegenüber zuzugeben, als Frau »mittleren Alters« einschätzte. (Kate hatte natürlich viel zu viel Erfahrung mit Studenten in Jerrys Alter, als daß sie das nicht genau gewußt hätte.) Er zwang sich, sorgfältig die ganze Seite des Wagens zu polieren und mit übertriebener Gemächlichkeit die nächste Zigarette zu rauchen, ehe er sich der Frage widmete, was nun als nächstes geschehen sollte. Er war beinah entschlossen, hineinzugehen und sich irgendeine Geschichte für Emanuel auszudenken, als Emanuel, eine Zigarette rauchend, aus der Tür trat und sich auf den Weg in den Park machte.

Jerry war natürlich nicht ganz sicher, ob das Emanuel war, aber der Mann war im richtigen Alter und trug zudem äußerst schäbige Kleidung, wie sie ein Bewohner eines so luxuriösen Hauses niemals tragen würde, mit Ausnahme dieses exzentrischen Menschen, der in alte Sachen stieg, um einen Dauerlauf um den See zu machen. Jerry faltete das Fensterleder ordentlich zusammen und ließ es als Anzahlung für die Nutzung des Wagens auf dem Kotflügel liegen. Er folgte dem Mann in den Park.

Was er als nächstes zu tun hatte, war ihm keineswegs klar. Um den See herum hinter ihm hertrotten, ihm vielleicht ein Bein stellen und ihn dann unter vielerlei Entschuldigungen in ein Gespräch verwickeln? Emanuel war sicherlich kein Dummkopf; konnte er also damit durchkommen? Vielleicht würde sich am See etwas ergeben. Eines war offensichtlich: Dieser Mann lief los mit dem Nachdruck und der physischen Energie eines Menschen, der zu lange gesessen hatte und jetzt einfach Bewegung brauchte. Das erklärte auch, wieso er sich die Mühe machte, für knapp eine halbe Stunde Laufen die Kleidung zu wechseln.

Aber zum Laufen sollte es erst gar nicht kommen. Emanuel verlangsamte seine Schritte auf einem der Wege so sehr, daß Jerry ihm gefährlich nahe kam. Was ihn anhalten ließ, war eine Frau – wie alt mochte sie sein, so dick, auffallend geschminkt und offenbar dem Wahnsinn nahe, wie sie daherkam? Sie weinte, und die Wimperntusche rann in schwarzen Bächen über ihr nicht mehr junges Gesicht und vermischte sich mit dem Rouge. Andere, die sie sahen, grinsten, die meisten drehten sich einfach weg und gingen am Wegrand entlang, um ihr auszuweichen. Auch Jerry reagierte instinktiv so.

Aber Emanuel blieb stehen. »Kann ich Ihnen helfen?« fragte er die Frau. Jerry ließ sich unbemerkt hinter Emanuel auf eine Bank fallen. Die Frau musterte ihren Gesprächspartner argwöhnisch.

»Ich habe ihn verloren«, jammerte sie, »ich bin nur ein bißchen weggedöst, und da ist er verschwunden. Ich schlafe nachts nämlich nicht gut.«

»Ihr Kleiner?« fragte Emanuel.

Sie nickte. »Ich hatte seine Leine an der Bank festgebunden, aber er muß sie gelockert haben. Cyril, Liebling, komm zu Mama«, fing sie an zu rufen. »Tun Sie ihm ja nichts«, sagte sie zu Emanuel.

»Wie groß ist er denn?« fragte Emanuel. »Welche Farbe?« Für Jerry war es eine groteske Szene. Aber Emanuel legte seine Hand auf den Arm der Frau. »Was für eine Farbe hat er?« fragte er noch einmal. Die Geste schien sie zu beruhigen.

»Braun«, sagte sie. »So groß«, und dazu machte sie eine Bewegung, als hielte sie einen kleinen Hund auf dem Arm. Mit Liebe im Blick sah sie auf ihren leeren Arm.

»Er wird nicht weit gelaufen sein«, sagte Emanuel. Inzwischen hatte sich eine kleine Gruppe Neugieriger um sie versammelt. Emanuel fing an, in den Büschen in der Nähe zu suchen, und ein paar Männer schlossen sich ihm an, wenn auch mit einem Schulterzucken, das zeigen sollte, für wie unsinnig sie das alles hielten. Jerry zwang sich, auf seinem Platz zu bleiben. Es war einer von den anderen Männern, der den Hund fand, vielleicht fünf Minuten später, der sich ganz in der Nähe in etwas Undefinierbarem wälzte, was ihm offensichtlich sehr gefiel. Mal was anderes als auf dem Arm der Frau da, dachte Jerry.

Die Frau nahm den Hund wieder an die Leine, schalt ihn einen schlimmen, schlimmen Kerl und ließ Emanuel stehen, als wäre er ein Stadtstreicher, der sie anzusprechen gewagt hatte. Der Mann, der den Hund gefunden hatte, tippte sich bedeutungsvoll gegen die Stirn. Emanuel nickte und sah auf seine Uhr. Keine Zeit mehr für eine noch so schnelle Runde. Um zwölf Uhr hat er den nächsten Patienten, dachte Jerry, und er muß noch seine Kleidung wechseln. Emanuel ging mit langsamen Schritten zurück in Richtung Fifth Avenue. Jerry folgte ihm nicht. Er blieb auf der Bank sitzen und dachte über Richard Horan nach. Die Notwendigkeit, mit Emanuel zu sprechen, hatte sich irgendwie in der Morgenluft aufgelöst.

Nach einer weiteren halben Stunde Sitzen im Park betrachtete Jerry den Beruf des Detektivs mit weniger Unbekümmertheit als noch am Morgen. Tatsächlich kam er sich eher wie ein Dummkopf vor. Er hatte Kate zwar leichthin verkündet, daß er sich um einen Job in Richard Horans Werbeagentur bewerben wollte, aber im Grunde war es alles andere als eine brillante Idee. Gut, er brauchte sich ja nicht direkt nach einer Anstellung zu erkundigen, aber ohne Frage mußte er in die Agentur gehen und sich dort umschauen. Vielleicht würde sich herausstellen, daß er am besten Mr. Horan nach Hause folgte – Jerry widmete sich nicht allzu lange der Frage, wohin, wenn überhaupt, dieser Weg ihn führen würde –, es blieb ihm nichts anderes übrig, als sich jetzt auf Horan zu konzentrieren.

Er fuhr mit dem Bus die Madison Avenue entlang Richtung Innenstadt und zog während der Fahrt das Foto von dem jungen Mann heraus, um es zu studieren. Konnte es sich womöglich um ein Bild von Horan handeln? Als er sein Opfer von seinem Standort hinter dem Kotflügel betrachtet hatte, hatte Jerry nur einen allgemeinen Eindruck gewonnen. Eine genaue Erinnerung an das Gesicht hatte er nicht. Gewiß sollte ein Detektiv, der einmal einen Blick auf einen Mann geworfen hat, dessen Gesicht nie wieder vergessen; Jerry hatte es keineswegs vergessen, aber er hatte sich auch nichts gemerkt. Dennoch war er sich ziemlich sicher – und er schluckte seine Bedenken hinunter –, daß Horan dem Mann auf dem Bild hier nicht ähnlich sah. Aber dem konnte man ja noch genauer nachgehen.

Es gehört zu den seltsamen Winkelzügen des Schicksals, daß es, wenn wir erst einmal zugegeben haben, ein Dummkopf und ganz allein schuld an den eigenen Fehlern zu sein, uns plötzlich das Glück wie auf einem Silbertellerie serviert. Die alten Griechen wußten das natürlich, doch Jerry mußte es noch lernen. Jahre später würde Jerry auf diese Phase seines Lebens zurückschauen als auf eine Zeit, in der er gelernt hatte, daß man zwar tun muß, was man kann, der Erfolg aber niemals allein das Resultat der eigenen Anstrengungen ist. Während er aus dem Bus stieg, war er sich jedoch nur seiner eigenen Unzulänglichkeit bewußt.

Für Jerry hatten alle Werbeagenturen absolut blödsinnige Dingsbums-Namen, die er sich nie merken konnte. Die Firma Dingsbums, nach der er jetzt suchte, residierte im achtzehnten Stock. Jerry trat aus dem Fahrstuhl und kam sich vor wie irgendwo im Weltraum. Bestimmt gab es eine Empfangsdame. Doch ob das so war, sollte Jerry nicht mehr erfahren. Eine Hand senkte sich auf seine Schulter, und Jerry war sicher, daß seine Haare augenblicklich anfingen, grau zu werden.

»Was tun Sie hier? Erzählen Sie mir nicht, Sally habe Ihnen geraten, in die Werbebranche zu gehen. Lassen Sie sich einen Rat von mir geben, bleiben Sie beim Gesetz.«

Es war Horan. Jerry starrte ihn mit offenem Mund an, als wäre er ein Alligator, der sich in seine Badewanne verirrt hatte.

»Sie sind doch der Jerry, der mit Sally Fansler verlobt ist, nicht? Wir sind uns mal auf einer Party begegnet ... Stimmt irgend etwas nicht?« Jerry sah in der Tat so aus, als fiele er gleich in Ohnmacht.

»So klein ist die Welt«, brachte er über die Lippen. »Um eine Phrase zu gebrauchen«, fügte er hinzu und deckte so die Albernheit des ersten Klischees mit dem zweiten zu.

»So ist es, im wahrsten Sinne des Wortes. Ich vertrete die Meinung, es gibt nur fünfzig Leute auf der Welt, und die machen dauernd die Runde. Haben Sie schon zu Mittag gegessen?«

Liebe, wundervolle, glückliche Sally, die wirklich alles und jeden kannte. Irgendwie hatte Jerry die Vorstellung gehabt, daß ihm das einmal nützlich sein könnte – er dachte Jahre voraus, an seine Tätigkeit als Anwalt –, doch jetzt fing er an, Sallys vielfältige Verbindungen in noch hellerem Licht zu sehen. Im Scherz hatte er oft zu Sally gesagt, sie beide läsen offenbar jeden Morgen zwei verschiedene Ausgaben der ›Times‹. Sie warf nie einen Blick auf die Sport-Seite; Afrika, der Nahe Osten, Rußland und die Vorgänge im Congress berührten gerade die Randzonen ihres Bewußtseins; und wenn sie, um ihr Leben zu retten, die Namen der neun Richter des Obersten Bundesgerichts aufzuzählen hätte, würde sie gerade Warren nennen können und sterben. Dafür war die ›Times‹ für sie voll kleiner Meldungen über Leute, die die Stelle wechselten, heirateten, sich scheiden ließen, Prozesse führten, und keine dieser Meldungen wurde jemals wieder vergessen. Sie »kannte« nicht nur »jeden« kreuz und quer durch die Kontakte von Familie, Schule, College und Verabredungen – aus denen bestand ihre gesellschaftliche Welt –, sie wußte auch über jeden alles.

»Mein Bruder Tom hat sich ein paarmal mit Sally getroffen«, sagte Horan, während sie, immer noch wie im Traum, wieder in den Fahrstuhl zurücktraten. »Was treiben Sie denn so?«

Zum Lunch gestattete Jerry Horan, ihm einen Gibson zu spendieren. Er war es nicht gewöhnt, mitten am Tag Alkohol zu trinken, aber hier ging es darum, einen schwer angeschlagenen Mann wieder auf die Beine zu bringen. Selbst durch einen Schleier von Alkohol war eindeutig klar, daß Horan nicht der Mann war, dessen Bild jetzt in der Innentasche von Jerrys Jacke steckte. Außerdem – könnte jemand aus Sallys Welt ein Mädchen auf einer Couch erdolchen? Nicht aus Leidenschaft, sondern als kühl kalkuliertes Verbrechen?

»Sie machen eine Analyse?« fragte Jerry. Er hörte seine eigenen Worte mit Schrecken. Er hatte vorgehabt, sich im Gespräch auf verschlungenen Wegen diesem Thema zu nähern. Er hätte den Gibson doch nicht trinken sollen. Was gab er doch für einen Detektiv ab! Jerry stopfte sich den Mund mit einem Stück Brot und hoffte, wenn auch nicht allzu wissenschaftlich begründet, daß es den Alkohol aufsaugen möge.

Jetzt war Horan an der Reihe, ihn geschockt anzusehen. »Mein Gott!« sagte er, »woher haben Sie das?«

»Ach, von nirgends«, sagte Jerry und wedelte mit der Hand. »Ist nur so eine Redensart, wie man sie heutzutage im Repertoire hat. Man stellt sie halt in den Raum und wartet, wie sie ankommt.« Er setzte ein ermunterndes Lächeln auf.

Horan sah aus wie ein Mann, der sich hinabbeugt, um einen Hund zu streicheln, und entdeckt, daß es eine Hyäne ist. Das Essen wurde aufgetragen und sorgte für eine willkommene Unterbrechung. Jerry fing an, ziemlich schnell zu essen. »Tut mir leid«, murmelte er schließlich.

Horan machte eine verzeihende Handbewegung. »Ich mache tatsächlich eine Analyse. Das ist eigentlich kein Geheimnis. Und mein Analytiker ist genau der Mann, auf dessen Couch gerade ein Mädchen ermordet worden ist.«

»Haben Sie trotzdem bei ihm weitergemacht?« fragte Jerry treuherzig.

»Warum nicht? Er war es natürlich nicht, zumindest glaube ich das. In meiner Familie meinen sie, ich sollte aufhören, aber, zum Teufel, man kann doch nicht von jedem sinkenden Schiff springen. Um eine Phrase zu gebrauchen«, fügte er hinzu.

»Haben Sie das Mädchen gekannt?« Nachdem er einmal damit angefangen hatte, direkte Fragen zu stellen, dachte Jerry, es sei das beste, so weiterzumachen.

»Nein, habe ich nicht, leider. Ich habe sie öfters im Wartezimmer gesehen, wenn ich hinausging, aber ich wußte nicht einmal ihren Namen. Verdammt gutaussehend. Ich sagte einmal zu ihr, ich hätte zufällig zwei Eintrittskarten für eine Show an dem Abend, und wenn sie Lust hätte, mitzugehen – tatsächlich hatte ich sie an dem Morgen bei einem Schwarzmarkthändler gekauft –, aber sie wollte nicht. Kalt wie ein Fisch. Trotzdem seltsam, daß jemand sie ermordet haben soll.«

Das klang schrecklich nach der Wahrheit. Aber Mörder waren sicher auch gute Lügner.

»Ist Ihr Analytiker gut in seinem Beruf?« fragte Jerry.

»Äußerst angesehen. Er sitzt wirklich zwanzig Minuten da und wartet, wenn ich den Mund nicht öffne. Offenbar ärgere ich mich trotzdem über ihn. Jedenfalls habe ich das geträumt.« Jerry sah ihn interessiert an. »Man soll ihnen natürlich auch seine Träume erzählen. Habe nie gedacht, daß ich viel träume, aber man tut es, wenn man sich nur dazu bringt, sie sich zu merken. Also, in diesem Traum war ich bei Brooks Brothers, um mir einen Anzug zu kaufen. Der Anzug kam mir verdammt teuer vor, aber ich habe ihn genommen, und als ich ihn zu Hause anprobierte, paßte er überhaupt nicht. Ich brachte ihn in den Laden zurück und geriet mit dem Verkäufer in einen heftigen Streit darüber, daß man mir viel zu viel dafür abgenommen habe, der gottverdammte Anzug sei keinen Heller wert. Ich wachte regelrecht wütend auf und sauste los, Dr. Bauer davon zu erzählen. Anscheinend war es ein ganz einfacher Traum. Ich ärgerte mich über ihn, über Dr. Bauer, und fühlte mich von ihm betrogen, weil er für so viel Geld nichts anderes tut, als mir zuzuhören, aber das war ein Gedanke, dem ich mich nicht stellen wollte, und so habe ich ihn auf diese Weise im Traum verarbeitet. Schlau, was?«

Das hörte sich zweifellos wie eine glänzende Lektion über die Technik der Analyse an, aber für das, was Jerry wissen wollte, war es zwecklos. Oder konnte jemand so wütend auf seinen Analytiker sein, daß er ihm einen Mord anhängte? Ein interessanter Gedanke. Jerry fragte sich, ob Analytiker das jemals als eines ihrer Berufsrisiken betrachteten. Kein schlechtes Motiv, wenn Jerry genau darüber nachdachte. Flüchtig ging ihm die Frage durch den Kopf, wie es Kate wohl mit Frederick Sparks erging.

»Mißverstehen Sie mich nicht«, sagte Jerry, »aber haben Sie jemals den Wunsch gehabt, Dr. Bauer umzubringen?«

»Nicht ihn *umzubringen*«, antwortete Horan, offensichtlich keineswegs gekränkt, »obwohl Gott allein weiß, was einem so durch das düstere Unterbewußtsein schleicht. Man hat natürlich seine Phantasien über seinen Analytiker, doch meistens nur als Bild: Man trifft jemanden, der ihn auch kennt und von dem man nun all die schmutzigen Geheimnisse aus seinem Leben erfährt, oder er läßt seine professionelle Aura fallen und bittet um Hilfe. Was einen ganz besonders verrückt machen kann bei einem Analytiker: Man erzählt ihm einen Witz, sogar einen verdammt komischen Witz, und hinter einem herrscht totales Schweigen. Aber am Abend geht er bestimmt zu seiner Frau – ich nehme an, er ist verheiratet – und sagt: ›Habe heute einen verdammt komischen Witz gehört, von einem meiner Patienten.‹«

»Hilft er Ihnen eigentlich bei dem Problem, das Sie zu ihm gebracht hat?«

»Also, bis jetzt natürlich nicht, die Behandlung hat gerade erst angefangen. Wir haben schon eine Menge interessantes Material aufgedeckt. Zum Beispiel hat sich herausgestellt – obwohl ich mich gar nicht daran erinnere –, daß ich die ganze Zeit, als meine Mutter mit meinem Bruder schwanger war, Bescheid gewußt habe. Die Analyse hat mir auch schon bei meiner Arbeit geholfen.«

»Hatten Sie da mal eine Blockade?«

»Nicht direkt. Wir haben einen Kunden, der elegante Möbel herstellt, und ich habe mir dazu eine Anzeige ausgedacht: ein Raum mit nur zwei Möbelstücken, eine Couch und einen Stuhl hinter dem Kopfende, beides natürlich edle Stücke. Habe dafür ganz schön Lob eingeheimst.«

Horan fing an, über andere Dinge zu reden, die nichts mit der Analyse zu tun hatten, und Jerry hatte nicht mehr die Energie, ihn wieder auf das Thema zurückzubringen. Er wirkte jedenfalls nicht wie ein Mörder. Vielleicht hatte er jemanden beauftragt, die Sache für ihn zu übernehmen. Aber war so etwas, von der Welt der organisierten Kriminalität einmal abgesehen, wirklich möglich? Und wußte Horan Bescheid über die komplizierte häusliche Organisation bei Emanuel? Daß er nicht sicher wußte, ob Emanuel verheiratet war oder nicht, könnte eine raffinierte Finte gewesen sein. Konnte einer wie Horan wirklich genauso erscheinen, wie er war, ohne es zu sein?

Jerry verabschiedete sich von Horan, der das Mittagessen für ihn mit übernommen hatte, einigermaßen deprimiert und mit heftigen Kopfschmerzen. Was sollte er unternehmen, bis Dr. Barristers hübsche Sprechstundenhilfe Feierabend hatte? Nach einigen Augenblicken fruchtlosen Nachdenkens ging Jerry in ein Kino mit Doppelprogramm.

Wie ein Murmeltier aus dem Winterschlaf kam Jerry aus der Dunkelheit des Kinos wieder ins helle Sonnenlicht zurück. Er hatte zwei Hälften von zwei verschiedenen Filmen gesehen und nur verschwommene Vorstellungen von beiden Handlungen, hegte aber den Verdacht, daß die Kombination der beiden Hälften einen interessanteren Film ergaben, als jeder für sich genommen. Mit seinen Gedanken war er ohnehin woanders gewesen. Warum hatte er zum Beispiel nicht Horan gefragt, ob und wann er in Emanuels Praxis angerufen hatte? Falls Horan die Anrufe arrangiert hatte, bei denen die Termine abgesagt wurden, dann hätte er sich vielleicht, von Jerrys Frage verwirrt, verraten. Andererseits, wenn Horan jemanden für die Anrufe bezahlt hatte, dann hätte die Tatsache, daß Jerry die Telefonate erwähnte, Horan, der offenbar keinerlei Argwohn gegen Jerry hegte – außer Zweifeln an seiner geistigen Gesundheit –, dazu gebracht, auf der Hut zu sein. Es kam Jerry so vor, als bringe es der Beruf des Detektivs mehr als jeder andere mit sich, daß man dauernd in irgendwelchen Sackgassen landete. Und natürlich kam keiner auf die Idee, die entsprechenden Schilder am Eingang der Straße aufzustellen.

Jerry wollte Dr. Barristers Sprechstundenhilfe nicht verpassen, und so stieg er vor dem Kino in ein Taxi zur Praxis, wo sie, ohne es zu wissen (wie er hoffte), auf seine Ankunft wartete. Von Kates Geld hatte er noch nichts verbraucht, dafür einen schmerzlich großen Teil von seinem eigenen. Er konnte ja nicht Kate das Fensterleder berechnen oder das Kino oder gar das Taxi, das der Kinobesuch erforderlich gemacht hatte. Na gut, das Fensterleder konnte er ihr vielleicht in Rechnung stellen – schließlich hätte er Horan ohne den Blick, den er vorhin auf ihn geworfen hatte, in der Werbeagentur gar nicht erkannt –, aber das hätte auch nichts geändert. Immerhin hatte er im Kino – und damit tröstete sich Jerry nun selbst – einen Plan ausgearbeitet, wie er sich an die Sprechstundenhilfe heranmachen wollte. Hätte Kate von dem Plan erfahren, wäre sie wahrscheinlich in ein großes Zetermordio ausgebrochen, aber das konnte ihn jetzt in seiner Hoffnungslosigkeit auch nicht mehr abschrecken.

Auf dem Schild vor Dr. Barristers Praxis stand: Bitte läuten und eintreten. Das tat Jerry. Die Sprechstundenhilfe war da, allein. Sie saß an einer Schreibmaschine. »Ja?« sagte sie zu Jerry, offensichtlich verblüfft von seiner Gegenwart, seinem Geschlecht und seinem Auftreten. Aus der Nähe betrachtet, war sie weder so jung noch so hübsch, wie Jerry angenommen hatte.

»Es ist wegen meiner Frau«, sagte Jerry. Überzeugend schien ihm die Art, wie er das herausbrachte, keineswegs, aber er hoffte, die Sprechstundenhilfe würde das unter Nervosität eines Ehemannes abhaken. Die Sprechstundenhilfe schien unentschlossen, ob sie lachen oder die Polizei rufen sollte. »Sie, das heißt, wir, also – wir wollen so gern ein Baby haben. Darf ich mich setzen?« fügte er hinzu und setzte sich.

»Der Doktor ist nicht da«, sagte die Sprechstundenhilfe und bedauerte sofort, daß sie diese Tatsache jemandem gegenüber zugegeben hatte, den sie – ihr Ausdruck ließ keinen Zweifel zu – für verrückt hielt. Sie verschanzte sich hinter einer amtlichen Attitüde. »Wenn Ihre Frau vielleicht anriefe und einen Termin ausmachte, oder wenn Sie jetzt mit mir einen verabreden wollen...« Sie griff nach dem Terminkalender auf ihrem Schreibtisch und hielt inne, den Stift in der Hand. »Wer hat Ihnen Dr. Barrister empfohlen?« war ihre nächste schreckliche Frage.

Nun mobilisierte Jerry seine nicht unerhebliche Reserve an Charme. Daß er nach seinen nachmittäglichen Unternehmungen etwas derangiert aussah, war ihm klar. Ohne sie mit der üblichen Handbewegung zurückzustreichen, gestattete er seiner Haarlocke, ihm in die Stirn zu fallen. Er lächelte sie mit jenem Lächeln an, dem seit seinem vierten Lebensjahr noch keine Frau hatte widerstehen können. Seine zusammengekauerte Haltung, die Trauer in seinen Augen und das Lächeln auf seinen Lippen, das alles zeigte: Mit ihr saß, ganz unverhofft, eine Frau vor ihm, die ihn verstand. Er rief nach ihr aus den Tiefen männlicher Hilflosigkeit, hinauf zu den Höhen weiblicher Fähigkeiten und weiblichen Trostes. Ohne es zu merken, streckte die Sprechstundenhilfe die Waffen und gab, fröhlich geschlagen, den Kampf auf. Sie war alles andere als unempfindlich für männliche Aufmerksamkeiten und kompetent nur im Umgang mit problembeladenen Frauen; die schüchterte sie dafür ein. Zum erstenmal an diesem Tag war Jerry Herr der Lage.

»Alice, meine Frau, ist ganz nervös geworden bei dem Gedanken, hierher zu kommen. Aber sie muß natürlich zu einem Arzt. Also mußte ich ihr versprechen« – sein Blick schloß die Sprechstundenhilfe in ein allumfassendes Verständnis für die Frauen ein –, »daß ich erst allein hierher komme und mich überzeuge, ob der Doktor auch ein mitfühlender Mensch ist. Alice ist schüchtern. Aber ich bin sicher, wenn ich ihr erzähle, wie nett Sie sind und daß Sie sie natürlich ganz sanft behandeln werden, dann kann ich sie überreden, herzukommen. Sicher haben Sie hier eine Menge Frauen mit dem gleichen Problem. Das ist es doch, worum Sie sich in der Hauptsache kümmern müssen, nicht wahr?«

»Das tun wir, ganz gewiß. Und dann gibt es ältere Frauen mit verschiedenen – hm – Problemen...« Die Sprechstundenhilfe schien nach einem zu suchen, das sie ihm am ehesten nennen könnte. »Probleme in – sagen wir – den Wechseljahren und ähnliches.«

»Natürlich«, sagte Jerry mit dem Anschein größten Verständnisses, obwohl sein Unwissen über dieses Thema kaum umfassender hätte sein können. »Gibt es etwas, was man dagegen tun kann?« Solch eine Frage zu stellen, war sicher für einen jungen Ehemann, einen Nicht-Vater wider Willen, höchst unnatürlich, aber Jerry hoffte, es würde ihr nicht auffallen. Die Sprechstundenhilfe war aber schon nicht mehr beim Inhalt des Gesprächs, sondern nur noch bei dessen Qualität, und so schluckte sie seine Frage ohne Einwand. »Ach, da gibt es so einiges, was man machen kann«, sagte sie und drehte dabei den Stift zwischen den Fingern, »es gibt Hormonspritzen und -pillen und natürlich die Behandlung durch einen fähigen Arzt.« Sie lächelte. »Es gibt ja bei Frauen auch andere dumme Komplikationen.«

Jerry hob diese Information für den späteren Gebrauch

gut auf. »Aber Sie behandeln doch auch Frauen«, fragte er mit ernstem Gesicht, »die ein Baby haben wollen?«

»Oh, ja, natürlich. Es gibt viele verschiedene Behandlungsmöglichkeiten, die alle sehr hilfreich sind. Und Dr. Barrister hat viel Verständnis.«

»Ich bin froh, das zu hören«, sagte Jerry. »Weil Alice einen verständnisvollen Menschen braucht. Würden Sie Dr. Barrister als ›väterlich‹ bezeichnen?«

Der Begriff schien die Sprechstundenhilfe aus der Fassung zu bringen. »Also, nein, nicht direkt *väterlich*. Aber er kennt sich sehr gut aus, und er ist ruhig und hilfsbereit. Ich bin sicher, Ihre Frau wird ihn mögen. Aber Sie wissen ja«, fügte sie schelmisch hinzu, »daß Sie sich auch irgendwo einem Test unterziehen sollten. Ich meine, es liegt ja nicht *immer* an der Frau, nicht wahr?«

Jerry gestattete sich, darüber in Verlegenheit zu geraten. Er sah zu Boden, ließ die Locke baumeln und hüstelte. »Könnte Alice vielleicht am Freitag zu Ihnen kommen?« fragte er nervös.

»Freitags hat der Doktor keine Sprechstunde«, sagte die Sprechstundenhilfe. »Wie wäre es mit einem anderen Tag?« Für Jerry, der an die gestohlene Uniform des Hausmeisters dachte, war diese Bestätigung durchaus zufriedenstellend, aber sie wäre es noch mehr gewesen, wenn sie ihn nicht daran erinnert hätte, daß er vergessen hatte, Horan zu fragen, wo *er* denn am letzten Freitag gewesen war. »Vielleicht lasse ich besser Alice anrufen«, sagte er und stand auf. »Sie waren sehr nett zu mir. Ist – ehm – ich frage mich – ist Dr. Barrister sehr teuer?«

»Ich fürchte, ja«, sagte die Sprechstundenhilfe. »Sie können noch nicht sehr lange verheiratet sein«, fügte sie freundlich hinzu. »Vielleicht brauchen Sie sich noch gar keine Sorgen zu machen.«

»Sie wissen, wie Frauen sind«, sagte Jerry. »Nochmals besten Dank.«

»Keine Ursache«, sagte die Sprechstundenhilfe, während er die Tür hinter sich schloß. Jerry rannte zur Fifth Avenue vor und nahm sich ein Taxi, das diesmal aber endgültig auf Kates Kosten ging. Sally erwartete ihn. Er hatte das Gefühl, daß das Gespräch mit der Sprechstundenhilfe hervorragend gelaufen war; aber was, im Namen aller gynäkologischen Mysterien, hatte er dabei herausbekommen?

Während Jerry in seinem Taxi Sally-wärts eilte, saß auch Kate, nachdem sie ›Daniel Deronda‹ auf seinen zionistischen Traumwegen begleitet hatte, ebenfalls in einem Taxi auf dem Weg zu dem Haus, das Jerry gerade verlassen hatte. Sie hatte bei Emanuel und Nicola angerufen, und dabei hatte sich herausgestellt, daß der Sechs-Uhr-Patient abgesagt hatte; ob er ganz das Feld zu räumen gedachte oder ob es die üblichen psychoanalytischen Zweifel waren, die ihn abhielten, war noch nicht ganz klar. »Am besten kommst du zu uns«, hatte Nicola am Telefon gesagt, »und wir setzen uns auf Emanuels Couch und sorgen dafür, daß nicht wieder jemand eine Leiche auf ihr ablegt.« Und nachdem Kate nicht mit entsprechenden Anspielungen gespart hatte, hatte Nicola ihre Einladung auch noch auf das abendliche Dinner ausgedehnt.

Kate fand sie im Wohnzimmer, von wo aus, so hatten sie beschlossen, man den Eingang zur Praxis und das eventuelle Einschmuggeln von Leichen beobachten konnte. Kate stellte ihr Mitbringsel, offensichtlich eine Flasche, auf den Tisch. »Nicht für euch«, sagte sie zu Nicola. »Die ist für eine Party, zu der ich später gehe, um Frederick Sparks zu treffen.« Sie fing den Blick von Emanuel auf. »Hat Janet Harrison in ihren Stunden bei dir jemals einen Daniel Messenger erwähnt?« fragte Kate.

»Das hat mich die Polizei auch schon gefragt«, sagte Emanuel.

»Ach, mein Lieber, ich vergesse doch immer wieder die Polizei. Wird sie lästig?«

»Also«, sagte Nicola, »dieser Daniel Messenger ist eine Hilfe, wer immer er sein mag. Ich habe aus einem dieser Kriminalbeamten herausbekommen, daß er Genetiker ist, jedenfalls schließt Emanuel das aus meiner bruchstückhaften Beschreibung. Aber offensichtlich ist er mit der Erforschung einer rätselhaften Krankheit beschäftigt, die nur Juden bekommen oder die nur Juden nicht bekommen, irgendwo in einer Gegend in Italien (glaube ich), und offenbar werden sie, wenn sie den Schlüssel zu dieser schwer beweisbaren Toleranz beziehungsweise Widerstandsfähigkeit gefunden haben, einiges mehr über Vererbung wissen. Ob die Polizei uns aber glaubt, daß weder Emanuel noch ich jemals von ihm gehört haben, das weiß sie wohl selber noch nicht.«

Kate sah Emanuel an. »Ich nehme an, sie hat nie von ihm oder von irgendwelchen genetischen Theorien gesprochen, oder?« Emanuel schüttelte den Kopf. Kate sah, wie deprimiert er war, und ihr Herz flog ihm entgegen, aber sie konnte nichts anderes tun, als Nicola dabei zu helfen, auf ihn einzureden. Kate hatte erfahren, daß Nicolas Mutter die Kinder in ihr Landhaus geholt hatte. Sie hatten hier zuviel mitbekommen, und sie eine Woche nach dem Mord wegzuschicken, sah nicht so sehr wie eine Kapitulation vor dem Schicksal aus.

»Dr. Barrister hat freitags keine Sprechstunde, nicht wahr?« fragte Kate Nicola.

»Nein«, sagte Nicola. »Warum?«

»Ich bin gekommen, um Fragen zu stellen«, sagte Kate knapp, »und nicht, um welche zu beantworten.«

»Sind denn noch Fragen offen?« sagte Emanuel.

»Sehr viele«, sagte Kate bestimmt. »Aber du wirst *keine* von ihnen der Polizei gegenüber wiederholen. Und auch sonst niemandem gegenüber«, fügte sie streng hinzu und sah Nicola an. »Hier wären einige Fragen: Wer hat an dem Morgen, als Janet Harrisons Zimmer durchsucht wurde, die Uniform des Hausmeisters gestohlen?« Emanuel und Nicola sahen sie verblüfft an, aber sie redete schnell weiter. »Warum wurde ihr Zimmer durchsucht? War es bloß, wie irgendein Trottel meinte, ein frustrierter Kerl, der an eines ihrer intimeren Kleidungsstücke herankommen wollte?«

»Bist du betrunken?« fragte Emanuel.

»Unterbrich mich nicht. Wenn das stimmt, wer ist dieser Mann? Warum hat Janet Harrison ein Testament hinterlassen? Das ist doch ziemlich merkwürdig für eine junge, unverheiratete Frau. Wer ist dieser Daniel Messenger, daß sie ihm ihr Vermögen vermacht – oder er ihr seines? Obwohl deine ehemalige Patientin, lieber Emanuel, anscheinend ein höchst umsichtiges Leben geführt hat, um es einmal mild auszudrücken – mit einem Mann ist sie jedenfalls gesehen worden. Wer war das? Wer hat sich mit ihr getroffen?«

»Wenn du nicht weißt, mit wem sie sich getroffen hat, wieso weißt du, daß sie mit jemandem gesehen worden ist?« fragte Nicola.

»Hör auf, mich zu unterbrechen. Mach dir meinetwegen Notizen oder hör einfach zu, jedenfalls laß mich ausreden. Ich bin dabei, meine Gedanken zu sortieren. Warum beschloß Janet Harrison, Englische Literatur zu studieren, nachdem sie mit Geschichte angefangen und einen Umweg über eine Schwesternausbildung gemacht hatte? Warum Krankenschwester? Warum ging sie nach New York, um hier Englische Literatur zu studieren?«

»Das ist einfach«, sagte Emanuel. »Sie wußte, daß es hier eine liebenswürdige Verrückte namens Kate Fansler gibt, die so etwas lehrt.«

Kate ignorierte seinen Einwurf. »Was bereitete Janet Harrison Kummer in der Gegenwart? Was belastete sie aus der Vergangenheit? Wer ist der junge Mann, dessen Foto sie aufbewahrt und versteckt hat? Hat die Polizei es euch gezeigt? Ihr habt ihn nicht erkannt. Keiner hat ihn erkannt. Warum? Oder besser, warum nicht? Was ist mit Richard Horan? Was ist mit Frederick Sparks? Was ist mit dem Fensterputzer?«

»Dem *Fensterputzer*?«

»Also, mir kam gerade der Gedanke, vielleicht hat ein Fensterputzer, der irgendwie einen Hang zu Frauen auf der Couch hat und der sie vom Fensterputzen her kannte, wenn er draußen und sie drinnen in der Praxis war, und der die Abläufe in deinem Haus genau studiert hat, sie erstochen, als er zufällig auf dem Weg zu irgendeinem Fenster einen Blick auf sie werfen konnte, und vielleicht hat er das längst vergessen. Wer putzt bei euch die Fenster?«

Wenn es ihr Ziel gewesen war, Emanuel etwas abzulenken, dann war ihr das gelungen. Er lachte, stand auf und holte Drinks für alle. »Die Praxis-Fenster werden nie geputzt, wenn Patienten da sind«, sagte Nicola. »Außerdem haben wir keinen Fensterputzer. Pandora macht das für uns. Sie kann nicht hinausfallen, und die Außenseiten werden ohnehin vom Haus geputzt, weil das eine Spezialaufgabe ist wegen der Gitter. Aber, bitte, erkläre uns deine anderen faszinierenden Fragen. Woher kennst du Frederick Sparks?«

»Ich kenne ihn nicht.«

»Warum triffst du ihn dann auf einer Party?«

»Weil ich Kate Fansler bin, die große Detektivin«, sagte sie. Dennoch dachte sie plötzlich: Das ist ja alles schön und gut, es gibt eine Menge Fragen, und sie addieren sich ganz erklecklich, aber werden wir jemals die Antworten finden? Und warum hatte Emanuels Sechs-Uhr-Patient den Termin abgesagt? Das war vielleicht die wichtigste Frage von allen. Nachdem sie es geschafft hatte, Emanuel aus seiner Verzweiflung zu reißen, war sie gerade selbst dabei, in ihr zu versinken, als das Telefon läutete. »Für dich, Kate«, rief Emanuel aus der Küche.

»Aber niemand weiß, daß ich hier bin«, sagte Kate und nahm den Hörer ab.

»Ich dachte es mir«, sagte Reed, »nachdem bei dir zu Hause niemand abgehoben hat. Wollen wir zusammen essen gehen?«

»Ich esse hier. Dann gehe ich auf eine Party, um Frederick Sparks zu treffen.«

»Warum nimmst du mich nicht mit? Zusammen drehen wir ihm das Innerste nach außen.«

»Unsinn, das mache ich besser auf meine Art. Wenn du dort auftauchst – und schließlich weiß gleich jeder, daß du stellvertretender Bezirksstaatsanwalt bist –, dann verbringen wir den Abend mit der Diskussion darüber, warum so viele Leute Polizisten bestechen. Du vergißt, daß ich schon mal mit dir auf Parties war.«

»In Ordnung, du undankbares Geschöpf, dann muß ich dir eben meine große Neuigkeit per Telefon durchgeben. Ich hoffe, ich kann davon ausgehen, daß niemand außer dir meine Stimme hört.«

»Ja, sicher.«

»Gut. Dr. Michael Barrister ist einmal wegen eines Kunstfehlers verklagt worden. Es sah nach einer ziemlich schmutzigen Sache aus, aber sie ist offenbar niedergeschlagen worden. Natürlich sind Ärzte gegen Kunstfehler versichert.«

»Was hatte er angestellt?«

»Offenbar bekam eine Frau Haarwuchs auf der Brust. Ist natürlich Jahre her.«

»Machst du Witze?«

»So komische würden mir nicht einmal einfallen, wenn ich mich anstrengte. Denk dran, Kate, vielleicht hat das gar keine Bedeutung. Die Patientin in dem Fall hatte keinerlei Verbindung zu Janet Harrison. Aber ich dachte, es macht dir vielleicht Mut, wenn du erfährst, daß wenigstens einer in diesem dunklen Fall keine reine Weste hat.«

»Reed! Meinst du, sie fangen wirklich an, sich auch anderswo umzusehen?«

»Sagen wir mal, ich bestärke sie darin. Aber steck deine Erwartungen nicht zu hoch. Es ist ein ziemlicher Schritt von einer falschen Hormongabe bis zu einem veritablen Stoß mit dem Messer.«

»Danke, Reed. Wegen heute abend tut es mir leid.«

»Das hoffe ich aber auch«, sagte Reed und hängte ein.

Als sie sich zum Essen setzten, bat Kate Emanuel, ihr etwas über Hormone zu erzählen. Er fing an mit der Behauptung, er wisse sehr wenig über sie, habe die Entwicklung auf diesem Feld seit seiner Zeit an der Medical School nicht mehr verfolgt, und dann hielt er, wie nur Emanuel das konnte, über das Thema eine Abhandlung. Zuerst verstand Kate jedes dritte Wort, dann jedes sechste, und dann schnappte sie nur noch hin und wieder eine ihr bekannte Konjunktion auf, und schließlich hörte sie nicht mehr zu. Wenn dieser Fall genaue Kenntnisse in der Endokrinologie erfordert, dachte sie, dann gebe ich besser gleich auf. Doch genau in dem Augenblick klingelte das Telefon in ihrer Wohnung, ein um das andere Mal, ungehört und nur etwas frustrierend für denjenigen, der eine Nachricht parat hatte, die für die drei dort am Ecktisch und für einen anderen den Anfang vom Ende ankündigte.

11

Von dem Augenblick an, als Kate, die Flasche in der Hand, auf der Party eintraf, fühlte sie sich wie jemand, der in einem Vergnügungspark von einer schwindelerregenden Karussellfahrt in die andere geschleudert wird. Sie begegnete ihrem Gastgeber nur für einen kurzen Moment, als er die Flasche entgegennahm, sich bedankte und sie, ohne daß man ihn verstehen konnte, mit vier oder fünf Leuten in der Nähe bekannt machte. Die beäugten Kate, beschlossen, daß sie von ihrer Sorte eine bereits ausreichende Anzahl Exemplare in ihrer Sammlung hatten, und fuhren mit ihrer Diskussion über irgendeine hauseigene Auseinandersetzung in ihrem College fort, deren springenden Punkt, wenn es denn einen gab, Kate beim besten Willen nicht mitbekam. Lillian hatte sie gewarnt, daß Angehörige dieses Instituts jedesmal, wenn sie sich trafen, über nichts anderes redeten als über die Vorgänge an ihrem Institut, die kritische Zusammensetzung der Lehrpläne, die Unzulänglichkeiten der Verwaltung und die besonderen Eigenschaften – moralischer, körperlicher, seelischer und sexueller Natur – gewisser nicht anwesender Institutsmitglieder. Worauf Kate nicht vorbereitet war, waren die Heftigkeit, mit der all diese Dinge diskutiert wurden, und die Begeisterung, mit der bestimmte Punkte immer wieder hervorgehoben wurden, die ganz gewiß keine neuen Erkenntnisse waren.

Manches von dem, was sie aufschnappte, überraschte Kate keineswegs. Da war einmal das Ausmaß alkoholischer Stimulation, das die Vertreter des akademischen Lehrkörpers zu verkraften fähig waren. Sie waren keineswegs Dauertrinker, doch als Mitglieder einer unterbezahlten Berufsgruppe tranken sie, wann immer sich die Gelegenheit ergab. Das hatten die Verfasser einschlägiger Handbücher längst aufgedeckt, die gewöhnlich für offizielle akademische Zusammenkünfte die Räume mieteten und freigiebig Drinks verteilten. Kate war auch nicht überrascht, daß Literatur kein Gesprächsthema war. Leute, die sich berufsmäßig mit Literatur befaßten, diskutierten nicht darüber, wenn sie sich trafen, es sei denn, es ging um die Zusammensetzung der Kurse und Seminare oder um deren Zuweisung. Die Gründe dafür lagen im dunkeln und waren vielschichtig, und Kate hatte sie nie gründlich analysiert. Sie hatte genügend Ärzten, Anwälten, Ökonomen, Soziologen und anderen zugehört, um zu wissen, daß es der Begabung eines Hypnotiseurs bedurfte, um sie dazu zu bringen, einmal nicht über ihre eigenen Angelegenheiten zu reden.

Diese Leute hier litten jedoch offensichtlich unter der

Tatsache, daß sie nicht Angestellte einer Bildungsinstitution waren, sondern eines bürokratischen Systems. Sie benahmen sich auch weitgehend wie Angestellte, alle ordentlich in den Apparat eingebunden, und, wie bei Angestellten üblich, gaben sie sich der Illusion der Freiheit hin und redeten und mokierten sich über die Strukturen, in die sie gefesselt waren. Kate dachte liebevoll an ihre eigene Universität, wo man, weiß Gott, auch gegen die alten Laster der Günstlingswirtschaft, Schmeichelei und Ämterpatronage zu kämpfen hatte, aber wo die modernen Schrecken der Bürokratie sie und ihre Kollegen noch nicht stranguliert hatten.

»Meine Schlußexamina, mit immerhin fünfunddreißig Kandidaten«, erläuterte ein junger Mann, »wurden auf den letzten Tag der ganzen Prüfungsperiode gelegt, und sie wollten, daß ich die Zensuren innerhalb von vierundzwanzig Stunden liefere. Ich wies darauf hin, daß ich unmöglich fünfunddreißig Examensarbeiten auch nur annähernd fair durchgehen könnte, von wirklichem Verständnis gar nicht zu reden, warum also die Zeugnisse nicht erst drei Tage später ausgeben? Wissen Sie, was der Dekan von der Fakultät für Höchste Konfusion darauf gesagt hat – allen Ernstes –, da droben in einem riesigen Büro, während unsere Fakultät natürlich, weit entfernt davon, ein eigenes Büro zu haben, nicht einmal pro Nase eine Schublade besitzt, in die man seine persönlichen Dinge legen könnte? Er sagte: ›Aber vierundzwanzig Stunden nach dem letzten Examen müssen die IBM-Maschinen anfangen, die Zeugnisse auszudrucken.‹ Die IBM-Maschinen. Wieso? Ich frage Sie, wieso? Aber wenigstens ist mir dabei klar geworden, für wen das College betrieben wird. Natürlich nicht für die Studenten oder für die Fakultät, das weiß man längst – schließlich ist das hier nicht Oxford oder Cambridge. Ich war der Meinung, es würde für die Verwaltung betrieben oder für die Campus-Organisation. Aber nein! Es wird für die IBM-Maschinen betrieben. Wissen Sie, als ich all diese scheußlichen kleinen Karteikarten mit den Zeugnisnoten für die IBM-Maschine ausfüllte, mit diesem widerspenstigen kleinen Stift, den man dafür zu benutzen hat, was glauben Sie, was dieser kleine kybernetische Bastard daraus gemacht hat...«

»Das ist noch gar nichts. Ich erhielt kürzlich einen dieser Eignungstests – so etwas machen diese Maschinen auch –, und dieser idiotische Studienberater hat doch...« Kate schob sich langsam in Richtung auf Frederick Sparks, sie wollte nicht den Eindruck erwecken, daß sie ihm nachstieg. Lillian hatte ihr gezeigt, wo er saß. Er saß zurückgelehnt in seinem Sessel und ließ seinen Blick mit der freundlichen Überlegenheit eines Mannes durch den Raum schweifen, der erfolgreich aus dem Gerangel um Festanstellung hervorgegangen war und noch nicht wußte, was er sich dafür eingehandelt hatte.

Kate setzte sich in den Sessel neben ihm, da die meisten Leute, um ihre Pointen besser anbringen zu können, standen. Sie bat ihn mit einem bedauerlichen Mangel an Originalität um ein Streichholz. Er zog ein elegantes Feuerzeug hervor und zündete ihr mit Schwung die Zigarette an.

»Sind Sie eine Freundin von Herold?« fragte er. Aber offenbar nahm er das schon als Faktum, denn er fragte sie gleich weiter, ob und wo sie unterrichte. Kate erzählte es ihm. Er bekannte seinen Neid. Kate, ein wenig unredlich, fragte ihn, warum sie zu beneiden sei. »Ich nenne Ihnen ein Beispiel«, sagte er und drehte sich in seinem Sessel zu ihr herum. »Wie viele Mitteilungen aus dem Vervielfältigungsapparat sind in diesem Semester bisher auf Ihrem Schreibtisch gelandet?«

»Vervielfältigte Mitteilungen? Also, ich weiß nicht. Vier oder fünf, nehme ich an, vielleicht mehr. Ankündigungen von Abteilungsversammlungen und ähnliches. Warum fragen Sie?«

»Weil es bei mir bis jetzt Hunderte, wenn nicht Tausende waren, und so geht es jedem. Nicht nur Ankündigungen von Ausschußsitzungen, wo alle denkbaren und undenkbaren Probleme dieser Erde diskutiert werden sollen, sondern auch Erlasse der Verwaltung: Alle Studenten, die Shorts oder Blue Jeans tragen, müssen gemeldet werden; die Fakultät wird daran erinnert, daß das Rauchen auf den Treppen *nicht* gestattet ist (das ist natürlich eine ganz köstliche Vorschrift, denn nehmen wir einmal an, ein weibliches und ein männliches Fakultätsmitglied wollen sich fünf Minuten unterhalten, und beide sind zufällig Raucher, dann müssen sie sich entweder in den Aufenthaltsraum der Fakultät zurückziehen – ein Nest für politische Intrigen aller Art und steht zudem dauernd Studenten für alle möglichen Aktivitäten zur Verfügung –, oder einer von den beiden kann sich dem Transvestitentum hingeben und sich auf die Herren- beziehungsweise Damentoilette begeben, je nachdem, denn dort ist das Rauchen erlaubt, oder sie können auf der Treppe rauchen, und genau das tun sie dann auch). *Oder* es wird eine Mitteilung herausgegeben, daß der Bleistiftspitzer ins Zimmer 804 verbracht worden ist (wenn nicht gar in ein anderes Gebäude). *Oder* es kommt eine Ankündigung, daß ab sofort die Abfälle nachmittags zwischen eins und fünf aus dem Hof, direkt unter den Fenstern der Klassenräume, abgeholt werden. Die Verwaltung ist sich bewußt, daß das jeden Lehrbetrieb praktisch unmöglich macht (haben Sie jemals den Krach eines Müllautos aus der Nähe gehört?), aber die Fakultät muß lernen, wo die wahrhaft wichtigen Probleme beim Führen eines Colleges liegen. Einmal kam mir eine vervielfältigte Monstrosität auf den Tisch, die mich zu einer Diskussion über die Frage einlud, wie man der Fakultät mehr Zeit für eigenständiges Arbeiten verschaffen könne. Ich habe zurückgeschrieben, *mir* erschiene es als die beste Methode, keine Sitzungen anzuberaumen, auf denen darüber diskutiert wird. Wie gesagt, ich beneide Sie.«

»Ich höre, man kann Ihnen gratulieren zu Ihrer festen Anstellung?«

»Wer hat Ihnen denn das gesagt? Mir darf man nicht gratulieren, mir muß man Beileid wünschen. Gustave freut sich natürlich, denn jetzt bekommen wir immer regelmäßig zu essen, und am Ende eine Pension. Aber wenn er nur ein bißchen Mumm hätte, dann würde ich sagen: ›Ihr Schwachköpfe, gebt mir bloß keine feste Anstellung; ich neige bereits schrecklich zu Trägheit, Mattigkeit, zu Nachsichtigkeit mir selbst gegenüber und zum Verschleppen der Dinge. Ihr habt doch schon genug hohle Köpfe in dieser von allen guten Geistern verlassenen Institution, genug Gehirne, die von keinem neuen Gedanken mehr heimgesucht wurden, seit sich die Möglichkeit der Kernspaltung herumgesprochen hat; aber nein, ihr seid eine politische Institution, ihr müßt auch mir bieten, wonach die Massen verlangen: Sicherheit.‹ Natürlich ist es möglich, daß ich Erfolg habe. Daß ich aus den Fesseln des Fakultätslebens ausbreche.«

»Indem Sie ein großes Buch schreiben?«

»Nein. Indem ich Mitglied der Verwaltung werde. Dann habe ich einen Teppich in meinem Büro, einen ganzen Schreibtisch für mich selbst, vielleicht noch einen für meine Sekretärin, ein höheres Gehalt und das Recht, sehnsüchtig an meine Zeit als Lehrer zurückzudenken. Möchten Sie noch einen Drink?«

»Wenigstens das ist an meinem Institut genauso«, sagte Kate und lehnte den Drink mit einem Kopfschütteln ab. »Jemand hat es mal so ausgedrückt: Der Lohn für gute Lehrtätigkeit ist, daß man damit aufhört.« Kate ließ sich von seiner Art nicht auf den Leim führen. Hinter diesem übertriebenen Gehabe und dem neckischen Hinweis auf seinen Hund (sie hätte ihn wirklich fragen sollen: »Wer ist denn Gustave?«) vermutete Kate einen erstklassigen Verstand und eine ängstliche Persönlichkeit. Sie hatte keinen Zweifel, daß er genügend Mumm, Hirn und Egoismus besaß, um jemanden zu erdolchen, aber hatte er es getan? Glühende Liebhaber von Hunden gehören oft zu jenen Menschen, die nur bedingungslose Liebe ertragen können. Er hätte sicher die Nerven gehabt, diese Telefonate zu führen. Könnte es sein, daß Janet Harrison anziehend für ihn war, gerade wegen ihrer wenig kommunikativen und so zurückhaltenden Art, daß er ihr seine Liebe angetragen hatte und von ihr abgewiesen wurde?

»An wie vielen Tagen pro Woche halten Sie Vorlesungen?« fragte sie.

»An vier, Gott sei's geklagt. Und im nächsten Semester sind es vielleicht fünf. Dieses Semester habe ich durch eine höchst sonderbare Fügung des Schicksals montags frei.«

»Halten Sie Ihre Vorlesungen an den anderen Tagen immer vormittags?« Kate hoffte, daß die Frage in seinen Ohren nicht so gezielt klang, wie sie ihr selber vorkam.

»Ich zeige Ihnen mal meinen Stundenplan«, sagte er und griff in eine Innentasche. »Wahrscheinlich meinen Sie, so weit gegen Ende des Semesters müßte ich ihn eigentlich kennen. Aber unsere Stundenpläne sind in Wahrheit derart kompliziert, daß, wenn ich sowas im Kopf behalten müßte, es so viel Platz in meinem kleinen Gehirn einnehmen würde, daß ich dafür etwas anderes vergessen müßte, Angelsächsisch zum Beispiel.« Er reichte ihr den Stundenplan.

Er sah in der Tat ungewöhnlich aus. Einen Kurs mit der Kennziffer 9.1 hielt er dienstags um neun, mittwochs um drei Uhr nachmittags, um zehn am Donnerstag und freitags um zehn (!). Kate fragte nach dem Grund für diese seltsame Aufteilung und dachte zugleich: Das ist ein Alibi, klar und deutlich.

»Ach, das ist ganz einfach, wirklich, vorausgesetzt, Sie verfügen über den besonders rudimentären Verstand des Mannes, der diese Dinge arrangiert. Die einen Studenten stehen auf dem P-Plan, andere auf dem Q- oder S- oder W-Plan. Das bedeutet, sie müssen zu einer ganz bestimmten Zeit am Tag schwimmen gehen, zu einer anderen essen, und unter keinen Umständen dürfen sie sich zu einer dritten Zeit auf den Treppen befinden. Das geht dann immer im Kreis, und hier haben wir das Resultat. Manchmal stellt sich heraus, daß sich eine Klasse um eins trifft, und dann wieder um drei am selben Nachmittag. Wer sagt da, es gäbe keine pädagogischen Herausforderungen mehr! Man muß sich ihnen nur stellen.«

»Streichen Sie manchmal auch Stunden?«

»Niemals, es sei denn, man stirbt. Wenn man einfach mal nicht lehren *kann*, dann spricht man mit den kleinen Lieblingen und sagt ihnen, sie sollen allein weitermachen, Papa fühlt sich heute nicht so gut. Aber natürlich, seit der Staat für ihre Studiengebühren aufkommt und nicht mehr sie selbst oder die lieben Eltern, springen sie über Tische und Bänke und kommen ungestraft davon. Was man *niemals* tun darf, ist, einen Freund in der eigenen Klasse die Vertretung machen lassen. Falls der Freund gesehen wird (und bei uns steckt alles voller Spione), wird das sogleich dem Großen Bruder zugetragen, und beide haben dann Rede und Antwort zu stehen vor dem großen Disziplinarausschuß. Sie wirken, das sehe ich mit Vergnügen, reichlich entsetzt. Aber es ist die schlichte Tatsache: Ohne eigene Fakultät können die kein College der ersten

Garnitur führen, was aber nicht bedeutet, daß sie nicht intern als das Letzte angesehen wird. Als vor einigen Jahren die Polio-Schutzimpfungen Pflicht wurden, haben als erste die Mitglieder der Verwaltung sie bekommen, dann der Küchenstab, dann das Hauspersonal, dann die Studenten und zum Schluß (immer in der Hoffnung, daß noch genug Serum übrigblieb) die Mitglieder der Fakultät. Die IBM-Maschinen hätten es als allererste gekriegt, wenn nur jemand entdeckt hätte, wie man ihnen solch eine Spritze applizieren kann.«

Impulsiv zog Kate das hervor, was sie nur noch *das* Foto nannte, und reichte es Sparks. »Haben sie den jemals gesehen?« fragte sie. »Ich dachte, vielleicht ist er bei Ihnen als Student gewesen«, log sie geschwind dazu.

Sparks nahm das Foto und studierte es sorgfältig. »Ich vergesse nie ein Gesicht«, sagte er. »Das ist keine Prahlerei, sondern schlichte Tatsache. Dafür erinnere ich mich nie an Stimmen oder Namen, was, wie mir gesagt wurde, bezeichnend ist. Ich glaube nicht, daß ich diesen Burschen mal kennengelernt habe, ich könnte ihm auf der Treppe begegnet sein, oder ich bin mit ihm im Aufzug gefahren, irgendwann einmal in einem Bürogebäude. Aber es ist nicht das ganze Gesicht; die Augen stimmen nicht. Die Gesichtsform indessen, nein, es hat keinen Zweck, aber wenn mir einfällt, an wen es mich erinnert, lasse ich es Sie wissen. Haben Sie ihn aus den Augen verloren?«

»Genau das. Ich dachte, er könnte mit Janet Harrison in Verbindung gestanden haben, einer Studentin von mir.«

»Na so was! Die junge Dame, die auf der Couch erdolcht wurde? Ich war dort, als sie ihre Leiche entdeckten, wissen Sie. Sie war Ihre Studentin?«

»Sie waren *da*?«

»Ja. Bauer ist zufällig auch mein Analytiker. Weil wir gerade von Gesichtern reden, ihres war außergewöhnlich. Ich bin manchmal etwas früher zu meiner Sitzung gekommen, wenn die verdammte U-Bahn mich nicht aufhielt, nur, um mir das Gesicht anzusehen.«

»Haben Sie jemals mit ihr gesprochen?«

»Bestimmt nicht. Wie gesagt, mit Stimmen habe ich es

nicht so, meine eigene ausgenommen, der höre ich gerne von morgens bis abends zu. Zudem, einmal angenommen, aus dem Gesicht schallt Ihnen plötzlich eine quietschende, nasale Stimme entgegen: Ich hätte niemals meine Freude an ihr haben können. Ganz nebenbei, hatte sie eine?«

»Was? Eine nasale Stimme? Nein, es war eine glatte Stimme, nur etwas nervös. Ist Bauer ein guter Analytiker?«

»Oh, ja. Erstklassig. Hervorragend, wenn es darum geht, herauszuhören, was man gar nicht sagt. Bei mir ist das das Wichtigste.« Und plötzlich, als wolle er Kate Gelegenheit geben, zu hören, was er nicht sagte, lehnte er sich zurück und verschwand buchstäblich hinter einem Vorhang des Schweigens. Kate, die Parties nicht mochte und zudem müde war, fühlte sich deprimiert. Reed hatte recht gehabt. Detektiv spielte man nicht, nur weil man Lord Peter Wimsey bewunderte und einen Freund hatte, der furchtbar in der Klemme saß. Sie hatte sich in eine Party gedrängt, sich an diesen Mann herangemacht, Lillian ausgenutzt, und wozu das alles? Wußte sie nun, ob er an dem Freitag seine Zehn-Uhr-Vorlesung gehalten hatte, als die Uniform gestohlen wurde? Seinen Termin bei Emanuel hatte er eingehalten. Konnte er in das Studentinnenwohnheim gegangen sein und Janet Harrisons Zimmer durchwühlt haben? Das kam ihr unwahrscheinlich vor. Konnte er sich auf dieses ruhige Mädchen gestürzt haben, weil er sich selbst dafür verabscheute, daß er einer Institution diente, die er nicht respektierte? Du hast ein ganz schönes Talent für Fragen entwickelt, dachte Kate bei sich, aber noch keine einzige Antwort gefunden.

Kate sagte Gute Nacht und Dankeschön zu ihrem Gastgeber, der sich sichtlich nicht mehr erinnerte, wer sie war, winkte Lillian zu und suchte sich ein Taxi. Was nun als nächstes? Anzunehmen, daß Jerry etwas über Horan herausbekommen hatte; aber mehr, als ihr bei Sparks gelungen war? So wahr mir Gott helfe, dachte Kate, wenn dieser Fall jemals erledigt sein sollte, werde ich nie wieder eine Frage stellen, die nichts mit Literatur zu tun hat. Mein ganzes Leben lang!

Kate bezahlte das Taxi und betrat die Halle ihres Hauses, wo Reed in einem Sessel eingeschlafen war. Sie weckte ihn, nicht allzu sanft.

»Ich wollte dich sprechen«, sagte er. »Mir scheint, du solltest, wenn du schon Detektiv spielst, zu Hause und in der Nähe des Telefons sein, statt auf Parties zu trinken, dich Leuten aufzudrängen und idiotische Fragen zu stellen.«

»Da bin ich ganz deiner Meinung«, sagte Kate und ging mit ihm in ihre Wohnung.

»Soll ich einen Kaffee machen?« sagte Reed.

»Woher diese Besorgtheit? *Ich* mache *dir* einen Kaffee.«

»Setz dich. Ich stelle den Kaffee auf, und dann will ich mit dir reden. Zwei neue Dinge haben sich ergeben – eines ist faszinierend, obwohl ich verdammt keinen Sinn darin entdecken kann, und das andere ist ein wenig erschreckend. Nehmen wir zuerst das Erschreckende.« Reizenderweise verschwand er in der Küche, und Kate folgte ihm auf dem Fuße.

»Worum geht es? Ich habe den ganzen Abend gesessen. Ist Emanuel in noch größeren Schwierigkeiten?«

»Nein. Du.«

»Ich?«

»Die Polizei hat einen Brief erhalten, Kate. Anonym natürlich und nicht zurückzuverfolgen, aber sie schenken dem keineswegs so wenig Beachtung, wie sie gern glauben machen. Er ist klar und verständlich geschrieben und beschuldigt dich des Mordes an Janet Harrison.«

»Mich?«

»Er behauptet erstens, daß der Artikel, den du vor einem Monat in irgendeiner wissenschaftlichen Zeitschrift über Henry James' Romanheldinnen publiziert hast, von Janet Harrison verfaßt und von dir gestohlen wurde. Du hättest nicht genug veröffentlicht und machtest dir Sorgen um deine Karriere. Zweitens behauptet er, ihr, du und Emanuel hättet ein Verhältnis gehabt und du liebtest ihn immer noch, hättest ihm nicht verziehen, daß er Nicola geheiratet hat, und wolltest das Mädchen beseitigen, weil es eine Bedrohung war. Außerdem wolltest Emanuel und mit ihm Nicola ruinieren, die du haßt. Außerdem wird in dem Brief betont, daß du kein Alibi hast, das Haus der Bauers sehr genau kennst und das Mädchen gut genug kanntest, um ihr Vertrauen zu besitzen und dich hinter sie zu setzen, während sie auf der Couch lag. Es folgen noch ein paar Beschuldigungen gegen dich, aber das sind die wichtigsten. Ach ja, er erwähnt auch noch, daß du das Zimmer durchsucht hast, um alle Notizen und Unterlagen verschwinden zu lassen, die sie für den Artikel angelegt haben mochte. So, jetzt beruhige dich und hör mir eine Minute lang zu. Er erklärt nicht, wieso du den Artikel veröffentlicht haben und erst nach seinem Erscheinen Angst bekommen haben solltest. Aber es klingt alles sehr stimmig, und die Polizei nimmt den Brief relativ ernst. Sie haben außerdem registriert, daß du viel Zeit bei den Bauers verbringst, möglicherweise, um deine Spuren zu verwischen, und daß du heute abend Frederick Sparks getroffen hast, weil er vielleicht etwas gesehen haben könnte und du das herausbekommen wolltest.«

»Woher wissen die, wo ich heute abend war? Hast du es ihnen erzählt?«

»Nein, meine Liebe, ich nicht. Sie haben diese Information sehr geschickt den Bauers aus der Nase gezogen.«

»Wolltest du deshalb mitgehen heute abend?«

»Nein. Ich habe erst später davon gehört. Schließlich stecke ich meine Nase in Dinge, die mich eigentlich nichts angehen, deshalb bekomme ich meine Informationen nicht immer aus erster Hand. Laß uns einen Schluck Kaffee trinken.«

Kate berührte seinen Arm. »Reed, glaubst du irgend etwas davon?«

Aber er hatte die Tassen, Untertassen, Löffel, Zucker, Milch und die Kaffeekanne auf ein Tablett gestellt und war damit schon auf dem Weg ins Wohnzimmer.

12

»Glaubst du das, Reed? Nein, gieß mir keinen Kaffee ein, ich könnte ihn sowieso nicht herunterbekommen.« Reed goß ihr trotzdem eine Tasse ein und stellte sie vor sie.

»Ich hatte gesagt, meine Neuigkeit wäre erschreckend, aber du mußt nicht gleich entsetzt und aus der Fassung sein. Und wenn du mich noch einmal fragst, ob ich das Ganze glaube, dann fängst du eine. Ganz abgesehen von allen anderen Überlegungen, meinst du denn, ich würde jemandem helfen, einen Mord zu vertuschen, selbst wenn ich für denjenigen Dankbarkeit und Zuneigung empfinde? Es stimmt, ich kenne dich und Emanuel nicht, und verstehe deswegen ein bißchen besser, was für ein Gefühl es ist, helfen zu wollen. Das ist doch was, oder? So, jetzt trink bitte deinen Kaffee. Kate, Kate, bitte, nein. Ich werde es dir binnen einer Minute klargemacht haben: Das ist wirklich das Beste, was dir in deinem Kreuzzug für Emanuel passieren konnte. Du hast doch wohl nicht erwartet, daß du gegen Drachen kämpfst und noch nicht einmal einen Kratzer am Finger abbekommst, oder? Da, bitte, nimm meines. Ich habe nie verstanden, warum keine Frau je ein Taschentuch bei sich hat, außer dem in ihrer Handtasche, aber die liegt immer in einem anderen Zimmer. Und ich habe dir noch immer nicht meine faszinierende Neuigkeit berichtet.«

»Einen Augenblick noch, gleich bin ich wieder in Ordnung. Und dabei ist das Mädchen noch nicht einmal in meiner Nähe gefunden worden ... Wie muß sich Emanuel da erst fühlen! Wie absolut hintergangen von den Umständen! Weißt du, was mir als erstes gerade durch den Kopf ging – mein erster schrecklicher, wehleidiger, kleinmütiger Gedanke? Was wird das für mich an der Universität wohl für Folgen haben? Können die sich wirklich eine Professorin leisten, die unter Mordverdacht steht? Dabei trifft mich das viel weniger direkt als Emanuel. Reed, was meinst du, wer kann den Brief geschickt haben?«

»Aha, die kleinen grauen Zellen fangen wieder an zu arbeiten, Gott sei Dank. Das ist nämlich der springende Punkt. Du hast jemandem offenbar einen Schrecken eingejagt, einen gehörigen Schrecken, meine Liebe. Natürlich mag es voreilig sein, wenn wir vermuten, daß *du* jemandem Angst eingejagt hättest, nur, weil der anonyme Brief dich betrifft. Vielleicht bist du auch bloß das einzig verfügbare Opfer, die einzige, auf die alle Umstände so zutreffen, daß der Brief einleuchtet, zumindest für den Augenblick. Aber der oder die Briefschreiber oder Briefschreiberin – bedauerlich, daß man so etwas nicht im Neutrum ausdrücken kann – fürchtet, daß einige der Fäden, die in unseren Händen so nett verheddert sind, plötzlich zu einem Strick werden könnten, der sich um seinen oder ihren Hals legt. Also heißt jetzt erst einmal die Frage: Welche Fäden halten wir in der Hand, und wie haben wir sie zu entwirren, bevor wir auch nur so etwas wie einen Bindfaden bekommen?«

»Reed, du bist wirklich sehr nett, weißt du, sehr nett, wenn ich das vielleicht auch noch nicht erwähnt habe. Ich glaube, es gibt da etwas, das ich dir erzählen sollte.«

»Das klingt ja bedrohlich. Nachdem du mir erzählt hast, was für ein netter Mensch ich bin, rückst du jetzt sicher mit einer unglaublichen Torheit heraus, die du begangen hast. Also, was war es?«

»Gut, es muß heraus: Ich habe Jerry angeheuert.«

»Jerry! Du willst damit doch nicht sagen, Kate, daß du einen Privatdetektiv eingeschaltet hast? Das würde uns die Sache ziemlich vermasseln.«

»Nein, Jerry ist noch ein bißchen privater. Mein Sherlock Holmes sozusagen, und außerdem mein Neffe.«

»Das soll doch nicht etwa heißen, daß du einen kleinen Jungen engagiert hast! Wirklich, Kate...«

»Nun rede keinen Unsinn. Wieso sollte mein Neffe ein kleiner Junge sein?«

»Wer weiß? Vielleicht will deine Schwester den Jungen gerade adoptieren.«

»Reed, hör doch zu. Natürlich ist er kein kleiner Junge, und eine Schwester habe ich auch nicht. Aber ich habe eine Nichte, und die ist mit Jerry verlobt, und der hat gerade frei, bevor er dann an die Law School geht. Er kann losgehen und mit Leuten reden, wo ich es nicht kann.«

»Du bist doch noch gar nicht so alt, als daß du eine

Nichte im heiratsfähigen Alter haben kannst, oder verloben die sich heutzutage schon mit vierzehn? Und wenn du jemanden gebraucht hast, warum nicht mich? Qualifiziert einen der Umstand, mit deiner Nichte verlobt zu sein, eher zu diesem Job?«

»Reed, versuch doch, mich zu verstehen. Du hast deinen Beruf, wie ich auch, und kannst nicht einfach den ganzen Tag herumziehen, selbst wenn du wolltest; und mit deinem Job schon gar nicht. Außerdem würdest du nicht meinen Anordnungen folgen, sondern nur herumsitzen und Streitgespräche mit mir führen.«

»Das hoffe ich doch sehr. Kate, du schaffst das nicht allein.«

»Langsam fange ich an, dir zu glauben. Trotzdem, wenn es dir gelingt, so lange still zu sein, wie du für noch eine Tasse Kaffee brauchst, dann erzähle ich dir, wie weit Jerry und ich bisher gekommen sind. Das heißt, ich erzähle dir alles, was *ich* weiß. Was Jerry heute im Laufe des Tages unternommen hat, erfahre ich erst morgen früh. Wenn ich fertig bin und du Bescheid weißt, dann kannst du mir deine faszinierende Neuigkeit erzählen.«

Sie erzählte Reed von Jerry und der Hausmeisteruniform, das wiederum erinnerte sie an die Unterhaltung mit Jakkie Miller, also berichtete sie ihm auch davon und von dem, was sie in den Universitäten gefunden hatte, schließlich noch von Sparks und Jerrys Plan, die Bekanntschaft von Horan und der Sprechstundenhilfe zu machen.

Reed trug das Ganze, alles in allem, recht tapfer. Er überdachte die Fakten – wenn es Fakten *waren*, wie er beharrlich betonte. »Dir ist klar«, sagte er, »daß diese unmögliche Jackie Miller den Schlüssel zu der ganzen Angelegenheit in Händen haben könnte, jedenfalls wenn wir annehmen, daß Janet Harrison mit einem Mann gesehen wurde und daß dieser Mann in irgendeinem Zusammenhang mit dem Fall steht. Aber das ist alles doch sehr hypothetisch. Inzwischen addieren wir mal meine Neuigkeit, und reg dich nicht gleich wieder so auf, wenn du sie hörst. Sie klingt wunderbar, aber je länger man darüber nachdenkt, desto weniger Sinn ergibt sie. Tatsächlich kommt mir die ganze Geschichte immer unzusammenhängender vor. Und, meine liebe, junge Frau, wir müssen ohne Frage über Jerry reden. Wie du auch nur einen Augenblick lang daran denken konntest, ihn anzuheuern – ich nehme an, das bedeutet, du bezahlst ihn dafür, daß er sich selbst in Schwierigkeiten bringt und Staub aufwirbelt. Wie du nur an so etwas denken konntest...«

»Wie ist nun deine faszinierende Neuigkeit, Reed? Laß hören, und dann denken wir gemeinsam darüber nach, und wenn wir entdecken, daß tatsächlich alles unsinnig ist, dann können wir uns beim Frühstück immer noch über Jerry streiten – ich glaube, bis dahin ist Frühstückszeit.«

»In Ordnung. Ich habe dir von Daniel Messenger erzählt.«

»Ich weiß. Er beschäftigt sich mit irgendwelchen jüdischen Erbfaktoren.«

»Jetzt reicht es, Kate. Ich gehe. Du brauchst erst einmal eine Nacht lang Schlaf, und morgen, wenn du ausgeruht bist...«

»Tut mir leid. Du hast mir von Daniel Messenger erzählt, und...«

»Ich habe dir gesagt – auch wenn du, wie ich mich erinnere, nicht bereit warst, das zu akzeptieren –, daß Dr. Messenger unserem Mann auf dem Foto überhaupt nicht ähnlich sieht. Wir haben einen jungen Kriminalbeamten zu dem guten Doktor geschickt, und danach sah es so aus, als hätten wir die Zeit des Beamten und wertvolle Steuergelder verschwendet. Messenger hatte noch nie von Janet Harrison gehört und von Emanuel Bauer genauso wenig; er hat nicht viel Ahnung von Psychiatrie und hatte mit Sicherheit Chicago in den Wochen des Mordes nicht verlassen. Mehr noch, er konnte sich überhaupt keinen Reim darauf machen, warum Janet Harrison ihm ihr Geld hinterlassen sollte; ihm kam nur der Gedanke, es könnte vielleicht ein anderer Daniel Messenger gemeint sein. Das war natürlich Unsinn. Sie wußte viel zu genau über ihn Bescheid, zum Beispiel, wo er wohnte und seit wann, woran er arbeitete und so weiter. Der Anwalt hatte ihr geraten, die Adresse des Mannes, sein Alter et cetera mit anzugeben, was sie auch getan hatte. Es gibt nicht den leisesten Zweifel, daß er der Mann ist.«

»Wie du siehst«, fuhr er fort, »haben wir da ein ganz nettes Problem, Kate, aber durchaus typisch für diesen ganzen vertrackten Fall. Und jetzt kommt es: Unser junger Kriminalbeamter wollte gerade Feierabend machen und gehen, als ihm etwas einfiel, das so auf der Hand liegt, daß er sich wahrscheinlich als Genie entpuppen und es in der Welt noch weit bringen wird – alle genialen Ideen erscheinen, wenn das Genie sie erst einmal gedacht hat, als ›auf der Hand liegend‹. Selbstverständlich hatte der Beamte einen Abzug von dem Foto aus Janet Harrisons Handtasche bei sich, um sicher zu gehen, daß Daniel Messenger bei noch soviel Phantasie keine Ähnlichkeit damit hatte. Kurz bevor er gehen wollte, zeigte er Messenger das Foto. Es geschah aus einem Impuls heraus, denn keiner hatte daran gedacht, ihn dazu anzuhalten. Er zeigte es ihm ganz beiläufig und erwartete sich auch nichts davon. ›Den Mann kennen Sie nicht zufällig, oder?‹ fragte er ihn oder so ähnlich.«

Reed holte tief Luft. »Anscheinend hat Messenger sich das Bild ziemlich lange angeschaut, so daß der Kriminalbeamte schon glaubte, er sei mit seinen Gedanken ganz woanders – du weißt ja, wie lang einem ein paar Sekunden vorkommen können, wenn man auf eine Antwort wartet –, und schließlich sah Messenger den Beamten an und sagte: ›Das ist Mike.‹«.

»Mike?« fragte Kate.

»Genau das sagte der Kriminalbeamte auch: ›Mike? Was für ein Mike?‹ Und was, glaubst du, sagte der Doktor?«

»Ach du lieber Schreck. Ein Ratespiel. Ich liebe Ratespiele. Wieviele Antworten habe ich frei, Daddy? In Teufels Namen, was hat er gesagt?«

»›Was für ein Mike?‹ hat er geantwortet. ›Mike Barrister: Wir hatten mal eine gemeinsame Bude, vor Urzeiten.‹«

»Mike Barrister!« sagte Kate. »Dr. Michael Barrister. Reed! Da ist die Verbindung, auf die wir gewartet haben. Ich habe es *gewußt*. Früher oder später mußten ein paar von unseren verstreuten Fakten zusammenpassen. Janet Harrison hinterläßt ihr Geld Messenger,

Messenger kannte Barrister, und Michael Barrister hat seine Praxis gegenüber der von Emanuel. Reed, es ist wunderbar.«

»Ich weiß, daß es wunderbar ist. Für einen kurzen, strahlenden, runden Augenblick ist alles wunderbar. Aber wenn es aufhört, dir in den Ohren zu klingen, und du anfängst, ein bißchen darüber nachzudenken, dann ist es zwar noch immer wunderbar, aber es hat verdammt wenig zu bedeuten.«

»Unsinn, sie wurde wegen ihres Geldes ermordet.«

»Selbst wenn wir annehmen, sie hatte genug Geld, um dafür umgebracht zu werden – was ich für alles andere als ausgemacht halte –, wer hat sie ermordet? Messenger war es nicht; er hat Chicago nicht verlassen. Und selbst wenn wir bereit sind, uns noch einmal auf die Idee vom gekauften Mörder einzulassen – du gibst selbst zu, daß sie lächerlich ist –, dann ergibt trotzdem jede nur mögliche Untersuchung, daß Messenger der letzte Mensch auf der Welt ist, der in Frage kommt. Dringend Geld brauchte er nicht, das wissen wir jedenfalls durch Nachfrage bei seiner Bank. Seine Frau arbeitet als Sekretärin, und wenn sie auch nicht reich sind, in einer verzweifelten Lage befinden sie sich nicht. Offenbar sogar weit entfernt davon, denn sie haben schon unauffällig das Geld für die College-Erziehung ihrer Töchter zurückgelegt. Sie haben keinen ausgefallenen Geschmack – ihr Traumurlaub heißt Camping im nördlichen Michigan. Sie haben keine Schulden, es sei denn, du nennst eine Hypothek auf ihrem Haus Schulden; in dem Fall gäbe es ein paar Millionen potentielle Mörder in den Vereinigten Staaten.«

Reed sah Kate an. »Ich weiß, Kate, deine Gedanken kreisen nur noch um deinen Hauptverdächtigen, Dr. Michael Barrister. Wir wissen sogar, daß er einmal wegen eines Kunstfehlers angeklagt war, obwohl ich inzwischen erfahren habe, daß die meisten Anzeigen dieser Art ziemlich ungerechtfertigt sind und praktisch jeder Arzt mal mit einem Verrückten zu tun hat, der sich ärgert, weil er keine Wunderkur verpaßt bekommt oder aufgeschnappt hat, daß diese Behandlung der durchgeführten vorzuziehen sei. Aber selbst wenn die Anzeige gerechtfertigt sein sollte, so macht sie den Betroffenen nicht zum Mörder.

Und selbst wenn, warum sollte Dr. Barrister ein Mädchen ermorden und damit einem Mann, den er seit einer Ewigkeit nicht mehr gesehen hat, eine nicht besonders große Summe zukommen lassen?«

»Vielleicht wollte Barrister nur Emanuel in Schwierigkeiten bringen; vielleicht haßt er Emanuel aus irgendeinem verrückten Grund.«

»Mag sein, daß er das tut, obwohl ich mir kaum vorstellen kann, warum. Das einzige, was wir wissen, ist, daß Emanuel *ihn* nicht besonders mochte. Aber was hat Messenger damit zu tun? Wieso sollte die Tatsache, die uns so aufregt – daß Messenger und Barrister sich früher gekannt haben –, irgend etwas mit Barristers Gefühlen Emanuel gegenüber zu tun haben? Emanuel und Messenger kennen sich nicht, und abgesehen von der zufälligen gemeinsamen Adresse, gilt das auch für Barrister und Emanuel. Es ist eine hübsche Tatsache, Kate, aber sie führt uns kein Stück weiter. Keinen Zentimeter.«

»Augenblick, Reed, du machst mich konfus. Ich gebe zu, Messenger ist zwar hilfsbereit, aber nicht sonderlich erhellend. Aber wir wissen jetzt immerhin, wer der junge Mann auf dem Foto ist. Warum haben *wir* ihn übrigens nicht erkannt?«

»Ich habe ihn nicht erkannt, weil ich ihn nie gesehen habe. Und du hast ihn ja erkannt, teilweise. Du sagtest, das Foto erinnere dich an jemanden, weißt du noch? Ein Mann verändert sich sehr in den Jahren zwischen noch-nicht-dreißig und jenseits-der-vierzig. Und vergiß nicht, Messenger hatte Barrister seitdem nicht mehr gesehen, zumindest nehmen wir das an. Er sah auf dem Bild den jungen Mann, mit dem er einmal das Zimmer geteilt hat. Wenn ich dir ein Bild von einem Mädchen zeigte, mit dem du zur High School gegangen bist, würdest du wahrscheinlich sagen: Ach, ja, das ist Sally Jones. Sie hatte immer enge Pullover an und lispelte. Aber wenn ich dir ein Foto von Sally Jones zeigte, wie sie heute aussieht, dann könnte es gut sein, daß du nicht wüßtest, wer das ist.«

»Also gut, spiel du nur weiter den advocatus diaboli. Es bleibt das Faktum, daß Dr. Michael Barrister seine Praxis gleich gegenüber hatte, daß er es war, der das Mädchen für tot erklärt hat – zumindest gegenüber Nicola –, und daß sein Foto die ganze Zeit in der Brieftasche des ermordeten Mädchens steckte.«

»Wo der Mörder es auch gelassen hat.«

»Weil er es übersehen hat – es steckte schließlich in ihrem zusammengefalteten Führerschein.«

»Oder weil er es mit Absicht dort gelassen hat, damit wir genau das denken, was du jetzt denkst.«

»Verdammt, verdammt, verdammt noch mal.«

»Dem kann ich nur voll und ganz zustimmen. Aber eines fällt mir dabei auf. Sparks sagte, das Gesicht käme ihm bekannt vor, falls ich dich richtig verstanden habe. Könnte Sparks gewußt haben, wen das Foto darstellte, und es deswegen dort gelassen haben? Er hört sich an wie ein Mann, der sehr umsichtig zu handeln weiß.«

»Vielleicht sollten wir Messenger ein Foto von Sparks zeigen. Dann stellt sich womöglich heraus, daß die beiden in frohen Kinderzeiten miteinander Baseball gespielt haben. Ich habe nicht daran gedacht, Sparks zu fragen, woher er kommt. Sie könnten schließlich mal im selben Pfadfinder-Lager gewesen sein, als Sparks zu Besuch bei seiner unverheirateten Tante in Messengers Heimatstadt war.«

»Ich kann mir zwar nicht vorstellen, wieso Messenger jeden kennen sollte, der in den Fall verwickelt ist, aber es wäre keine schlechte Idee, ihm Fotos von allen Beteiligten zu zeigen, vorausgesetzt, wir können welche auftreiben.«

»Zumindest entfernen wir uns damit von Emanuel, Reed. Obwohl wir uns«, fügte sie hinzu, als sie an Reeds erste Neuigkeit dachte, »statt dessen entweder auf mich zubewegen oder auf das totale Chaos. Immerhin, wir bewegen uns. Was unternehmen wir als nächstes? Natürlich, wir haben Horan vergessen; vielleicht war der Mord an dem Mädchen Teil einer Werbekampagne. Und die Verbindung zwischen Barrister und Messenger ist purer Zufall. Schließlich ist das Leben voller Zufälle, wie wir von Hardy wissen, auch wenn das niemand zugeben will. Ach, Lieber, ich drehe mich im Kreis. Reed, eine Frage, bevor ich schwindelig werde und einschlafe: Wo *war* Barrister an dem Morgen, als der Mord geschah? Hat die Polizei das jemals genau festgestellt?«

»Er war in seiner Praxis, und die war voller Patientinnen, einige im Wartezimmer, andere in den Untersuchungsräumen. Seine Sprechstundenhilfe war natürlich auch da. Ich nehme an, wir müssen dem jetzt ein wenig intensiver nachgehen, auch wenn die Polizei gar nicht daran gedacht hat, ihn nach einem Alibi zu fragen. Das bedeutet, daß er wirklich keine Minute lang woanders gewesen ist. Mir wird langsam selber ein bißchen schwindelig.«

»Gut, morgen früh berichtet mir Jerry von Horan. Und von der Sprechstundenhilfe. Vielleicht hat Jerry ...«

»Oh, ja, wir *müssen* noch über Jerry reden. Kate, ich möchte, daß du mir versprichst ...«

»Das nützt nichts, Reed, ich würde mich morgen nicht mehr erinnern, was ich heute versprochen habe. Und morgen ist ›Daniel Deronda‹ dran. Gar nicht zu reden von meinen anderen Seminaren. Ich hoffe, dieser Brief geht nicht an die Zeitungen.«

»Ich glaube, das kann ich dir versprechen.«

»Was meinst du, wer hat ihn geschickt?« Aber Reed war schon an der Tür. Sie winkte ihm schläfrig nach, schenkte den Überresten ihrer Kaffeerunde keine Beachtung mehr und ließ ihre Kleider fallen, wo sie gerade stand. Sie wußte ganz genau, sie würde nicht schlafen können, solange ihr dieser Messenger und Barrister, Emanuel, Sparks und Horan derart im Kopf herumwirbelten und war immer noch überzeugt davon, als Jerry (sie hatte vergessen, den Wecker zu stellen) sie am Morgen weckte.

13

»Was für ein Glück, daß du mir einen Schlüssel gegeben hast«, sagte Jerry. »Sonst hätte ich womöglich immer wieder geläutet, wäre dann zu dem Schluß gekommen, daß man dich ermordet hat, hätte den Kopf verloren und die Polizei gerufen. Du hast bloß einen Kater, nicht?«

»Ich habe *keinen* Kater, zumindest nicht vom Trinken. Geh bitte hinaus, damit ich mich anziehen kann. Mach einen Kaffee. Weißt du, wie das geht?« Jerry lachte glucksend und verließ das Zimmer. Zu spät fiel Kate ein, daß er bei der Army als Koch gedient hatte und daß sein Kaffee... »Laß nur«, rief sie, »ich mache das schon«, aber Jerry, der bereits den Wasserhahn aufgedreht hatte, hörte sie nicht.

Es stellte sich heraus, daß Jerry, was Filterpapier und Kaffeezubereitung anging, so unwissend war wie ein Baby. Er hatte den gemahlenen Kaffee einfach in einen Topf mit kochendem Wasser geschüttet. Das Ergebnis war überraschend gut, wenn man vorsichtig eingoß. Eine Dusche und drei Tassen von dem Gebräu möbelten Kate wieder einigermaßen auf, sie räumte das Durcheinander vom vergangenen Abend auf und versuchte, sich über die nächsten notwendigen Schritte klar zu werden. Jerrys Bericht über den vergangenen Tag (beträchtlich überarbeitet und ohne seine Verfolgung Emanuels zu erwähnen) sorgte auch für keine größere Klarheit, was den künftig einzuschlagenden Weg anging. Gewiß hätte er sich nicht mit einer derart idiotischen Geschichte an Barristers Sprechstundenhilfe heranmachen sollen; aber Kate konnte sich darüber nicht so aufregen, wie sie es vielleicht hätte tun sollen. Ihr wurde plötzlich klar, daß dieser Morgen einen neuen Anfang bedeutete. Reed hätte zweifellos darauf bestanden, daß der erste Schritt die mit einem freundlichen Dank verbundene Entlassung von Jerry sein müsse. Aber Kate wußte instinktiv: Wenn der nebulöse Plan, der sich in ihrem Kopf zu formen begann, Gestalt annehmen sollte, dann gehörte Jerry dazu. Es gab sonst niemanden.

Es waren jetzt acht Tage seit dem Mord vergangen, und die ganze Reihe von schrecklichen Ereignissen schien ein natürlicher Bestandteil des Tagesablaufs von Kate geworden zu sein. Sie setzte sich Jerry gegenüber an den Tisch, trank ihren morgendlichen Kaffee und entwarf mit einem jungen Mann Pläne, mit dem sie normalerweise nie etwas zu tun gehabt hätte. Dafür waren Menschen, die noch vor zwei Wochen in ihrem Leben eine wichtige Rolle gespielt hatten, in den Hintergrund getreten. Was an literarischen und anderen Themen sonst im Zentrum ihres Bewußtseins gestanden hatte, bewegte sich jetzt nur noch undeutlich an der Peripherie. Natürlich sehnte sie sich nach der Rückkehr der ordentlicheren Welt, wie sie noch vor vierzehn Tagen geherrscht hatte. Carlyle (dem sie seit über einer Woche keine Minute Aufmerksamkeit mehr geschenkt hatte), soll, als er von dem Entschluß einer jungen Dame hörte, das Universum zu akzeptieren, gesagt haben: »Wahrhaftig! Das sollte sie wirklich!« Alles, was Kate sich wünschte, war, dieses Universum für sich wiederherzustellen und zu akzeptieren. Es war erschüttert worden, aber sie hatte im Grunde keinen Zweifel, daß es mit Hilfe zäher Anstrengung und eines Gebets wieder zurechtgerückt werden könnte.

»Irgendwelche neuen Ideen?« fragte Jerry.

»Es fehlt mir nicht an Ideen«, sagte Kate, »nur an der Fähigkeit, ihnen einen Sinn zu geben. Ich fange an zu glauben, daß Alice gar nicht im Wunderland war. Sie hat vielmehr versucht, einen Mordfall zu lösen. Dauernd verschwinden schöne Verdächtige und lassen nur ihr Grinsen zurück. Andere verwandeln sich in Schweine. Wir bekommen einen großen unschönen Vogel vorgesetzt und sollen Croquet spielen. Und obwohl wir so schnell rennen, bewegen wir uns nicht vorwärts, sondern rückwärts. Noch vor einigen Tagen hatten wir eine ganze Reihe netter Verdächtiger, und übriggeblieben ist bloß der Erbe des ermordeten Mädchens, und der hat überhaupt keine Verbindung zu der ganzen Geschichte. Ach so, ich sollte dir vielleicht erst einmal von ihm erzählen.« Sie berichtete von Janet Harrisons letztem Willen und davon, daß Messenger das Foto wiedererkannt hatte. (Von dem Brief, in dem sie selber beschuldigt wurde, sagte sie nichts.) Jerry war natürlich begeistert, als er hörte, daß das Foto Barrister zeigte, und Kate mußte ihm matt zu der Erkenntnis verhelfen – wie sie selber es am Abend zuvor hatte lernen müssen –, daß die Neuigkeit, so aufregend sie auch war, im Grunde nirgendwohin führte.

»Messenger muß die Antwort sein. Wahrscheinlich ist er ein reichlich zwielichtiger Typ mit glatter Fassade«, fuhr Jerry fort. »Schließlich wissen wir nicht, ob er nicht doch mit Janet Harrison zu tun hatte. Außer seinem Wort haben wir keinen Beweis.«

»Aber er leugnet, vor ihrer Ermordung jemals von ihr gehört zu haben.«

»Nachdem er sie ermordet hat, wolltest du sagen.«

»Warum sollte er dann das Bild identifizieren und sich damit weiter in die Sache verstricken?«

»Er hat nicht sich verstrickt, sondern Barrister. Offenbar hat er nicht damit gerechnet, in eine Verbindung zu der ganzen Geschichte zu geraten. Er wußte nicht, daß sie ein Testament hinterlassen hat.«

»Wenn er nicht wußte, daß sie ein Testament gemacht hatte, warum sollte er sie dann ermorden? Ihr Geld soll doch das Motiv sein.«

»Vielleicht ging es nicht um ihr Geld; oder vielleicht hat er gehofft, das Testament würde nie gefunden.«

»Jerry, du machst zu wenig von deinem Verstand Gebrauch. Wenn das Testament nicht gefunden würde, bekäme er das Geld nicht. Aber egal was für ein Motiv er gehabt haben mag, er hat Chicago nicht verlassen. Und erzähl mir jetzt nicht, er könnte jemanden dafür angeheuert haben – ich kann es einfach nicht mehr hören.«

»Ich glaube, dieser Fall ist nicht gut für deine seelische Verfassung – du hörst dich immer gereizter an. Was du brauchst, sind ein paar Tage Ferien.«

»Was ich brauche, ist eine Lösung. Sei mal einen Augenblick still und laß mich überlegen. Wenn ich mir davon auch keine spektakulären Ergebnisse erwarte, es ist die einzige Aktivität, die mir im Moment möglich ist. Übrigens, wenn man einen so guten Kaffee kochen kann, indem man einfach den gemahlenen Kaffee in einen Topf schüttet, wieso gibt es dann so viele verschiedene und teuere Kaffeemaschinen auf dem Markt?«

»Soll ich dir mal meinen Lieblingsvortrag über die Werbung und den Niedergang der Werte in Amerika halten? Darin bin ich wirklich gut. Ich bin sogar berühmt dafür, daß es mir gelungen ist, meiner künftigen Verwandtschaft die Anschaffung einer Eismaschine auszureden, nachdem ihnen eine schlaue Anzeige eingeredet hatte, daß sie so etwas brauchten. Vielleicht stimuliert meine Rede deinen Denkprozeß. Fertig? Also: Vor Jahren war das, was sich der Mensch wünschte, noch klar in zwei Gruppen getrennt: die Dinge, die er brauchte, und die, die er haben wollte, weil sie ihm gefielen. Niemals wäre es einem Menschen eingefallen, beides durcheinanderzubringen oder sich einzureden, er brauche etwas, das er sich nur wünschte. Die Puritaner...«

»Kann denn die Polizei tatsächlich *wissen*, daß er Chicago nicht verlassen hat?«

»Genau das habe ich mich auch schon gefragt«, sagte Jerry. »Seine Kollegen sagen: Ja, natürlich, Dannyboy hat den ganzen Tag im Labor gearbeitet, wir haben ihn reden, mit Reagenzgläsern hantieren und auf der Schreibmaschine tippen hören, aber es gibt schließlich auch Tonbänder und Platten. Hast du den Film ›Laura‹ gesehen? Übrigens, wird nicht der Name jedes Passagiers notiert, der von New York nach Chicago fliegt?«

»Das denke ich doch. Für jedes Flugzeug gibt es eine Passagierliste.«

»Dann könnte er auch einen falschen Namen angegeben haben. Oder er ist mit dem Zug gefahren. Ich glaube, als nächstes müssen wir dem Dr. Daniel Messenger ein paar Fragen stellen. Selbst wenn sich herausstellt, daß er so sauber ist wie frisch gefallener Schnee, kann er uns vielleicht etwas über Barrister erzählen oder über das Leben und die Gene. Was haben wir schon zu verlieren, außer ein paar Tagen und den Preis für die Flugkarte?«

»Ich habe keine paar Tage übrig.«

»Ich weiß. Und ich habe nicht das Geld für ein Ticket nach Chicago. Also schlage ich vor, wir kombinieren meine Zeit mit deinem Geld, und ich fliege hin. Ich verspreche dir, diesmal keine Extratouren zu machen. Sehen wir mal, welchen Eindruck er auf mich macht.«

Die Idee war Kate auch schon gekommen. Sie hätte nur zu gern selber mit Daniel Messenger gesprochen. Aber über einen Punkt gab es nichts zu streiten, und das war die Tatsache, daß sich an ihrem gewohnten Tagesablauf nichts ändern durfte. Des Mordes beschuldigt zu werden, ist eine Sache; eine andere dagegen, seine Pflichten zu vernachlässigen. Jerry hatte in seine Fähigkeit, Menschen zu beurteilen, mehr Vertrauen als Kate. Das war nicht eigentlich persönlich gemeint: Jerry war so einfühlsam, wie junge Männer nun mal sind. Und Tatsache war, daß junge Leute sich kein Urteil bilden konnten: Sie hatte zu viele mittelmäßige Professoren erlebt, die bei ihren Studenten sehr beliebt waren, und zu viele Wissenschaftler, die brillant, aber ein bißchen langweilig waren und so Ziel des Spottes wurden. Für sein College mochte das Urteil eines Studenten noch eine gewisse Berechtigung haben, aber in einem Fall wie diesem mochte Kate nicht das Risiko eingehen, sich auf die Meinung eines Einundzwanzigjährigen zu verlassen, der seinen Mangel an Wissen mit kecken Tönen kompensierte. Angenommen, Jerry kehrte mit einer festen Meinung zurück, so oder so? Hätte das wirklich eine Bedeutung?

Wohl kaum. Aber wo war die Alternative? Kate erinnerte sich lebhaft an ein Streitgespräch, das sie mit Emanuel über die Psychoanalyse als Therapieform geführt hatte. Sie hatte betont, wieviel Zeit und Geld die Analyse erforderte und wie wenig Kontrolle beide – Patient und Analytiker – über den Prozeß der freien Assoziation hatten und so weiter. Emanuel hatte das gar nicht geleugnet. »Es ist ein sehr schwerfälliges Werkzeug, aber es ist das beste, das wir haben.« Dasselbe galt für Jerry. Er war sicher nicht der Geschickteste, aber sie hatte sonst niemanden. Und abgesehen von Jerrys Zeit und ihrem Geld, was hatten sie schon zu verlieren? Vielleicht würde sich Jerry in seiner offenen, jungenhaften Art Messenger sogar weniger zum Feind machen als sie.

»Ich glaube, du kommst besser an ihn heran«, sagte Kate, »wenn du mit ihm über Barrister redest, statt über ihn selbst. Wenn du zu offensichtlich versuchst, ihn mit irgendwelchen Tricks zu einem gefährlichen Eingeständnis zu bewegen, macht er bestimmt zu. So würde ich jedenfalls reagieren. Aber wenn du ihm frei heraus erklärst, daß wir in Schwierigkeiten stecken und seine Hilfe brauchen, dann erfährst du vielleicht etwas, das uns weiterbringt. Wenn er der Mörder ist, dann wird das, was du erfährst, nicht unbedingt nützlich sein, aber darauf sollten wir es ankommen lassen. Offen gesagt, Jerry, falls er raffiniert genug war, diesen Mord zu begehen und die Polizei von seiner Unschuld zu überzeugen, dann wirst du ihn nicht zu fassen bekommen. Andererseits, wenn er so nett ist, wie er allen erscheint, dann kann er uns vielleicht auf eine Art und Weise weiterhelfen, die wir uns jetzt noch gar nicht vorstellen können. Also, ich will nicht, daß du dort auftrittst wie Hawkshaw, der große Detektiv, aber ich nehme auch nicht an, daß du hier angeblich meine Anweisungen brav zur Kenntnis nimmst und dann doch nur tust, was dir paßt.« Sie sah ihn mit einem durchdringenden Blick an, und Jerry fielen Emanuel und der Park ein. Konnte sie davon etwas wissen? Kate hatte lediglich einen Versuchsballon losgelassen. Sie hatte eine vage Vermutung. »Jerry, falls du diesmal irgend einen faulen Zauber probierst, dann ist Schluß. Dann fährst du wieder deinen Laster, und mit der Prämie ist nichts.«

»Was erzähle ich Messenger denn? Was sage ich ihm, wer ich bin?«

»Vielleicht sollten wir es mit der Wahrheit versuchen. Nicht, daß ich ihr einen eigenen Wert zumessen würde, Gott verzeih mir; aber es hätte unter unseren verschiedenen Methoden den Charme des Neuen. Mußt du noch heim und Koffer packen?«

»Also, die Sache ist die...« Kate folgte seinem Blick in Richtung Flur. Dort stand ein Koffer bescheiden neben dem Tischchen.

»Sehr schön. Dann rufe ich am besten an und frage nach einer Maschine nach Chicago.« Kate griff nach dem Hörer.

»Zwanzig nach elf. Ich schaffe es gerade noch zum Flughafen.«

Kate legte resigniert den Hörer wieder hin und stand auf, um Jerry das notwendige Geld zu holen. Er war schon fast aus der Tür, als ihr auffiel, daß sie ihm gerade erst von Daniel Messenger erzählt hatte. Wie, um alles in der Welt, konnte er wissen...? Sie ging ihm nach und fragte ihn.

»Das ist das Problem bei dir«, sagte Jerry, »du liest keine Zeitung. Die Polizei muß den Reportern immer etwas bieten, und der Inhalt des Testaments von dem ermordeten Mädchen paßte genau. Natürlich wußte ich nichts von dem Foto«, fügte er mit charmanter Bescheidenheit hinzu. »Bis bald.« Er verschwand, zog die Tür leise hinter sich zu und ließ Kate, nicht zum erstenmal, mit einer Empfindung des Mitgefühls für ihre Nichte zurück.

Kate machte sich ihrerseits fertig für die Fahrt zur Universität. Reed würde zweifellos einen Anfall bekommen, wenn er erfuhr, wohin Jerry unterwegs war, aber Rücksichtnahme auf die Gefühle anderer Leute war eine der Fähigkeiten, die Kate durch den neuen Stand der Dinge abhanden gekommen waren. Katastrophen brachten Skrupellosigkeiten mit sich – wie ein Krieg und seine Folgen. Das war offenbar unvermeidlich. Schmerzlich erinnerte sie sich, wie schwer es ihr zu Anfang gefallen war, Reed um Hilfe zu bitten. Doch jede Skrupellosigkeit macht die nächste nicht nur möglich, sondern einfach unvermeidlich. Vielleicht war dies der Weg, der schließlich zu einem Mord führte.

Aber was für eine Kette von Ereignissen mochte zu diesem Mord geführt haben? Janet Harrison hatte – gut versteckt – ein Foto des jungen Michael Barrister in ihrer Handtasche gehabt. Das schien doch ganz sicher darauf hinzuweisen – wenn man für den Augenblick einmal außer acht ließ, daß der Mörder selbst das Foto dort plaziert haben konnte –, daß es eine Verbindung zwischen Barrister und Janet Harrison gab. Natürlich hatte Barrister das geleugnet. Falls er sie ermordet und die Verbindung zwischen ihnen sorgfältig verborgen hatte (vielleicht hatte er ihr Zimmer durchsucht, um sicherzugehen, daß es dort keine Hinweise auf ihre Beziehung gab), was war dann sein Motiv?

Kate verließ ihre Wohnung und ging zur Bushaltestelle. Angenommen, er hatte Janet Harrison kennengelernt, als er selbst noch ein junger Mann war, oder er hatte sie einfach irgendwann kennengelernt, und das einzige Foto, das sie, vernarrt, wie sie in ihn war, ergattern konnte, war eines, das ihn als jungen Mann zeigte. Jedenfalls mußte sie ihm auf die Nerven gegangen sein, und er hatte sie ermordet. Vielleicht wollte sie ihn heiraten, und er machte sich nichts aus ihr. Aber so etwas kam ja schließlich häufiger vor, und es gab andere Methoden, lästige junge Frauen loszuwerden, ohne sie gleich zu ermorden, so reizvoll solch eine Lösung auch erscheinen mochte. Kate hatte junge Frauen gekannt, Altersgenossinnen, die sich blind in einen Mann verliebt hatten, ihn überall hin verfolgt, stundenlang vor seinem Haus verbracht, zu seinem Schlafzimmerfenster hinaufgestarrt und ihn nachts zu den verrücktesten Zeiten angerufen hatten. Vollkommen verzweifelt hatten sie gewirkt, und doch waren sie inzwischen alle mit jemand anderem verheiratet und wahrscheinlich glücklich und zufrieden. Und wenn Barrister der Mann war, den Janet Harrison angebetet hatte, warum hatte sie dann ihr Geld Messenger hinterlassen, dem sie offenbar nie begegnet war und den sie ganz sicher nicht angebetet hatte? Oder, falls sich herausstellte, daß sie ihm doch verfallen war, wieso trug sie dann ein Foto von Barrister mit sich herum? Jerry hatte vermutet, daß Messenger es in ihre Handtasche praktiziert haben könnte, aber wozu das? *Kein* Foto wäre verwirrender gewesen als ein falsches.

Kate erreichte die Universität in einem Zustand der Benommenheit, an den sie sich schon richtig gewöhnt hatte. Sie setzte sich einen Augenblick lang in ihr Büro, öffnete gedankenverloren ihre Post und starrte ins Leere. Ihr Blick fiel, unvermeidlicherweise, auf den Stuhl, auf dem Janet Harrison gesessen hatte. »Professor Fansler, kennen Sie einen guten Psychiater?« Warum nur, um alles in der Welt, hatte das Mädchen gerade *ihr* die Frage gestellt? War sie, Kate, die einzige Respektsperson, zu der Janet Harrison einen Zugang gehabt hatte? Das war kaum denkbar. Aber Kate mußte zugeben, daß der anonyme Brief, der sie des Mordes beschuldigt, nicht ganz so absurd war, wie sie in ihrer ersten Bestürzung gedacht hatte. Kate stand auf merkwürdige Weise im Zentrum vieler Rätsel. Sie war diejenige, die Janet Harrison zu Emanuel geschickt hatte, und dort war Janet Harrison ermordet worden. Hätte Janet Harrison einen anderen Professor gefragt, dann wäre sie wahrscheinlich auf der Couch eines anderen Psychiaters gelandet. Wäre sie dann dort auch ermordet worden? Bestimmt nicht – Kate zwang sich, das einzugestehen –, falls Emanuel oder Nicola den Mord begangen hätten. Und sonst? Nun, Barrister hatte seine Praxis gegenüber der von Emanuel, und Messenger hatte ihn auf dem Foto erkannt. Messenger hatte das Geld geerbt. Der Bauer hat eine Frau, die Frau hat ein Kind, das Kind hat ein Kindermädchen ... und in der Küche liegt der Käse. Was war mit dem Käse?

Das Telefon riß sie aus ihrem Nachdenken über diese

faszinierende Frage. »Professor Fansler?« Kate sagte ja. »Hier ist Miss Lindsay. Es tut mir leid, wenn ich Sie störe, aber Sie schienen mir so interessiert, daß ich dachte, es würde Ihnen nichts ausmachen. Ich habe gestern abend schon versucht, Sie daheim telefonisch zu erreichen, aber dort hat niemand abgenommen. Ich dachte, Sie hören es besser von mir als von Jackie Miller.«

»Ja, ganz bestimmt«, sagte Kate, »es ist sehr nett, daß Sie anrufen. Diese Jackie Miller in ihrem extravaganten Nachtgewand hat nicht den allerbesten Eindruck auf mich gemacht. Sie wollen mir hoffentlich nicht erzählen, daß ich jetzt in ihrer Schuld stehe?«

»Das weiß ich nicht. Aber Sie wirkten sehr interessiert an dem Namen der Person, die Janet Harrison zusammen mit einem Mann gesehen hatte, und gestern abend ist er Jackie Miller eingefallen. Darauf hat sie sich an mich gewandt und vorgeschlagen, daß – ehm –, also, daß ich Ihnen vielleicht erzähle, wer es war.« Kate konnte sich sehr gut vorstellen, was Jackie gesagt hatte: »Du bist doch ihr Liebling, warum rufst du sie dann nicht an und erzählst es ihr?« »Normalerweise«, redete Miss Lindsay weiter, »käme ich nicht auf die Idee, Sie zu Hause zu belästigen, doch unter diesen Umständen... Aber wie sich herausgestellt hat, habe ich Sie ja gar nicht belästigt.«

»Ich bin Ihnen sehr dankbar. Wie ist denn der Name? Wahrscheinlich stellt sich das Ganze am Ende als Windei heraus, aber besser, wir wissen es.«

»Ihr Name ist Sabbel. Ann Sabbel.«

»Kann jemand tatsächlich so heißen? Sabbel?«

»Eigentlich unvorstellbar, aber es scheint wirklich ihr Name zu sein. Jackie fiel er ein, als irgendwer von irgendwem erzählte, daß er *sabbere*. Ann hat kurze Zeit im letzten Semester hier im Wohnheim gewohnt, aber es hat ihr nicht gefallen, und sie ist bald wieder ausgezogen. Sie steht nicht im Telefonbuch. Ich fürchte, das hilft Ihnen alles nicht sehr viel weiter.«

»Im Gegenteil, ich danke Ihnen sehr. Haben Sie Miss Sabbel gekannt, ich meine, gut genug, um zu sagen, daß man sich auf ihre Aussage verlassen kann?«

»Leider habe ich sie nicht gut gekannt. Eigentlich kaum. Aber sie war nicht, also, nicht so wie Jackie.«

»Haben Sie vielen Dank, Miss Lindsay. Ich nehme an, daß ich ihre Spur mit Hilfe der Universitätsverwaltung finden werde. Ich bin sehr froh, daß Sie angerufen haben.« Reed hatte gesagt, daß der Schlüssel für den ganzen Fall vielleicht hier zu finden sei. Aber wahrscheinlich stießen sie doch wieder nur auf eine Spur, die dann im Sande verlief. Kates Vorlesung begann in fünfzehn Minuten. Sie rief im Immatrikulationsbüro an und fragte nach Adresse und Telefonnummer von Ann Sabbel, die im letzten Semester eingeschrieben war, vielleicht auch in diesem. Man bat sie, am Apparat zu bleiben. Es dauerte nicht lange, bis sich die Stimme am anderen Ende der Leitung wieder meldete: Ann Sabbel hatte sich auch für dieses Semester wieder eingeschrieben, dann aber wegen Krankheit wieder abgemeldet (was, wie Kate wußte, alles bedeuten konnte, von Blinddarmentzündung bis zum Liebeskummer). Ihre Adresse lautete Waverly Place, und die Telefonnummer... Kate schrieb beides auf und legte mit Dank wieder auf.

Alsdann, carpe diem. Sie wählte, zuerst die Vorwahl, dann den Anschluß. Das Telefon klingelte mindestens sechsmal, bevor sich eine Frau meldete, die offenbar aus dem Tiefschlaf gerissen worden war. »Könnte ich bitte Miss Ann Sabbel sprechen?« fragte Kate.

»Am Apparat.« Kate war sich sicher, daß es nicht einfach werden würde. Zu ihrer Vorlesung würde sie bestimmt zu spät kommen.

»Miss Sabbel, verzeihen Sie, wenn ich Sie störe, aber ich glaube, Sie könnten mir helfen. Sie haben sicher von Janet Harrisons Tod gehört. Wir haben nun ganz zufällig herausbekommen, daß Sie sie vor ein paar Monaten mit einem Mann in einem Restaurant gesehen haben. Ob Sie wohl wissen, wer der Mann war?«

»Guter Gott, das habe ich längst vergessen. Wieso in aller Welt...?«

»Worauf es mir ankommt, Miss Sabbel: Würden Sie den Mann wiedererkennen, wenn Sie ihn sähen?«

»Oh, ja, das glaube ich schon.« Kates Herz machte einen Sprung. »Sie waren in einem kleinen tschechischen Restaurant. Ich war zufällig dort, weil ich eine Freundin besucht hatte, die in der Nähe wohnt. Janet Harrison und der Mann saßen am anderen Ende des Raumes, und ich hatte das Gefühl, sie wollten nicht gestört werden. Aber angesehen habe ich ihn mir. Sie wissen ja, man ist neugierig auf die Männer, mit denen die Mädchen aus dem Bekanntenkreis unterwegs sind, und Janet hatte immer so geheimnisvoll getan. Ich glaube, ich würde ihn wiedererkennen.« Kate hatte Horan noch nicht gesehen; aber sie dachte an Sparks, an Emanuel, an Messenger – ob das Mädchen am Telefon den Mann ausreichend beschreiben konnte?

»Einmal angenommen, Miss Sabbel, der Mann würde in einer Reihe mit, sagen wir, sechs anderen Männern stehen, die sich auf den ersten Blick ähnlich sähen, würden Sie ihn dann herausfinden?«

Einen Moment lang herrschte Schweigen. Sie wird mich jetzt fragen, wer, zum Teufel, ich eigentlich bin, dachte Kate. Aber Miss Sabbel sagte nur: »Ich bin nicht sicher. Ich *glaube*, daß ich ihn wiedererkennen würde, aber ich habe ihn nur aus einiger Entfernung in einem Restaurant gesehen. Wer...?«

»Miss Sabbel, könnten Sie mir eine kurze Beschreibung von ihm geben? Groß, klein, dick, dünn, dunkel, blond?« (Emanuels blondes Haar war inzwischen grau durchzogen und sah jetzt noch heller aus.) »Was für ein Typ war er?«

»Er hat natürlich gesessen. Es ist zwar wahrscheinlich ziemlich ungenau, aber wenn Sie eine allgemeine Beschreibung haben wollen, dann erinnerte er mich an Cary Grant. Gut aussehend, wissen Sie, und zuvorkommend. Ich erinnere mich, daß ich reichlich überrascht war, Janet Harrison mit ihm... also, sie war natürlich attraktiv, aber dieser Mann...«

»Danke, danke«, murmelte Kate und hängte ein.
Cary Grant!
Sie schaffte es gerade noch, nicht zu spät zu ihrer Vorlesung zu erscheinen.

14

»Kommen Sie mit in mein Büro«, sagte Messenger. Jerry folgte ihm mit einem gewissen Schwindelgefühl den Gang hinunter. Heute früh hatte er noch mit Kate geredet; jetzt, eine lächerlich kurze Zeit danach (obwohl das Zurückstellen der Uhr dafür auch ein Stück verantwortlich war), stand ihm das Gespräch mit Messenger bevor, obwohl er nicht die leiseste Idee hatte, was er eigentlich sagen wollte. Sich die Geschichte für die Sprechstundenhilfe auszudenken, war eine Sache gewesen, sein täppisches Herantasten an Horan eine zweite, aber für Messenger eigneten sich beide Techniken nicht. Jerry hätte das Besondere an Messengers Persönlichkeit nicht nennen können, aber er spürte es. Die Natur hatte Messenger mit keinem ihrer oberflächlichen Reize ausgestattet. Er sah nach nichts aus, hatte weder Wuchs noch Witz, nicht einmal eine gewisse Schlauheit. Er war nur schlicht er selber. Jerry würde es später Kate so zu erklären versuchen, aber ohne großen Erfolg. Alles, was ihm zu sagen einfiel, war, daß Messenger einfach *da* war. Die meisten Menschen hatten dieses oder jenes Gehabe an sich, waren aber nie einfach nur *da,* ganz sie selbst. Jedenfalls hatte Kates Instinkt nicht getrogen: Nur die Wahrheit war hier möglich.

Also erzählte er von Emanuel und Kate, von sich selbst und dem Auftrag, den er übernommen hatte, von den Lastwagen, die er gefahren hatte, und von der Law School, auf die er gehen wollte. »Wir bitten Sie um Ihre Hilfe«, sagte Jerry, »weil Sie der einzige Mensch zu sein scheinen, der möglicherweise eine Verbindung zwischen den unzusammenhängenden Teilchen herstellen kann. Janet Harrison hat Ihnen ihr Geld hinterlassen – da ist also eine Verbindung zwischen Ihnen und ihr, selbst wenn Sie sie nicht gekannt haben. Und Sie haben Barrister gekannt. Ansonsten besteht in diesem Durcheinander keine Beziehung zwischen zwei Personen, außer Kate und Emanuel natürlich, und keiner von beiden hat Janet Harrison getötet. Wenn Sie mir vielleicht etwas über Barrister erzählen könnten...«

»Ich fürchte, die wenigen Dinge, die ich Ihnen von ihm

erzählen könnte, dürften nicht gerade Ihrem Zweck dienen, und der ist doch wohl, Mike die Rolle des Mörders zu verpassen. Natürlich hat er sich wahrscheinlich etwas verändert, wie die meisten Menschen. Ich hätte nie gedacht, daß Mike einmal als Arzt für reiche, kränkelnde Frauen enden würde, aber ich bin, nachdem ich es nun erfahren habe, nicht überrascht. Heutzutage ist es für Ärzte sehr leicht, eine Menge Geld zu machen, und die meisten tun das auch. Ich halte Ärzte nicht für geldgieriger als andere Leute – es gibt nur zu wenig Ärzte und zu viele Gelegenheiten, reich zu werden. Und die meisten Ärzte haben das Gefühl«, sagte Messenger lächelnd, »daß ihnen eine Gegenleistung für ihre so besonders lange und teure Ausbildung zusteht. Eine meiner Töchter denkt auch gerade daran, Ärztin zu werden, und ich habe mir ausgerechnet, daß das rund 32 000 Dollar kosten wird. Was ich mit alldem sagen will: Der Barrister, hinter dem Sie her sind, ist nicht mehr der Mike, den ich gekannt habe – und so genau habe ich ihn ohnehin nicht gekannt. Er war ein eher zurückhaltender Mensch.«

»Sie sind nicht reich?« Jerry wußte wohl, daß das nicht zum Thema gehörte, aber Messenger interessierte ihn.

»Und auch nicht von Adel. Zufällig bin ich an den meisten Dingen, die teuer sind, nicht interessiert, und ich bin mit einer Frau verheiratet, die es als tolle Herausforderung empfindet, mit dem auszukommen, was da ist. Sie liebt es, zu planen, Kleider zu nähen, vieles selber zu machen – auf die alte Art. Sie arbeitet gern. Und die Arbeit, die ich tue, ist für mich das Interessanteste und Wichtigste, was es gibt. Offen gesagt, bedaure ich jeden, der nicht solch eine Arbeit macht. Aber ich mache sie nicht, weil sie nicht gut bezahlt wird. Ich würde sie auch machen, wenn ich davon zufällig ein Krösus würde.«

»War Mike auch so ein Mensch, als Sie ihn kannten?«

»Wer weiß das schon? Als junger Mensch hat man seine Vorstellungen und Theorien, aber man weiß nicht, wer man ist, solange man sie nicht umsetzt und lebt. Haben Sie C. P. Snow gelesen?« Jerry schüttelte den Kopf. »Interessanter Schriftsteller, jedenfalls in meinen Augen; ob Ihr Professor Fansler zustimmen würde, weiß ich nicht. In einem seiner Bücher läßt er seinen Erzähler sagen, daß es nur eine Methode gibt, herauszubekommen, was man wirklich will: und die besteht in dem, was man hat. Aber Mike war damals zu jung, um diesen Test zu machen. Sie sind auch noch zu jung.«

»Ich will Ihnen mal folgendes erzählen«, fuhr Messenger fort, »obwohl ich fürchte, daß es Ihnen nicht sehr viel hilft – eher umgekehrt. Mike war nicht der Typ, der irgendwen hätte töten können. Einfach nicht fähig dazu, meiner Meinung nach. Um einen Mord auszuführen, braucht der Mensch zumindest zwei Eigenschaften, denke ich mir. Die eine könnte man eine Anlage zum Sadismus nennen, jedenfalls fällt mir kein besseres Wort ein, und die andere ist die Fähigkeit, sich ausschließlich auf das zu konzentrieren, was man erreichen will. Menschen nicht als Menschen anzusehen, sondern als Hindernisse, die aus dem Weg geräumt werden müssen.«

»Sie meinen, er liebte die Menschen und die Tiere und konnte niemanden leiden sehen?«

Messenger lächelte. »Das klingt sentimental. Jeder Mensch, der Arzt werden will, weiß, daß Menschen etwas angetan werden muß, daß sie leiden. Menschen, die niemals jemandem Schmerz bereiten, bewegen auch nichts; und Mike wollte zumindest damals eine Menge bewegen. Ich weiß nicht mehr, was er gegenüber Tieren fühlte – jedenfalls besaß er keines, als ich ihn kannte. Was ich meine, klingt übertrieben, wenn man es in Worte faßt: Er hat um nichts in der Welt jemanden verletzen können – ich meine, zum Beispiel mit einem Witz oder mit einer schlauen Bemerkung. Und er war immer freundlich. Ich lese keine Gedichte, aber ich mußte mir einige damals im College anhören, und an eine Verszeile erinnere ich mich noch heute. Sie sagt viel über das heutige Leben, vielleicht überhaupt über das Leben, »greetings where no kindness is«. Mike hatte immer solch einen Gruß parat. Sie müssen jetzt nicht glauben, ich beschriebe Ihnen einen Heiligen. Mike sah sehr gut aus und wirkte auf Frauen. Er hatte viel Spaß.«

Jerry sah ihn deprimiert an. Es schien furchtbar, daß ihr Hauptverdächtiger sich als keines Mordes fähig entpuppen sollte. Aber schließlich war das hier nur Messengers Meinung, und hatte Messenger so ganz den Durchblick?

Er, Jerry, war einmal im College (um ein Beispiel zu nehmen) an einem Ulk beteiligt gewesen, den sie sich mit einem linkischen, ziemlich weichlichen Jüngling und einer äußerst raffinierten und erfahrenen jungen Frau gemacht hatten. Die Erinnerung daran machte ihm noch heute spürbaren Spaß. Und bestimmt war Freundlichkeit etwas, über das es sich bisher noch nicht viele Gedanken gemacht hatte – und das galt auch für diesen Quatsch mit den Grüßen... Und er war deswegen doch nicht gleich fähig, einen Mord zu begehen. Selbst dann nicht, wenn... also, genau wußte man es nie –; darauf lief es hinaus. Wenn man es nämlich wüßte, dann gäbe es weniger ungelöste Mordfälle.

Messenger schien seine Gedanken zu lesen. »Also, ich bin da keine Autorität, ich habe die menschliche Natur nicht studiert. Das sind nur meine Eindrücke.«

»Sie haben sich als Studenten ein Zimmer geteilt, Sie und Barrister. Kannten Sie ihn schon vorher?«

»Nein. Das Hospital half bei der Suche nach Zimmern und Zimmergenossen. Wenn wir Dienst hatten, schliefen wir natürlich im Hospital, so daß unser Zuhause wirklich nur zum Schlafen zwischendurch da war. Außer einer gebrauchten Kühlbox für unser Bier gab es dort nichts.«

»Haben Sie jemals Barristers Familie kennengelernt?«

»Er hatte keine, die der Rede wert wäre. Die Polizei hat das sicher alles schon geklärt. Der Kriminalbeamte, der hier mit mir gesprochen hat, hat das auch erwähnt. Mike war Waise, wie er allzu gerne mit einem Grinsen sagte. Er war das einzige Kind eines Einzelkindes und bei seinen Großeltern aufgewachsen. Sie waren beide schon tot, als ich ihn kennenlernte. Soviel ich weiß, hatte er eine glückliche Kindheit. Ich erinnere mich, daß er mal über Lawrence gesprochen hat, ich meine den Schriftsteller. Mike war eine Leseratte.«

»Die Literatur scheint mich in diesem Fall zu verfolgen.«

»Seltsam, nicht? Ich habe von einem Gedicht geredet und von Snow, dabei habe ich mich, glaube ich, seit Jahren nicht mehr eines literarischen Vergleichs schuldig gemacht. Vielleicht ist das der Einfluß Ihrer Professorin Fansler. Ich weiß nicht, warum ich im Zusammenhang mit Mike unbedingt auf Bücher komme. Aber das einzige, was er mir aus seiner Kindheit erzählt hat, hatte mit D. H. Lawrence zu tun.«

»Mit ›Lady Chatterley's Lover‹?« fragte Jerry.

»Ich glaube nicht. Kommen da irgendwelche Kinder vor?«

»Nein«, sagte Jerry. »Jedenfalls keine schon geborenen.«

»Dann war es nicht das. In diesem Buch kam ein kleines Mädchen vor, das aus irgendeinem Grund Angst hatte, und ihr Stiefvater trug sie mit sich herum, während er die Kühe fütterte. Ich weiß wirklich nicht, wo da der Zusammenhang ist, denn Mikes Großvater hatte keine Kühe. Aber die Art, wie sein Großvater ihn tröstete, nachdem seine Eltern umgekommen waren – die habe Lawrence eingefangen, sagte Mike. Das klingt alles nicht sehr wichtig. Ich weiß nicht, warum ich es erwähne. Wie dem auch sei, Mike hatte kaum Verwandte; es gab aber eine alte Dame, der er regelmäßig schrieb.«

»Hatte er damals ein Verhältnis zu einer bestimmten Frau?«

»Nicht, daß ich wüßte. Wahrscheinlich glauben Sie, Janet Harrison kannte ihn aus dieser Zeit, und ich wußte nichts davon. Das ist natürlich denkbar. Mike hat nie über seine Freundinnen geredet, aber sicher weiß die Polizei, wo Janet Harrison zu der Zeit gelebt hat.«

»Ging er oft aus?«

»Nein. Wenn wir mal einen Augenblick Pause hatten, dann schliefen wir.«

»Wie lange waren Sie zusammen?«

»Ungefähr ein Jahr. Praktisch, solange unsere Ausbildung am Hospital dauerte. Dann ging ich nach Chicago. Mike dachte auch daran, hat es dann aber nicht getan.«

»Wohin ging er?«

»Nach New York. Das wissen Sie ja.«

»Haben Sie von ihm aus New York gehört?«

»Nein. Ich glaube, er ist nicht gleich nach New York gegangen. Er hat erst einmal Urlaub gemacht, Camping. Wir lieben beide Camping. Ich hatte eigentlich vor, mit ihm zu fahren, aber das zerschlug sich in letzter Minute. Er fuhr nach Kanada – ich habe eine Karte von ihm bekommen. Das habe ich auch alles dem Kriminalbeamten gesagt. Es war das letzte, was ich von ihm gehört habe, bis auf die üblichen Weihnachtsgrüße. Die haben wir uns noch ein paar Jahre lang geschickt.«

»Eigentümlich, daß Sie ihn nie in New York getroffen haben.«

»Ich bin nur ein paarmal dort gewesen, auf medizinischen Kongressen. Ich nahm immer meine Familie mit und verbrachte jede freie Minute mit ihr. Einmal bin ich Mike begegnet, aber wir hatten eigentlich keine Zeit, uns zu unterhalten. Es gab auch keinen besonderen Grund dafür.«

»Ich weiß jetzt ganz gut Bescheid. Bleibt die Frage, warum sie Ihnen das Geld hinterließ. Sie haben ihr nicht mal zufällig das Leben gerettet und es dann vergessen?«

»Ich rette keine Leben. Ich kann natürlich nicht ausschließen, daß mein Auge einmal auf ihr geruht haben könnte, aber ich glaube es nicht, und ganz bestimmt nicht länger als einen Augenblick. Jedenfalls entdecke ich keinen Sinn hinter der Sache. Sie wissen wirklich nicht, ob Mike ihr jemals begegnet ist? Die Tatsache allein, daß ich Mike einmal gekannt habe, beweist eigentlich nichts. Ich würde Ihnen gerne helfen, aber ich weiß nicht, wie.«

»Werden Sie das Geld annehmen? Vielleicht habe ich gar nicht das Recht, Sie danach zu fragen.«

»Das ist eine ganz verständliche Frage. Ich weiß gar nicht, ob ich das Geld wirklich bekomme. Das Mädchen wurde ermordet, und sie hat Familie, die das Testament wahrscheinlich anfechten wird. Aber wenn ich das Geld bekäme, würde ich es auch nehmen, vorausgesetzt, es gibt niemanden, der wirklich Anspruch darauf hat. Ich könnte das Geld schon gebrauchen – wer wohl nicht? Das ist das Sonderbare an einem Glücksfall – man erwartet ihn nie, und wenn er dann eintrifft, ist man überzeugt, daß man ihn irgendwie verdient hat.«

»Wußte Mike, daß Sie in die Forschung gehen würden?«

»Oh, ja, das wußten alle. Mike pflegte dazu immer zu bemerken, wenn ich vorhätte, den Rest meines Lebens mit viertausend pro Jahr zu verbringen – soviel zahlten sie damals –, dann sollte ich besser eine reiche Frau heiraten oder eine, die gerne selber arbeitet. Ich habe, wie Sie sehen, seinen Rat befolgt, jedenfalls den zweiten Teil.«

Jerry hätte seine Fragen noch weiter ausspinnen können – ihm fiel noch eine ganze Menge ein, aber er konnte sich die Antworten zum Großteil denken, und sie schienen ihm nicht wichtig. Natürlich könnte Messenger auch gelogen haben. Er könnte mit Barrister seit Jahren unter einer Decke gesteckt haben. Aber selbst wenn sie diesen Mord gemeinsam für die Summe von 25 000 Dollar ausgeheckt haben könnten – Messenger sah nicht aus, als sei er dazu fähig. Seine Aufrichtigkeit war so offensichtlich, daß Jerry unmöglich mit ihm zusammen sein und gleichzeitig auch nur an die Möglichkeit seiner Beteiligung an einem solchen Komplott denken konnte. Er mochte schlau genug dafür sein, doch er schien einer der seltenen Menschen zu sein, die sagen, was sie meinen, und meinen, was sie sagen – kaum von der Art, die sich so teuflische Pläne ausdenken können. Jerry erhob sich.

»Da gab es noch etwas«, sagte er, »obwohl ich Sie damit eigentlich nicht belästigen muß. Sie würden mir damit nur ein paar Nachforschungen ersparen. In der Juristerei müssen Sie Ihr Examen in dem Staat ablegen, in dem sie als Anwalt praktizieren wollen. Jedenfalls gilt das für den Osten. Natürlich gibt es gewisse Absprachen, aber wenn man in New York praktiziert, dann muß man auch das New Yorker Examen haben. Mit dem Examen von Jersey geht das nicht. Gilt so etwas auch für die Medizin? Mußte Barrister das New Yorker Examen haben, um dort seine Praxis aufmachen zu können?«

»Nein. Es gibt das sogenannte National Board of Medical Examiners – von dem erhält man ein Zertifikat, das von praktisch allen Bundesstaaten akzeptiert wird. Es gibt ein paar Ausnahmen, an die ich mich nicht mehr im einzelnen erinnere, aber New York gehört nicht dazu. Einige andere Staaten verlangen eine zusätzliche mündliche oder schriftliche Prüfung. Aber Mike mußte keine weitere Prüfung machen, um seine Praxis in New York aufzumachen – wahrscheinlich mußte er sich nur registrieren lassen oder so etwas ähnliches.«

»Danke, Dr. Messenger. Sie waren sehr freundlich.«

»Ich war Ihnen keine große Hilfe, fürchte ich. Melden

Sie sich, wenn Ihnen noch irgend etwas einfällt. Ich denke, Sie werden feststellen, daß Mike es nicht getan hat. Manche Menschen hinterlassen einen Nachgeschmack. Bei Mike war das ein anderer.« Er begleitete Jerry zur Tür. Jerry ging zum Hotel zurück, um von dort ein Ferngespräch mit Kate zu führen, und spürte, daß Messenger zweifellos einen guten Nachgeschmack hinterließ. Aber der Fall als solcher hatte inzwischen einen Geschmack angenommen, den man nur noch als ranzig bezeichnen konnte.

15

Kate verließ eilig den Vorlesungssaal und ignorierte die Studenten, die nach vorn gekommen waren, um Fragen zu stellen, ebenso wie die, die sich vor ihrem Büro versammelt hatten. Sie rief sofort Reed an.

»Ich bin auf eine Miss Sabbel gestoßen – du weißt doch, dieses Mädchen, das mit der schrillen Jackie geredet hat, als Seife im Brunnen war. Sie sagt, er sieht aus wie Cary Grant. Kann ich übrigens offen reden?«

»Mein liebes Mädchen, falls uns jemand abhören sollte, dann hoffe ich, der Lauscher versteht dich besser als ich. Ob wir ein bißchen mehr Verständlichkeit riskieren? Wer hat gesabbert?«

»Das ist ihr Name. Sabbel, Ann Sabbel. Du hast gesagt, sie hätte den Schlüssel zu dem ganzen Fall in der Hand. Erinnerst du dich nicht?«

»Ich erinnere mich nicht, jemals in meinem ganzen Leben diesen Namen in den Mund genommen zu haben. Hat sie Janet Harrison gekannt? Wenn ja, wird sie wohl in die Geschichte eingehen, obwohl es ein Jammer wäre, solch einen Namen unsterblich zu machen.«

»Sie hat Janet Harrison nur oberflächlich gekannt. Sie hat auch in dem Wohnheim gewohnt – die Sabbel, meine ich. Jackie Miller erinnerte sich plötzlich daran, daß sie, die Sabbel, Janet mit einem Mann gesehen hat. Das fiel Jackie ein, als in ihrer Gegenwart jemand beim Frühstück zu sabbern anfing – es kann also auch ein Vorteil sein, wenn man so einen Namen hat –, und das hat sie dann Miss Lindsay weitererzählt, und die wiederum hat mich angerufen. Darauf habe ich Miss Sabbel angerufen, und die sagte mir nun, sie *glaube,* den Mann wiedererkennen zu können, aber wenn ich ihn kurz beschrieben haben wolle, dann sehe er eben aus wie Cary Grant, gutaussehend und zuvorkommend. So, Sie haben jetzt zwanzig Minuten Zeit, das alles in geordneter Folge und einem passablen Englisch niederzuschreiben.«

»Kate, ich weiß ja, daß wir unbedingt Verdächtige brauchen, aber meinst du wirklich, Cary Grant könnte sie umgebracht haben? Ich könnte natürlich mal in Hollywood anrufen und...«

»Reed – welcher von unseren Verdächtigen schaut wie Cary Grant aus?«

»Du vergißt, daß ich keinen unserer Verdächtigen zu Gesicht bekommen habe.«

»Du selbst hast gesagt, der junge Mann auf dem Foto sehe aus wie Cary Grant.«

»Habe ich das?«

»Ja, und Barrister sieht noch immer so aus, gewissermaßen. Ich meine, er ist älter, aber das ist Cary Grant inzwischen auch.«

»Es geht ihm wie mir. Ich altere minütlich. Und was kann ich jetzt für dich tun? Barrister eine Rolle beim Film anbieten?«

»Film ist das Stichwort. Ich brauche ein paar Fotos. Die möchte ich dann Miss Sabbel zeigen, und wenn sie Barrister erkennt, dann haben wir einen Beweis, einen handfesten Beweis, daß Barrister sie gekannt hat. Natürlich *könnten* es auch Sparks oder Horan gewesen sein. Emanuel sieht jedenfalls nicht wie Cary Grant aus.«

»Ob du es glaubst oder nicht, aber ich fange an zu begreifen, worauf du hinaus willst. Ich marschiere also zur Mordkommission und gebe denen zu verstehen, daß Barrister wie Cary Grant aussieht. Wahrscheinlich bekomme ich dann endlich den Urlaub, den ich so dringend brauche. Hast du die Adresse von Miss Sabbel?«

Kate gab sie ihm. »Und eins noch, Kate«, fuhr Reed fort, »erwähne Miss Sabbel oder ihre Adresse keinem Menschen gegenüber, sei so gut.«

»Reed! Du glaubst also wirklich, daß etwas daran ist.«
»Ich rufe dich heute abend zu Hause an. Geh heim und bleib dort auch. Das meine ich im Ernst, das ist ein Befehl. Lauf nicht herum und folge keinen weiteren Hinweisen. Versprochen?«

»Bist du denn einverstanden, wenn ich hier noch meine Sprechstunde und die Nachmittagsvorlesung halte?«

»Geh nach Hause, sobald die Vorlesung vorbei ist. Bleib zu Hause. Lauf nicht herum oder zur Tür hinaus. Setz dich hin. Du hörst von mir.« Und damit mußte Kate sich zufrieden geben.

Nach der Nachmittagsvorlesung ging Kate noch einmal in ihr Büro, wo das Telefon läutete. Emanuel war am anderen Ende.

»Kate, kann ich dich kurz sehen?« fragte er.

»Ist irgend etwas passiert?«

»Das ist es, worüber ich mit dir reden möchte. Wo können wir uns auf eine Tasse Kaffee treffen?«

»Wie wäre es bei Schrafft's? Das ist ein guter Ort, um sich davon zu überzeugen, daß das Leben weitergeht.«

»Sehr schön. Also in zwanzig Minuten bei Schrafft's.«

Aber beide waren schon in fünfzehn Minuten da. Es war ruhig, bis auf ein paar Damen, die an der Theke geräuschvoll ihre Nachmittagskalorien zu sich nahmen.

»Kate«, sage Emanuel, »ich fange an, mir Sorgen zu machen.«

»Das brauchst du nicht. Wenn sie genügend Beweise gegen dich hätten, hätten sie dich festgenommen. Ich glaube, es geht gut, wir müssen nur noch ein wenig durchhalten.«

»Wo hast du gelernt, so zu reden? Du redest wie die Leute in diesen halbdokumentarischen Kriminalromanen. Außerdem mache ich mir nicht meinetwegen Sorgen, sondern deinetwegen. Ich mußte heute noch einmal zur Polizei, zusammen mit Nicola war ich dort, aber sie wollten über dich sprechen. Früher hast du immer Eiscreme mit so einer klebrigen Sauce und Nüssen darüber gegessen«, fügte er hinzu, als die Kellnerin sich näherte.

»Möchtest du das jetzt auch?«

»Nur Kaffee.« Emanuel bestellte bei der Kellnerin.

»Hör mal, Emanuel, ich erzähle es dir, obwohl ich offiziell noch gar nichts davon weiß, und du sollst eigentlich auch nichts davon wissen, also laß dir gegenüber der Polizei oder Nicola nichts anmerken. Sie haben einen anonymen Brief bekommen, in dem ich beschuldigt werde. Ich soll sie ermordet haben, weil ich meine Arbeit über Henry James bei ihr abgeschrieben haben soll und weil ich dich liebe und eifersüchtig auf Nicola bin. Die Polizei muß dem nachgehen. Würde sich nämlich am Ende herausstellen, daß ich es getan habe, dann stünde sie ganz schön dumm da, wenn sie die Spur nicht verfolgt hätte. Und um die Wahrheit zu sagen: Ich bin ganz gut geeignet als Verdächtige.«

»Das alles ist nur passiert, weil du versucht hast, mir zu helfen.«

»Das alles ist passiert, weil ich dir das Mädchen geschickt habe, das dann ermordet wurde. Mir geht die Frage durch den Kopf, Emanuel: Warum hat sie mich nach einem Psychiater gefragt? Der Gedanke läßt mich nicht los, daß das etwas zu bedeuten hatte.«

»Darüber habe ich immer wieder nachgedacht. Aber irgendwen mußte sie schließlich fragen. Du würdest dich wundern, mit welcher Hingabe sich die Leute der Suche nach dem richtigen Psychiater widmen – ohne sich darum zu kümmern, ob er auch qualifiziert ist, einen Doktortitel hat oder sonst etwas. Sich von einem intelligenten Menschen mit einer gewissen Bildung einen Psychiater empfehlen zu lassen, ist nicht die schlechteste Methode, einen zu finden.«

»Aber du glaubst, alles dies wäre nicht passiert, wenn du nicht auf dem Merritt Parkway rückwärts gefahren wärst, oder?«

»Unsinn. Das einzige, was ein Psychiater sicher weiß, ist, daß Dinge nicht einfach ›passieren‹.«

»Ach ja, das hatte ich vergessen. Wenn du dir ein Bein brichst, dann bedeutet das, du hast es irgendwie gewollt, tief in deinem Innern.«

»Was mir Sorgen macht, Kate: Die Fragen, die mir der Kriminalbeamte gestellt hat, haben mich so verwirrt, daß ich mehr geredet habe als bisher. In bezug auf meine Patienten bin ich ziemlich verschwiegen, aber was dich betrifft, so war ich es zu wenig. Ich habe versucht, ihnen unsere Beziehung zu erklären. Ich habe ihnen gesagt, wenn sie die Meinung eines Psychiaters hören wollten, so seist du zu einem Mord gar nicht fähig und auch nicht fähig, einen Artikel über Henry James zu plagiieren. Jetzt geht mir auf, wohl um einiges zu spät, daß sie wahrscheinlich die Vehemenz als Leidenschaft für einen Menschen mißverstanden haben und nun zu dem Schluß gekommen sind, wir hätten die Sache gemeinsam geplant.«

»Und wenn sie uns jetzt hier beobachten, dann ist das für sie die Bestätigung, daß wir gerade unsere nächsten Schritte planen.«

Emanuel sah sie entsetzt an. »Daran habe ich gar nicht gedacht. Ich wollte doch nur...«

»Es war nur ein Scherz, Emanuel. Als ich hörte, daß man nun auch mich beschuldigte, war ich geschockt und in Panik wie ein kleines Kind, das seine Eltern in der Menge verloren hat. Aber das Gefühl habe ich jetzt nicht mehr. Ich habe es nicht getan, und die Verdachtsmomente, die gegen mich sprechen, sind Unsinn. Ehrlich gesagt glaube ich, wir nähern uns langsam dem Ende des Schreckens. Ich habe das Gefühl, der Kreis schließt sich. Aber ich möchte jetzt nichts mehr sagen, für den Fall, daß es nicht klappt.«

»Kate. Bring dich nicht in Schwierigkeiten.«

»Zumindest weißt du, daß, falls mir das passiert, mein Inneres, meine Psyche es so gewollt hat. Noch ein Scherz. Versuch zu lächeln.«

»Nicola fängt an, die Anspannung zu spüren. Eine Zeitlang hat ihr natürlicher Überschwang sie über Wasser gehalten, aber jetzt beginnt sie zu versinken. Und meine Patienten fangen an, sich Fragen zu stellen. Wenn ich es nicht getan habe, dann scheint es doch merkwürdig, daß sie den Täter nicht finden. Ich habe Angst, echte Angst, wie ein kleiner Junge. Warum können sie sich nicht anderswo umsehen? Warum kreisen sie immer nur um uns?«

»Die Polizei hat dich, beziehungsweise dich und Nicola, beziehungsweise dich und mich, und das ist die Konstellation, für die sie nun Beweise sammeln. Für sie ist die Tatsache, daß es auf deiner Couch passiert ist, ein nettes, schlichtes, unanfechtbares Faktum. Du kannst von ihnen nicht erwarten, daß sie nach Beweisen dafür suchen, daß ihre Theorie falsch ist. Aber wenn wir ihnen den Beweis direkt unter die Nase halten, dann müssen sie sich ihn auch ansehen. Das ist es, worauf ich aus bin, so verwegen und so verschwommen das klingen mag. Statt dir Sorgen zu machen: Warum versuchst du nicht, dich an alles zu erinnern, was Janet Harrison gesagt hat?«

»Freud war an Wortspielen interessiert.«

»War er das? Ich habe immer die Einschätzung geteilt, daß sie die niedrigste Form des Witzes sind. Ich erinnere mich, daß ich einmal als Kind ›Ich bin durstig‹ sagte, und so ein ekelhafter Freund meines Vaters darauf antwortete: ›Ich bin Joe.‹ Oder ist das gar kein Wortspiel?«

»Janet Harrison hatte zweimal einen verwirrenden Traum über einen Mann, der Anwalt war.«

»Ein Anwalt. Das einzige, was wir in diesem Fall nicht haben, ist ein Anwalt. Hatte sie keine anderen Träume? Vielleicht ist es der Anwalt, der ihr Testament aufgesetzt hat...«

»Du siehst, der Zensor ist sogar an der Arbeit, wenn du träumst. Ein Gedanke darf nicht allzu verwirrend sein, weil du sonst vielleicht davon aufwachst oder weil dein Unterbewußtsein ihn nicht durchließe.«

»Ach ja, das berühmte Beispiel mit den Brooks-Brüdern und dem schrecklichen Anzug, nicht wahr? Tut mir leid, sprich weiter.«

»Wir machen Wortspiele in unseren Träumen, aber auch, wenn wir wach sind. Manchmal sogar in verschiedenen Sprachen.«

»Das klingt nach Joyce.«

»Sehr nach Joyce. Der hat das alles ganz genau verstanden. Ich frage mich, ob Janet Harrison nicht solche Assoziationen in ihren Träumen erlebt hat, nicht in einer anderen Sprache, sondern in der gleichen, aber Lichtjahre entfernt. Wie nennt man in England einen Anwalt?«

»Bei uns heißt er *lawyer*, im britischen Rechtssystem gibt es den *solicitor* und den... Emanuel! den *barrister*.«

»Barrister. Natürlich braucht sie seinen Namen auch nur drüben auf der anderen Seite des Ganges gesehen zu haben. Als Beweis für die Polizei ist das ohne jeden Wert, und für einen Psychiater bringt es auch nicht viel, zumindest für sich gesehen. Er mag nur wie ihr Vater ausgesehen haben oder wie jemand anders, den sie kannte. Träume sind oft sehr verwickelt, und direkte lineare Beziehungen gibt es nicht oft...«

»Ich glaube, sie kannte ihn. Ich bin sicher, und das werde ich in Kürze auch beweisen. Emanuel, ich liebe dich. Hoffentlich hört mich kein Polizist.«

»Du bist dir bewußt, daß auch der Name Messenger eine ganze Menge Möglichkeiten enthält, um...«

»Was für Gefühle brachte sie dem Anwalt in ihren Träumen entgegen?«

»Ich habe in meinen Notizen nachgesehen. In der Hauptsache Angst. Angst, und dazu Haß.«

»Keine Liebe?«

»Die ist im Traum sehr schwer vom Haß zu unterscheiden – häufig auch im Leben. Aber wenn wir gerade von Patienten und ihren Träumen sprechen – ich muß zurück zu meiner nächsten Sitzung.«

»Von Cary Grant hat sie nie geredet, oder?«

»Nein. Kate, du bist vorsichtig, ja?«

»Psychiater sind so unlogisch. Sie erzählen einem, daß nichts aus Zufall geschieht, und dann sagen sie, man soll vorsichtig sein. Nein, du brauchst mich nicht nach Hause zu fahren. Du verspätest dich dadurch nur, und Gott weiß, was das für einen lauernden Detektiv wieder für eine Bedeutung hat.«

An diesem Tag klingelte das Telefon immer, wenn Kate gerade ein Zimmer betrat. Das Läuten, das ihr aus der Wohnung entgegenschallte, hatte den zornigen Klang, der auf häufige Wiederholungen schließen ließ.

»Miss Kate Fansler, bitte.«

»Am Apparat.«

»Sie werden aus Chicago verlangt. Einen Augenblick, bitte. Jetzt bitte sprechen. Ihr Teilnehmer.«

»Also, ich habe mit ihm gesprochen«, sagte Jerry, »aber ich fürchte, wir haben dein Geld zum Fenster hinausgeworfen; meine Zeit ist nicht viel wert. Mein Eindruck ist, was immer der wert ist, daß er es nicht war. Und seine Meinung ist, was immer die wiederum wert ist, daß es Barrister nicht gewesen ist. Unsere Unterhaltung wimmelte von literarischen Anspielungen – was er deinem

Einfluß zuschrieb –, vielleicht stimmt das ja, was man über ... Von wem stammt ›greetings where no kindness is‹?«

»Von Wordsworth.«

»Kate, du solltest mal an so einem Quiz teilnehmen.«

»Geht nicht. Sie wollten, daß ich mit dem Quizmaster halbe-halbe mache und da habe ich abgelehnt.«

»Soll ich dir erzählen, was er gesagt hat? Es ist schließlich dein Geld.«

»Nein, erzähl es mir nicht – schreib es auf. Jede Kleinigkeit, an die du dich erinnerst. Irgendwo und irgendwie gibt es den Tropfen, der das Faß zum Überlaufen und uns auf die richtige Spur bringt, und vielleicht bist du in deinem Gespräch darauf gestoßen. Gut, ich gebe zu, es ist nicht sehr wahrscheinlich. Aber wie du so schön gesagt hast: Es ist mein Geld, und deine Zeit ist nicht so viel wert. Schreib alles auf.«

»Auf kleine Hotel-Briefbögen?«

»Jerry, du darfst nicht den Mut verlieren. Was hast du erwartet? Daß Messenger die Tür abschließt und dir mit flackernden Augen erzählt, er hätte Janet aus der Ferne mittels einer geheimen Strahlenpistole umgebracht, die er gerade entwickelt habe? Wir werden die Antwort finden, die uns diesen Fall löst, aber ich glaube, sie wird anfangs nur als kleine Wolke am Himmel erscheinen, gerade faustgroß. Halte euer Gespräch fest – leih dir eine Schreibmaschine, such dir über einen Verleih eine Stenotypistin, kritzel es auf einen Hotel-Briefbogen und kopier es dann – mir ist das egal. Aber komm mit dem nächsten Flugzeug, das du erwischen kannst, wieder zurück. Wir sehen uns morgen früh.«

Barrister hatte Janet Harrison gekannt – davon war Kate jetzt überzeugt. Daß seine Praxis der von Emanuel direkt gegenüberlag, mochte ein ganz besonders verrückter Zufall sein, aber kein Zufall war es, daß er früher den Mann kannte, dem Janet Harrison ihr Geld hinterlassen hatte. Und es konnte auch kein Zufall sein, daß man ihn mit Janet Harrison in einem Restaurant gesehen hatte (Kate war sich sicher, daß er das war). Schließlich konnte es kein Zufall sein, daß Janet Harrison in ihren Träumen so raffinierte Assoziationen produziert hatte – auch wenn sie sich nicht darum reißen würde, Reed oder gar ein Gericht davon überzeugen zu müssen.

Hatten sie sich in New York kennengelernt? Gewiß gab es keinerlei Hinweise, die das belegten, aber es war doch ziemlich sicher. Wahrscheinlich hatte Barrister einmal Messenger erwähnt und nicht geahnt, daß Janet Harrison sich zu dieser phantastischen Geste hinreißen lassen und zu seinen Gunsten ein Testament machen würde. Kate konnte sich nicht erinnern, woher Barrister stammte, aber sie war sich ziemlich sicher, daß es nicht Michigan war – und plötzlich begann etwas in Kates Hinterkopf zu rumoren. Ein kleines irritierendes Geräusch wie das Kratzen einer Maus hinter der Wandtäfelung.

Aber was es auch war, es ließ sich nicht fassen. Doch halt – wenn Janet Barrister in New York kennengelernt hatte, dann mußte das sehr bald nach seiner Ankunft gewesen sein, denn das Foto in ihrer Tasche zeigte einen jüngeren Mann. Vielleicht war es auch nur das einzige Foto, das Barrister von sich hatte – vielleicht hatte sie es ihm gestohlen. Aber warum hatte sie es so sorgfältig in ihrem Führerschein verborgen? Also, angenommen, sie hatte es gestohlen. Ich darf mich nicht im Kreis drehen, dachte Kate und war schon dabei. Bleiben wir bei der einzigen Sache, die feststeht – fest genug, jedenfalls für mich: Barrister hat Janet Harrison gekannt. Natürlich mußten sie ihn diesem Sabbel-Mädchen gegenüberstellen, aber für sie, Kate, stand fest, was dabei herauskommen würde.

Kate bereitete sich ihr Abendessen und wartete auf Reeds Anruf. Zweifellos würde er betonen, daß Kate als Detektivin eine exzellente Literaturkritikerin war. Wenn Reed auch stets zu höflich gewesen war, so etwas zu sagen, jedenfalls nicht ausführlich, so wußte Kate doch, daß er Literaturkritiker für Menschen hielt, die in ziemlich dünner Luft einherschwebten, weit über den irdischen Dingen. Intellektuelle eben, würde er wahrscheinlich sagen ... Und wieder machte sich die Maus hinter der Wandverkleidung bemerkbar. Es war genau das gleiche Gefühl, das sie gehabt hatte, als sie – ja, an was? – gedacht hatte. Richtig, woher Barrister stammte.

Was hatte er geantwortet, damals, in Nicolas Wohnung, als Kate ihn gefragt hatte: »Sind Sie nicht aus New York?« Und er hatte mit den Worten irgendeines intellektuellen Kritikers gesagt: Er sei ein junger Kerl aus der Provinz. Mit den Worten eines bestimmmten hochgestochenen Kritikers, der über eine bestimmte Art von Romanen redete. Dieser hochgestochene Kritiker hatte einen Namen: Trilling. Aber wußte Barrister das? Las Barrister die ›Partisan Review‹, kannte er seine Essay-Sammlung mit dem Titel ›The Opposing Self‹? Unmöglich war es nicht – aber der Ton, in dem er es gesagt hatte, hatte etwas Verächtliches gegenüber diesen Dingen gehabt. Wo hatte er Trillings Satz über eine bestimmte Art von Literatur aufgeschnappt?

Er hatte ihn von ihr, von Kate Fansler, und zwar über den Umweg via Janet Harrison, eine von Kates Studentinnen. Daran gab es überhaupt keinen Zweifel. Das war zwar wieder nicht die Art von Beweis, die so überzeugend war, daß irgendein Polizist davon offiziell Notiz nahm, aber für Kate stand es fest. Janet Harrison hatte diesen Satz von Kate gehört, er hatte sie beeindruckt, und so hatte sie ihn Barrister gegenüber wiederholt. Das bedeutete nicht nur, daß Barrister Janet Harrison gekannt hatte, sondern auch, daß er mit ihr (wahrscheinlich) zu der Zeit zusammen war, als sie bei Kate Vorlesungen hörte. War Barrister also ein junger Mann aus der Provinz? Für den war es bezeichnend, zumindest in der Literatur, daß es mit ihm oder mit dem Menschen, zu dem er in eine engere Beziehung trat, »ein böses Ende nahm« – ein englischer Freund von Kate hatte das einmal so ausgedrückt. Ein junger Mann aus der Provinz, in der Tat!

Als Reed anrief, war Kate vorbereitet.

»Ich habe dir ein paar Dinge zu erzählen«, sagte Reed. »In ein paar Stunden könnte ich bei dir vorbeikommen. Ist dir das zu spät?«

»Nein. Nur, Reed, bereite dich lieber gleich darauf vor – ich bin jedenfalls von einer Sache fest überzeugt. Und du mußt nicht gleich in schallendes Gelächter ausbrechen. Barrister hat Janet Harrison gekannt.«

»Ich lache gar nicht«, sagte Reed. »Das ist einer der Gründe, warum ich vorbeikommen will. Er hat es gerade zugegeben.«

»Es ist schon eine komische Sache mit dem Unterbewußtsein«, sagte Kate ein paar Stunden später zu Reed. »Barrister hatte keinen wirklichen Grund, diese Phrase vom jungen Mann aus der Provinz zu benutzen, als er mit mir sprach – ich bin sicher, er hatte keine Ahnung, wie ihm die in den Kopf gekommen war. Aber wir begegneten uns, ihm wurde klar, wer ich war, er wußte von mir, weil Janet Harrison über mich gesprochen hatte, er wußte, er durfte auf keinen Fall zeigen, daß er mich kannte, und aus seinem Unterbewußtsein tauchte die Phrase von dem jungen Mann aus der Provinz auf.«

»Aufmerksamer Beobachter, dieser Freud. Er hat ein paar Vorschläge gemacht, wie man durch Fragestellungen den Wahrheitsgehalt von Aussagen Verdächtiger prüfen könnte. Hast du das gewußt? Es ist mehr oder weniger das gleiche Prinzip, nach dem der Lügendetektor arbeitet beziehungsweise arbeiten soll: Der Blutdruck des Verdächtigen steigt, wenn man ihn mit einer verwirrenden Idee konfrontiert. Bei Freud blockiert er auf die irritierende Frage hin oder er assoziiert in einer für den Fachmann enthüllenden Weise. Jedenfalls hat sich Barrister nun heute nachmittag entschieden, wie ein braver Patient auf der Couch, die Wahrheit zu sagen. Es ist erstaunlich, wie verschreckt unschuldige Leute reagieren können, wenn sie verhört werden.«

»Sind Lügner unschuldig – ich meine Leute, die in wichtigen Fragen lügen und so andere Menschen in ein Gewebe der Unwahrheit verstricken?«

»Die Wahrheit ist eine schlüpfrige Angelegenheit. Vielleicht begreifen sie deshalb nur Menschen mit literarischem Verstand.«

»Das würde Emanuel als eine provokative Bemerkung bezeichnen.«

»Und damit hätte er recht. Ich bitte um Entschuldigung. Außer, daß die Bemerkung natürlich stimmt. Du hast vor uns herausbekommen, daß Barrister sie gekannt hat. Und die Tatsache, daß du Miss Sabbel aufgetrieben hast, zwang mich, mehr Druck auf die Kollegen von der Polizei auszuüben. Es war Miss Sabbel (ich wußte ja noch nichts über den jungen Mann aus der Provinz), die mich dazu ermutigte, ihn selber auszufragen, obwohl ich offiziell gar nicht das Recht dazu hatte.«

»Was hat er gesagt? Vater, ich kann nicht lügen, vor allem dann nicht, wenn es so aussieht, als könnte es herauskommen?«

»Er hat ganz offen über alles geredet. Er glaubte nicht, daß irgendwer von ihrer Bekanntschaft wußte; und wegen des kleinen Ärgers, den er mal wegen dieses Kunstfehlers gehabt hatte, mochte er nicht mit der Polizei zu tun bekommen. Du mußt zugeben, er war nicht gerade in einer beneidenswerten Lage – das Mädchen wird nebenan ermordet, und er hat es gekannt. Er hat einfach gehofft, wir würden nicht darauf stoßen, daß es eine Verbindung zwischen ihnen beiden gegeben hat. Und ohne das Testament und das Foto wären wir wahrscheinlich auch nicht darauf gekommen. Und ohne Miss Sabbel natürlich.«

»Natürlich. Irgendwer mußte sie gesehen haben, früher oder später. Wenn die Polizei sich etwas mehr ihm gewidmet hätte – und weniger Emanuel –, dann hätte sie inzwischen wohl noch jemand anderen gefunden, der sie gesehen hat. Hat die Tatsache, daß Miss Sabbel von mir, also einer weiteren Verdächtigen, ausgegraben wurde, sie nicht mißtrauisch gemacht gegen diesen Beweis?«

»Du bist mehr oder weniger von der Liste der Verdächtigen gestrichen – der derzeit gültigen Liste jedenfalls. Sie haben dir ganz schön hinterhergeforscht, was dir deine Freunde und Bekannten zweifellos bestätigen werden. Deine Kollegen fanden die Vorstellung, du könntest für deine Arbeit etwas von einer Studentin gestohlen haben, lächerlich, und sie haben sich mit einigem Eifer darüber ausgelassen, soweit ich das mitbekommen habe, wie kompliziert wissenschaftliche Forschung vor sich geht. Auch die Idee – bitte, nicht aufregen! –, daß du noch immer in Emanuel verliebt seist, falls du das jemals gewesen sein solltest, wurde aufgrund der Tatsache unhaltbar, daß du inzwischen ja ein anderes Liebesverhältnis gehabt hast.«

»Ich verstehe. Haben Sie herausbekommen, mit wem?«

»Ja, natürlich, man hat ihn gesehen. Kate, dies ist ein Mordfall. Es tut mir leid, daß ich das erwähnen muß –

aber mir ist es lieber, du hörst es zuerst von mir und bist vorbereitet. Du hast derzeit nicht vor zu heiraten, oder? Entschuldige – ich sollte dich das nicht fragen. Jedenfalls gibt es keinen Grund, warum du es getan haben solltest, und natürlich gab es, abgesehen vom fehlenden Motiv, nur Hinweise, die dich als Täterin unwahrscheinlich erscheinen ließen. Du bist doch nicht ärgerlich, oder?«

»Nein, nicht ärgerlich, und die Hochzeitsglocken läuten auch nicht. Also brauchst du auch nicht nervös zu werden und in deiner Aktenmappe herumzukramen. Ich bin froh über deine Offenheit, und ich möchte mehr über Barrister wissen. Was genau hat er gesagt? War es die große Leidenschaft zwischen den beiden?«

»Er hat sie zu der Zeit kennengelernt, als das Foto gemacht wurde – er brauchte es zu irgendeinem offiziellen Anlaß. Ich glaube, er hätte die Frage des Zeitpunktes gern in der Schwebe gelassen, aber einer unserer Leute hat Janet Harrisons Leben ausgeforscht – du unterschätzt wirklich die Hüter unserer Rechtsordnung, meine Liebe –, und der hat herausgefunden, daß Janet Harrison einmal eine ausgedehnte Reise in die kanadische Wildnis unternommen hat. Ich nehme an, Barrister wußte, daß wir bald darauf stoßen würden, wenn wir es nicht ohnehin schon wußten – und wir wußten es tatsächlich noch nicht: Er war zur selben Zeit in derselben Wildnis. Also hat er uns erzählt, daß sie zusammen dort waren. Ich vermute, es war eine dieser Romanzen, wie man sie auf einer Kreuzfahrt oder in Italien erlebt, abgehoben vom Alltagstrott, und die kaum über den Tag der Rückkehr hinaus hält. Barrister ging danach nach New York, und für ihn war die Affäre damit beendet, zumindest als ernstere Bindung. Aber Janet Harrison beschloß, sich als Krankenschwester ausbilden zu lassen, offensichtlich als Vorbereitung auf die Rolle der Arztfrau, und dann mußte sie nach Hause zurückkehren, als ihre Mutter starb. Es passierte dies und das, die Jahre vergingen, und obwohl sie nie direkt von ihm gehört hatte, ging sie nach New York. Sie brauchte irgendeinen Vorwand, also entschied sie sich, Englische Literatur an deiner Universität zu studieren. Wir wissen nicht, warum sie das dem Geschichtsstudium vorgezogen hat, denn im College war das ihr Hauptfach.«

»Ein möglicher Grund fällt mir dazu schon ein: Sie mag geglaubt haben, Romane zu lesen wäre leichter als Geschichtsdaten zu lernen. Die Historiker verlangen von ihren Studenten nämlich ein spezielles ›Graduate Record Exam‹, und das tun die Literaturwissenschaftler nicht. Also sah sie geringere Schwierigkeiten, am Institut für Englische Literatur anzukommen – dafür reichte ihr College-Zeugnis.«

»Wahrscheinlich hast du recht. Jedenfalls war sie dann hier. Sie war von Natur aus ein Mensch, der sich praktisch niemandem anvertraute, sagt er – das haben wir ja, weiß Gott, auch herausbekommen –, und ihm ist es gelungen, ihre Beziehung geheim zu halten. Die beiden haben sich nur hin und wieder getroffen, obwohl sie wirklich eine Plage gewesen ist. Das gibt er zu. Offenbar entschloß sie sich dann, einen Analytiker aufzusuchen und mit seiner Hilfe von ihrer Vernarrtheit loszukommen – Barrister hat da ein anderes Wort benutzt. Daß sie so zu Emanuel kam, war reiner Zufall – obwohl Barrister wußte, daß sie dich sehr bewunderte und dich deswegen bat, ihr einen Analytiker zu empfehlen. Er hoffte, daß sie geheilt würde, und hat sogar angeboten, wie er uns erzählte, ihr bei den Honorarzahlungen zu helfen. Er war ganz offen, Kate, und ich fürchte, sehr glaubwürdig. Er unterschätzt wie du die Polizei, und er hat geglaubt, wenn sie so ein nettes Motiv hätte, wäre er dran. Der Schock, als Nicola ihn rief und bat, einen Blick auf die Leiche zu werfen, war entsprechend – ich kann ihn mir gut vorstellen. Es spricht für ihn, daß er gleich die Polizei gerufen hat. Er hätte behaupten können, daß er sie untersuchen müsse, hätte die Tür schließen und ihre Handtasche durchsuchen, und in dem Fall das Foto finden können. Aber er hat nichts dergleichen getan.«

»Das Foto muß ihn arg in Bedrängnis gebracht haben.«

»Keine Frage, und da hat die Polizei einen Fehler gemacht. Aber sie hat natürlich geglaubt, daß es sich um ein neues Foto handelte, und so sei es ihr verziehen. Wie gesagt, er hat all das ganz offen erzählt und sich damit der Polizei völlig ausgeliefert. Er hat zugegeben, daß er es jetzt erzähle, weil die Polizei ohnehin kurz davor sei, es herauszubekommen. Er hat auch noch gesagt, daß Männer keine Frauen umbringen, nur weil ihnen deren Liebe lästig ist, und er hoffe, daß uns das auch klar sei.«

»Waren sie denn ein Liebespaar?«

»Das ist er auch gefragt worden, obwohl die Polizei das eine Intimbeziehung nennt. Bei der Antwort hat er gezögert – das heißt, er sagte erst ›nein‹, und dann sagte er, sie seien einmal eines gewesen, damals in der kanadischen Wildnis. Er hat dazu gelächelt und gesagt, wahrscheinlich habe sie gegenüber Emanuel davon gesprochen, also gebe er es besser zu. Er sei damals jünger gewesen und so weiter und so weiter, aber er hat mit Nachdruck betont, daß sie in New York nicht mehr ›intim‹ miteinander waren. Er sagte ganz offen, er habe nicht im entferntesten vorgehabt, sie zu heiraten, und mit ihr zu schlafen hätte ihn zu einem Rüpel und einem Dummkopf gemacht. Einem Dummkopf deswegen, weil er sie gleichzeitig ohne Aufhebens loswerden wollte.«

»Was ist mit Messenger?«

»Er gab zu, daß ihn das verwirrt habe. Er hatte mit ihr tatsächlich über Messenger gesprochen, damals in Kanada, und offenbar mit großer Bewunderung, aber warum sie Messenger Jahre später per Testament ihr Geld hinterlassen sollte, war Barrister nicht klar. Messenger wird sich noch einiges an Fragen gefallen lassen müssen, da gibt es kein Pardon.«

»Und Barrister hat nicht die Hausmeister-Uniform gestohlen und ihr Zimmer durchsucht?«

»Die Polizei hat ihn das auch gefragt, hintenherum. Da hat er nur die Hände gehoben und gesagt, so etwas hätte er nie und nimmer wagen können, – wenn man nur bedenke, was das für ein Skandal gewesen wäre, wenn man einen Frauenarzt erwischt hätte, wie er in einem Wohnheim für Frauen herumwanderte. Er gab zu, sehr erleichtert gewesen zu sein, daß sie dort wohnte. So brauchte er nicht nach Ausflüchten zu suchen, warum er sie nie auf ihrem Zimmer besuchte, und fraglos hat er den Ort gemieden wie der Teufel das Weihwasser.«

»Es kommt mir immer noch merkwürdig vor, daß sie ihre Beziehung so geheimgehalten haben.«

»Ich weiß, und ihm ist das auch klar. Das ist einer der Punkte, wo man ihn aufs Korn nehmen kann. Aber du

würdest staunen, Kate, was für sonderbare Dinge die Leute in ihrem Leben tun, wenn du einmal hinter die Fassaden schaust. Ich könnte dir Romane erzählen. Und wenn die Polizei anfängt, Fragen zu stellen, weil jemand in Verbindung zu einem Mordfall gebracht wird, dann gibt es immer Dinge, auf die jemand nicht gerade stolz ist oder die er lieber nicht öffentlich bekannt werden lassen will, und dann lügt er und vermasselt einem die ganze Untersuchung. Zum Beispiel Nicola: Die hatte mal die Nase so voll von ihrem Ehemann, daß sie sich auf eine Affäre mit einem anderen Mann eingelassen hat – hast du davon gewußt?«
»Nein.«
»In Ordnung, und denk daran, du weißt es auch jetzt nicht. Nicola hat uns nichts davon erzählt, und Emanuel auch nicht. Wir haben es herausgefunden. Gut, auch bei Barrister haben wir es herausgefunden. Aber wenn es auch unlogisch klingen mag, weil er ja wirklich versucht hat, diese Beziehung auch nach dem Mord noch geheimzuhalten: Er mußte nicht notwendigerweise damit rechnen, es war noch nicht einmal wahrscheinlich, daß er das Geheimnis nicht würde wahren können, falls er sich entschließen sollte, sie zu ermorden. Jedenfalls aus meiner Sicht. Und das Motiv allein reicht nicht aus. Wenn du einmal in aller Ruhe darüber nachdenkst, wirst du mir zustimmen.«
»Ich habe es schon zugegeben, verdammt noch mal!«
»Wenn es um Mord geht, hebt die Polizei auch Steine auf, die lange an ihrem Platz gelegen haben. Und wenn du jemals so einen Stein aufgehoben hast, dann weißt du, was für ein Gekrieche und Gekrabbel darunter herrscht. Der Mensch ist, alles in allem, mit Vorsicht zu genießen.«
»Damit wären wir wieder bei Emanuel?«
»Sie konnten nicht beweisen, daß Emanuel Janet Harrison jemals außerhalb seiner Praxis getroffen hat, aber du siehst ja, wie lange sie gebraucht haben, um die Verbindung zwischen ihr und Barrister aufzudecken.«
»Mit wie vielen Männern soll sie sich denn getroffen haben, bei ihrer stillen Art?«
»Bei solch einem Menschen weiß man das nie. Wenn die Polizei nur einen Zeugen von außen auftriebe, einen einzigen Beweis, der ihren Verdacht erhärtete, dann wür-

den sie es, glaube ich, wagen, ihn zu verhaften. Natürlich ist die Staatsanwaltschaft alles andere als glücklich, wenn sie mit Verhaftungen zu tun bekommt, von denen sie glaubt, daß sie vor Gericht nicht aufrechtzuerhalten sind.«

»Aber nach dem, was ich gehört habe, bringen sie einen Fall zur Anklage, wenn sie genug Beweismaterial haben, auch wenn sie im Grunde ihres Herzens wissen, daß der Angeklagte unschuldig ist.«

»Manchmal schon. Aber die Polizei hat kein Herz und also auch keinen Herzensgrund. Sie arbeitet nicht nach ihrem Instinkt. Sie arbeitet mit Beweisen; je mehr Indizien, desto besser. Unter uns gesagt, ich glaube, sie könnten es bei Emanuel riskieren. Es war *seine* Couch, *sein* Messer, *seine* Patientin, und *er* war der einzige, der hinter ihr auf seinem Stuhl gesessen haben dürfte, während sie auf der Couch lag. Es hat Fälle gegeben, in denen es nicht mehr Beweise gab. Aber seine Praxis stand sozusagen weit offen, und daraus könnte ein guter Verteidiger eine Menge machen. Dennoch, wenn sie ein Motiv finden können, dann haben sie ihn.«

»Glaubst du, daß das passieren wird, Reed?«

»Nein, ich glaube dir und ich glaube deiner Meinung von ihm. Aber wo sonst sollen wir uns denn umsehen, Kate? Die Polizei hält es für unwahrscheinlich, daß ein Amokläufer am Werk gewesen ist, und da bin ich ihrer Meinung. Natürlich, Messenger kommt noch in Frage, aber das wäre arg weit hergeholt.«

»Wieso können sie nicht Barrister genauso gut verhaften wie Emanuel? Barrister hatte ein Motiv. Ich weiß, es ist nicht das tollste Motiv, aber wo du gerade von schlauen Anwälten redest ...«

»Ein Motiv ohne Beweis reicht nicht. Jedenfalls nicht ein Motiv wie dieses. Und wenigstens bewegt sich etwas. Schließlich haben wir die Aufmerksamkeit der Polizei auf Sparks und Horan gerichtet. Vielleicht kommt etwas aus der Ecke. Was ist übrigens mit deinem Jerry passiert?«

»Ich habe ihn zu Messenger geschickt.«

»Kate, ich glaube wirklich, nachdem ich gesagt habe ...«

»Ich weiß – hau auf den Tisch. Wenn Jerry mit irgendwelchen überraschenden Tatsachen anmarschiert, verspreche ich, es dir zu erzählen. Aber nach dem, was er mir am Telefon gesagt hat, ist Messenger so unschuldig wie ein Lamm. Du weißt, Reed, es wäre ein schrecklicher Schlag für die ganze Psychiatrie, wenn sie Emanuel verhafteten. Ich meine, er ist weder ein Scharlatan, noch hat er sich gerade erst der Psychiatrie verschrieben. Er ist Mitglied der strengsten psychiatrischen Institution im Lande, und die steht entsprechend hinter ihm. Sogar ich, die ich mit Emanuel permanent über sein Fach streite, kann mir nicht vorstellen, daß sie jemals einen als Mitglied aufnehmen würde – nach der ausgedehnten Analyse, die sie verlangen –, der einen Patienten auf seiner Couch umbringen könnte. Und ich bin sicher, das haben sie auch nicht getan. Selbst wenn er am Ende nicht verurteilt würde, seine Verhaftung wäre schon ein furchtbarer Schlag. Vielleicht läuft jemand herum, der die Psychiatrie haßt, und der ermordet Patienten in regelmäßigen, großen Abständen, nur um den Berufsstand zu diskreditieren. Vielleicht solltest du besser alle Verdächtigen fragen, was sie von der Psychiatrie halten.«

»Ich notiere mir es mal. Aber jetzt muß ich gehen und ein wenig schlafen. Auf mich wartet nämlich morgen eine Verhandlung – großes Schwurgericht; es geht um Pornographie. Vielleicht sollten wir uns einfach alle mit einem großen Knall in die Luft jagen und in ein paar hundert Jahren, sobald die Erde wieder abgekühlt ist, wieder ganz von vorne anfangen und versuchen, etwas Besseres aus ihr zu machen.«

Mit diesem angenehmen Gedanken ging Kate zu Bett.

Am anderen Morgen erschien Jerry und lieferte seinen Bericht ab. Er sah niedergeschlagen aus. Ärgerlich blätterte er in einem Magazin, während Kate seine Notizen las. Jerry hatte sein Gespräch mit Messenger in Dialogform aufgeschrieben, gefolgt von einer präzisen, ungeschminkten Beschreibung des Arztes und ergänzt durch eine Liste der Eindrücke, die Jerry gewonnen hatte. Er mochte zwar das Gefühl gehabt haben, daß sein Bericht inhaltlich etwas dünn war, aber mit der Form hatte er sich viel Mühe gegeben. Kate lobte ihn für die Sauberkeit, aber er winkte ab.

»Du kannst ja richtig *schreiben*«, sagte sie.

»Sieh mal einer an. Kennst du das Ding von Lawrence, über das er gequasselt hat?«

»Oh, ja, natürlich. Es muß einen enormen Eindruck auf Barrister gemacht haben. Es stammt aus dem ersten Kapitel von ›Der Regenbogen‹ – keiner hat besser Kinder geschildert als Lawrence, wahrscheinlich, weil er selber keine gehabt hat. Ich sehe, daß du Messenger für einen Mann hältst, dem man vertrauen kann.«

»Ja, das kann man, falls dir das etwas bringt. Ich bin sicher, es bringt dir nichts. Wenn du es genau wissen willst, er hat mich an dich erinnert.«

»An mich? Habe ich denn abstehende Ohren?«

Jerry wurde rot. »Ich meine nicht äußerlich. Der Eindruck, den ich von ihm habe, ähnelt meinem Eindruck von dir. Frag mich nicht, wie ich das meine. Ihr könntet beide die Unwahrheit sagen, aber ihr wüßtet, daß ihr es tut.«

»Das ist aber ein schönes Kompliment, Jerry.«

»Ist es das? Wahrscheinlich ist es der reine, unreife Quatsch. Was habe ich jetzt zu tun?«

»Er hat auf dich nicht gewirkt, als sage er die Unwahrheit und wisse es?«

»Nein, überhaupt nicht. Ich würde schwören, daß er die Wahrheit gesagt hat. Aber es gibt ja auch Leute, die schwören, daß Schwindler ehrlich sind.«

»Ich glaube«, sagte Kate, »wir sollten einmal annehmen, daß er ehrlich ist. Wenigstens so lange, bis wir einen Grund haben, daran zu zweifeln. In jeder Gleichung muß es eine Konstante geben – und bis jetzt hatten wir nur Variablen. Ich glaube, wir setzen Messenger als Konstante ein, und dann sehen wir, was für X herauskommt. Jerry, würdest du es schlimm finden, wenn du jetzt einfach ein wenig herumlungertest? Vielleicht schicke ich dich noch nach Michigan. Das Dumme ist, falls du es wissen willst, daß wir an das ganze Problem mit allzu gezügelter Einbildungskraft herangegangen sind.«

Sie fing an, im Zimmer auf und ab zu gehen. Jerry stöhnte.

17

Am Donnerstagmorgen hatte Kate mit Jerry gesprochen. Jetzt war es Freitagabend. Kate hatte an dem Tag noch einmal jemanden gebeten, ihre Vorlesungen zu übernehmen. Sie sah Reed an, der auf ihrer Couch saß, die Füße weit von sich gestreckt.

»Ich weiß nicht, ob ich dir der Reihe nach erzählen kann, was passiert ist«, sagte sie, »aber ich kann dir sagen, wo ich gestern morgen angefangen habe. Ich habe mit einem seichten Witz angefangen, einem Arztwitz, den ich vor Monaten mal gehört habe. Der fiel mir als erstes ein, als ich aufwachte. Dann dachte ich an ein Foto. Dann fiel mir eine Szene aus einem großartigen modernen Roman ein, die sich unauslöschlich im Gedächtnis eines Mannes festgesetzt hatte, weil sie ihn an einen entscheidenden Augenblick in seiner Kindheit erinnerte. Dann dachte ich an ein assoziatives Wortspiel in einem Traum, keines, das sich auf Liebe oder Verliebtsein bezog, sondern auf Haß und Angst. Dann kam mir eine alte Dame in den Sinn und die kanadische Wildnis.

Ich hatte mich entschlossen, Messenger zu glauben – du hast ja gerade Jerrys Bericht gelesen. Messenger hat gesagt, Barrister sei zu keinem Mord fähig, und obwohl man an dem Satz durchaus zweifeln kann, beschloß ich, im Augenblick nicht daran zu zweifeln. Es gingen mir noch ein paar andere Dinge durch den Kopf. Ein Verfahren wegen eines Kunstfehlers. Sparks, der niemals ein Gesicht vergißt, Nicola und ihre Bereitschaft, einem sympathischen Zuhörer oder auch einem weniger sympathischen fast alles über ihr Leben zu erzählen, was er wissen möchte. Ein Fensterputzer, den es gar nicht gegeben hat, der mich aber auf den Gedanken gebracht hat, wie leicht einer von außen, vom Hof aus, Emanuels Praxis und die Küche in seiner Wohnung inspizieren konnte. Meine Besuche bei Emanuel und Nicola in den schönen Zeiten vor dem Verbrechen. Eine an mich gerichtete Frage: ›Professor Fansler, kennen Sie einen guten Psychiater?‹

Das alles ging mir, wie gesagt, im Kopf herum, aber plötzlich, am Donnerstagmorgen, schienen die Dinge alle ihren richtigen Platz zu finden. Und dann unternahm beziehungsweise veranlaßte ich drei Dinge. Das erste betraf Nicola. Ich rief sie an und bat sie, Barrister so unauffällig wie möglich in ein Gespräch zu ziehen. Das fiel Nicola nicht schwer. Sie erschien einfach vor seiner Praxistür, nachdem seine letzte Patientin gegangen war, erinnerte ihn daran, daß er versprochen hatte, ihr zu helfen, wo immer er könne, und sagte zu ihm, sie bräuchte jemanden, mit dem sie reden könne. Als ich ein Kind war, haben wir immer ein Spiel gespielt, das ich ziemlich albern fand. Einer der Mitspieler bekam einen Zettel, auf dem irgendein lächerlicher Satz stand, zum Beispiel: ›Mein Vater spielt Klavier mit seinen Zehen.‹ Die Aufgabe bestand nun darin, deinem Gegenüber, der den Zettel natürlich nicht gelesen hatte, eine Geschichte zu erzählen, in den du diesen lächerlichen Satz einzubauen hattest. Natürlich kam dabei eine Geschichte mit lauter unerhört blöden Sätzen heraus, weil dein Gegenüber dreimal die Möglichkeit hatte, den Satz zu erraten, der auf dem Blatt Papier stand. Klar, daß das Gegenüber ihn fast nie herausbekommen hat, weil alle Aussagen, die man machte, genauso verrückt waren wie ›Mein Vater spielt Klavier mit den Zehen‹. Genau auf diese Weise sollte Nicola Barristers Meinung über D. H. Lawrence erfragen, vor allem über seinen ›Regenbogen‹ und dort wieder über eine spezielle Episode. Nicola hatte die entsprechende Stelle in dem Roman noch einmal nachgelesen – sie stand glücklicherweise auf den ersten fünfundsiebzig Seiten. Trotzdem mußte Nicola erst einmal über eine ganze Menge anderer literarischer Dinge reden, um langsam darauf zu kommen. Es durfte ja nicht auffallen. Nicola hat das hervorragend gemacht.«

Kate holte tief Luft und sah Reed an. »Das zweite, was ich ›unternahm‹, wurde auch von Nicola ausgeführt. Sie flatterte auf ihre entzückende Art in Barristers Ordination herum und brachte es fertig, teils durch direkte Fragen, aber zum größeren Teil dadurch, daß sie ihm dies und das erzählte – du kennst Nicolas Art nicht, da entgeht dir viel –, ein paar von seinen Gewohnheiten herauszubekommen. Die dritte Sache kostet Geld. Ich habe Jerry in eine kleine Stadt namens Bangor in Michigan geschickt. Er ist jetzt schon auf dem Rückweg, aber ich habe gestern abend mit ihm telefoniert. Jerry hat dort einiges erlebt. Er hat nach einer alten Dame gesucht, aber die war schon tot. Glücklicherweise ist es eine kleine Stadt, und so hat er die Leute ausfindig gemacht, bei denen die alte Dame bis zu ihrem Tod gewohnt hatte. Sie waren nicht mit ihr verwandt und wurden von ihr für Wohnung, Essen und Pflege bezahlt.

Arrangiert hatte das alles Michael Barrister, der natürlich aus Bangor in Michigan stammt. Er war es auch, der die alte Dame unterstützte. Es war keine große Summe, die er dem Paar, in dessen Haus sie wohnte, bezahlt hat, aber als sie älter wurde und mehr Pflege brauchte, hat er die Summe erhöht. Nach ihrem Tod hat Barrister den Leuten, die sich die Jahre über um sie gekümmert und ihr wohl jene Zuwendung geschenkt hatten, die man nicht kaufen kann, eine ordentliche Geldsumme geschenkt.

Das alles war noch ganz einfach herauszubekommen, aber ich war auf etwas anderes aus, und Jerry hat das mit seinem jungenhaften Charme auch geschafft. Er hat sie nämlich gefragt, ob der monatliche Scheck jemals ausgeblieben sei. Nach dieser langen Einleitung wirst du nicht mehr erstaunt sein, wenn du erfährst, daß das tatsächlich passiert ist. Barrister hatte jeden Monat einen Scheck geschickt, die College-Zeit hindurch, während des Medizinstudiums und der Ausbildung und in der Zeit des Krankenhausdienstes. Dann blieb er aus. Trotzdem haben sie sich weiter um die alte Dame gekümmert, aber schließlich wurde ihnen die finanzielle Belastung zu groß, und so machte sich der Mann auf den Weg nach Chicago. Er bekam heraus, daß Barrister nach New York gegangen war, also ging er in die Bibliothek, ließ sich das New Yorker Telefonbuch geben und fand seine Adresse. Er schrieb an Barrister und bekam einen Antwortbrief, in dem sich Barrister entschuldigte, er habe finanzielle Schwierigkeiten gehabt, aber jetzt sei wieder alles in Ordnung. Dem Brief beigelegt war ein Scheck, der die vergangenen Monate abdeckte und auch den kommenden. Seitdem blieb der monatliche Scheck nie mehr aus, bis zum Tod der alten Dame. Doch in einem der schecklosen Monate hatte die alte Dame Geburtstag gehabt, zu dem ihr Barrister sonst jedesmal einen Brief und ein Geschenk geschickt hatte. Das Geschenk war immer das gleiche: ein kleiner Hund aus Porzellan für ihre Sammlung. Als die Schecks nicht kamen und ihr Geburtstag übergangen wurde, wollte die alte Dame Barristers Namen nicht mehr hören. Sie hatte ihn Mickey genannt, wie niemand sonst, aber nun lehnte sie es ab, ihn auch nur zu erwähnen oder gar noch einmal etwas von ihm anzunehmen. Das Paar, bei dem sie lebte, nahm zwar Barristers Geld an, weil es sonst nicht ausgekommen wäre, aber die alte Dame durfte davon nichts wissen. Sie haben nicht noch einmal Kontakt mit ihm aufgenommen, und die alte Dame erhielt auch nie mehr einen Porzellanhund.«

»Rührende Geschichte«, sagte Reed. »Wer war die alte Dame?«

»Tut mir leid. Das hätte ich nicht auslassen dürfen. Sie lebte bei Barristers Großeltern und hat sich um ihn gekümmert, als er noch ein Junge war. Die Großeltern hatten in ihrem Testament alles ihrem Enkel hinterlassen, zusammen mit dem Vermerk, er würde sich sicher immer um die alte Dame kümmern. Was er auch getan hat.

Aber jetzt zurück zu Nicolas Gespräch. Sie hat es mir Wort für Wort wiedergegeben – für den Fall, daß alle Gerichtsstenographen von einer Seuche dahingerafft werden und sämtliche Tonbandgeräte ausfallen, wäre Nicola ein prima Ersatz –, aber ich referiere mal nur das Wesentliche. Barrister hat ›Lady Chatterley‹ gelesen. Sonst kennt er nichts von D. H. Lawrence, den er übrigens öfter mit T. E. Lawrence zu verwechseln scheint, und außerdem hat er noch zum besten gegeben, die moderne Literatur gehe in die falsche Richtung. Für Professoren und Kritiker möge das alles ja ganz nett sein, aber wenn ein Mann wie er ein Buch lesen wolle, dann wünsche er sich eine gute Geschichte und nicht lauter Symbolismus und Leben scheibchenweise. Was Nicola über Barristers Praxis herausbekommen hat, dürfte auch die Polizei schon wissen. Er hat ein Wartezimmer, mehrere Untersuchungsräume und ein Büro. Die Frauen in den entsprechenden Stadien der Entkleidung werden in den Untersuchungsräumen behandelt, und im Büro finden die Konsultationen statt. Barrister geht von Raum zu Raum, desgleichen die

Sprechstundenhilfe. Wenn er nicht in diesem Raum ist, kann man annehmen, er ist im nächsten. Die Damen müssen oft eine ganze Weile auf ihn warten und sind daran gewöhnt – ein Umstand, nebenbei bemerkt, den dir jede Frau bestätigen kann, die jemals einen erfolgreichen Gynäkologen konsultiert hat. Mit anderen Worten, wie du ja schon gesagt hast: Barrister hat kein Alibi, obwohl der gute Strafverteidiger, von dem du ja dauernd redest, gewiß viel daraus machen könnte, daß er Sprechstunde hatte zu der Zeit, als der Mord passierte. Wahrscheinlich wird man alle Frauen, die an dem Tag bei ihm waren, sehr genau befragen müssen, was, Gott sei Dank, nicht meine Aufgabe ist.«

Kate sah Reed mit einem Lächeln an. »Zu diesen Informationen füge ich noch etwas hinzu, was ich von Nicola am Tag nach dem Mord gehört hatte, und etwas, was Jerry bei seinem Intermezzo mit der Sprechstundenhilfe aufgefallen war, mir aber, abgesehen davon, nicht so bedeutsam vorkommt: daß Barrister nämlich spezialisiert ist auf Frauen, die keine Kinder bekommen können, auf Frauen, die unter verschiedenen ›weiblichen‹ Problemen leiden, und auf Frauen in den Wechseljahren. Übrigens habe ich meinen Frauenarzt angerufen, einen konservativen Vertreter seines Standes, der auch Ärzte an einem Krankenhaus ausbildet, und ihn konnte ich nun schließlich dazu überreden, mir zu gestehen – alle Ärzte, fällt mir auf, können sich nicht mit der Vorstellung anfreunden, daß Medizin auch schlecht praktiziert werden könnte –, daß viele Ärzte ihre Patientinnen in der Menopause mit wöchentlichen Hormonspritzen behandeln, er dagegen das Gefühl hat, es sei noch zu wenig über die Auswirkungen von Hormonen bekannt und der Meinung ist, man sollte sie nur in äußerst dringenden Fällen geben. Trotzdem gefallen den Frauen die Wirkungen der Injektionen, und so geben viele Ärzte Hormone. Möchtest du einen Drink?«

»Sprich weiter«, sagte Reed.

»Ich werde dir jetzt eine Geschichte erzählen, eine Geschichte, die sich für mich aus all diesen Tatsachen ergeben hat. Es war einmal ein junger Doktor namens Michael Barrister. Er hatte seine Prüfungen und sein Ausbildungsjahr am Krankenhaus hinter sich. Er liebte das Wandern und das Kampieren, vor allem in der Gegend, die wir die kanadische Wildnis nennen. Dort schläft man im Zelt, mietet sich in einem Forsthaus ein oder in einem Gasthaus, wenn man eines findet. Mike, so nennen wir ihn jetzt einmal, marschierte also los und begegnete in der kanadischen Wildnis einem Mädchen namens Janet Harrison. Sie verliebten sich ineinander ...«

»Aber ihr Vater war der mächtigste Mann im ganzen Königreich, sein Vater jedoch nur ein armer Holzfäller.«

»Wenn du unterbrichst, erzählt Mami die Geschichte nicht zu Ende, und du mußt sofort schlafen gehen. Nach einiger Zeit mußte das Mädchen wieder heim, und so trennten sie sich, einander ewige Liebe schwörend. Michael Barrister aber begegnete einem anderen Mann, einem Mann, der ihm sehr ähnlich sah. Zusammen wanderten die beiden weiter. Mike sprach frei und offen mit dem Mann, so, wie man das gegenüber Fremden oft tut. Er erzählte ihm viel von sich selbst, aber nichts von dem Mädchen. Eines Nachts tötete der Fremde Mike und begrub seinen Leichnam in der kanadischen Wildnis.«

»Kate, um Himmelswillen ...«

»Vielleicht war es ein Unfall. Vielleicht wurde dem Fremden erst nach Mikes tödlichem Unfall klar, in welch schwieriger Lage er sich befand, und er kam deswegen auf die Idee, Mikes Identität anzunehmen. Das war ein enormes Risiko, denn wieviel hätte dabei schiefgehen können ... Aber es ging nichts schief. Jedenfalls sah es so aus. Die Sache mit der alten Dame war schon ein Problem, aber das schien sich von selbst zu lösen. Eine Schwierigkeit lag natürlich darin, daß Mikes Freunde auftauchen könnten, aber die würde er kurz abfertigen – sie müßten eben annehmen, er hätte sich verändert. Es sah so aus, als hätte er das Glück auf seiner Seite. Die Leiche wurde nie entdeckt. Wenn er Briefe bekam, beantwortete er sie. Der echte Mike hatte glänzende Zeugnisse, und so hatte der Fremde keine Schwierigkeiten, eine Praxis zu eröffnen. Das Verfahren wegen des Kunstfehlers war zwar ein Unwetter, das über ihn hereinbrach, aber er überstand es.

Und dann kam das erste gewaltige Problem: Janet Harrison. Ihre tatsächliche Ankunft in New York verzögerte sich um einige Jahre. Sie besuchte die Schwesternschule und hatte vor, später zu Mike nach New York zu gehen; in ihren Briefen war davon oft die Rede. In seinen Antwortschreiben versuchte er, ohne grob zu werden, die Liebesgeschichte langsam sterben zu lassen. Er brauchte immer länger, um auf ihre Briefe zu antworten. Als ihre Mutter starb, mußte sie heimfahren. Doch schließlich kam Janet Harrison, die Nemesis, trotz aller Verzögerungen nach New York. Sie hatte nie aufgehört, ihn zu lieben, und sie glaubte nicht oder konnte nicht glauben, daß seine Liebe zu ihr erloschen war.

Er konnte sich natürlich schlecht weigern, sie zu treffen. Er dachte zwar an diese Möglichkeit, aber vielleicht würde sie mit anderen darüber reden, und alles in allem schien es ihm klüger, zu wissen, was sie vorhatte. Selbstverständlich bemerkte sie schon bald, daß er nicht Mike war. Bei genügend großer Ähnlichkeit ist es gewiß leicht, Leute zu täuschen. Das stelle ich mir jedenfalls vor. Es fällt den Leuten nicht auf, daß du nicht der bist, für den du dich ausgibst – sie meinen einfach, du hättest dich verändert. Aber eine Frau an der Nase herumzuführen, die einen Mann geliebt und mit ihm geschlafen hat, ist eine andere Sache. Sie war ein verschlossener Mensch – was für ihn ein Vorteil war –, aber sie war entschlossen, diesen Michael Barrister als Betrüger zu entlarven und den Mord an dem Mann, den sie geliebt hatte, zu rächen. Sie wußte, daß sie in Gefahr war – und so machte sie ein Testament und hinterließ ihr Geld dem Mann, den ihr Mike bewundert hatte und der so zu sein schien wie er. Unglücklicherweise hinterlegte sie die Beweise gegen den falschen Mike, falls sie welche gesammelt hatte, nicht bei dem Anwalt, der ihr das Testament aufgesetzt hatte. Sie bewahrte sie in ihrem Zimmer auf oder in einem Notizbuch, das sie mit sich herumtrug. Deshalb mußte er, auch wenn das Risiko enorm war, ihr Zimmer durchsuchen und, nachdem er sie umgebracht hatte, auch ihre Handtasche.«

Kate lehnte sich in ihrem Sessel zurück. »Sie machte es sich zur Gewohnheit, auf der anderen Straßenseite Posten zu beziehen und seine Praxis zu beobachten. Sie wollte ihn nervös machen, und zweifellos hatte sie damit

Erfolg. Aber schließlich brauchte sie einen Vorwand für ihr tägliches Auftauchen, und jetzt kommt Emanuel ins Spiel. Ein- oder zweimal sah sie mich nach einem Besuch bei Emanuel und Nicola aus dem Haus kommen. Wenn sie zu mir ginge, würde ich ihr dann Emanuel vorschlagen? Sie kam zu mir, und ich tat es. Hätte ich ihn nun nicht vorgeschlagen – aber was soll's, wir müssen uns ja nicht den Kopf darüber zerbrechen, was hätte geschehen können.

Sie zog niemanden ins Vertrauen, teils, weil das nicht ihre Art war, teils, weil ihr klar war: Wer würde ihr glauben? Obwohl sie inzwischen selbst ermordet worden ist, hast du Schwierigkeiten, mir die Geschichte zu glauben. Man kann sich gut vorstellen, wie die Polizei mit solch einer Geschichte umgegangen wäre.

Dr. Michael Barrister wußte, daß er etwas unternehmen mußte, ganz gewiß seit sie angefangen hatte, zum Psychoanalytiker zu gehen. Auf der Couch könnte sie etwas erzählen und vielleicht sogar Glauben finden. Jedenfalls stellte sie, solange sie lebte, eine schreckliche Bedrohung dar. Aber er wollte sie nicht töten. Er würde sofort in die Sache hineingezogen werden, dazu lag die Praxis von Emanuel einfach zu nahe. Gleichgültig, an welchem Ort sie getötet würde, die Tatsache, daß sie sich in Analyse befand, würde herauskommen, und dann würde man auch ihn befragen. Vielleicht konnte er sie dazu bewegen, ihn zu lieben, ja sogar, ihn zu heiraten. Er ähnelte dem Mann, den sie geliebt hatte, auf wirklich bemerkenswerte Weise. Er war ein Frauenkenner. Er wußte, daß Frauen es mochten, wenn man sie überwältigte und an der Hand nahm. Er versuchte, ihre Liebe zu gewinnen. Eine Zeitlang muß er geglaubt haben, es würde ihm gelingen. Sie ließ zu, daß er mit ihr schlief. Irgend etwas sagte ihm, daß auch sie ein Spiel trieb. Sie versuchte, seine Verteidigung zu schwächen.

Er wußte, wie das Leben bei Emanuel ablief. Beobachtungen, Gespräche mit Nicola, Blicke durch die Fenster zum Hof erzählten ihm alles, was er brauchte. Er besaß die Gummihandschuhe eines Chirurgen. Die Telefonanrufe waren ein Kinderspiel. Er wußte, daß Emanuel, sowie er die Zeit dazu hatte, in den Park hinausgaloppieren würde. Wenn durch irgendeinen dummen Zufall Emanuel in seiner Praxis geblieben wäre, hätte das für Barrister keinerlei Bedeutung gehabt; er mußte einfach nur umkehren. Aber Emanuel verließ das Haus, und Janet Harrison kam pünktlich zu ihrer Sitzung in eine leere Praxis. Da erschien Barrister auf der Bildfläche. Wahrscheinlich erzählte er ihr, daß Emanuel gerade weggerufen worden sei, führte sie zur Couch und brachte sie dazu, sich hinzulegen – vielleicht, um mit ihr zu schlafen. Vielleicht hat er sie auch hinuntergedrückt, ehe er ihr das Messer in die Brust stieß. Er bekam dabei keine Blutspuren ab, und falls doch, dann brauchte er nur durch das Hoffenster in seine Praxis zurückzuklettern und sich zu waschen. Darauf ließ er es ankommen. Ihm blieb nichts anderes übrig. Aber wenn er sie in Emanuels Praxis tötete, ging er ein relativ geringes Risiko ein, selbst wenn er als Nachbar des Analytikers dem Tatort zu nahe war, als daß die Polizei ihn nicht befragt hätte. Ganz gewiß konnte er sie nicht in seiner eigenen Wohnung töten – dorthin hat er sie nie mitgenommen. Sie selbst wohnte in einem Wohnheim für Studentinnen, einem Ort, wo dauernd Leute ein- und ausgingen. Er tötete sie mit Emanuels Messer auf Emanuels Couch. Das ließ nicht nur den Verdacht auf Emanuel fallen, sondern auch alles verdächtig erscheinen, was Emanuel möglicherweise sagen würde über Enthüllungen des Mädchens in der Analyse. Das Mädchen hatte ihm von mir und von Emanuel und Nicola erzählt – er wußte, wir waren Freunde, und er hatte sicher auch von Nicola einiges über unsere gemeinsame Geschichte erfahren. Später hat er den anonymen Brief geschickt, der mich beschuldigt. Wieder hatte er einen tollkühnen Plan, ging ein enormes Risiko ein und er gewann, jedenfalls schien das so. Wenn er das Foto nicht übersehen und Janet Harrison kein Testament gemacht hätte, er wäre damit durchgekommen.«

»Und wenn du, liebe Kate, nicht offensichtlich Literaturprofessorin geworden wärst, weil in dir eine verkrachte Roman-Schriftstellerin steckt ... Aber was gute Geschichten angeht: diese hier solltest du veröffentlichen.«

»Du glaubst sie mir nicht.«

»Es geht nicht darum, ob ich dir glaube oder nicht.

Nehmen wir mal an, ich glaube sie nicht nur, sondern sie ist auch wahr. Du hast gesagt, die Polizei hätte wohl über Janet Harrison gelacht, wenn sie mit so etwas angekommen wäre. Aber das ist noch gar nichts gegen das Gewieher, in das sie über deine Geschichte ausbrechen würde. Du hast nicht den Hauch eines Beweises in der Hand, Kate, nicht den geringsten. Die alte Dame? Mike steckte in finanziellen Schwierigkeiten, und seine Liebesaffäre hat ihn die alte Dame vergessen lassen. Ein Roman von D. H. Lawrence? Ich sehe mich schon, wie ich das den Leuten von der Mordkommission erkläre. Eine Traumassoziation, im Laufe einer Analyse wiedergegeben, die uns zum Hauptverdächtigen führt? Die Tatsache, daß der Mann, mit dem er ein Jahr lang das Zimmer geteilt hat, Mike keinen Mord zutraut? Morde werden allzu häufig von Menschen begangen, von denen man das nie für möglich gehalten hätte. Ist es im Kriminalroman nicht immer am Ende der, von dem man es am wenigsten geglaubt hätte?«

»Also gut, Reed, ich gebe zu, ich habe keine handfesten Beweise. Aber es ist eine wahre Geschichte, so oder so. Ich habe mich da nicht einfach in eine Idee verbissen. Ich habe gewußt, daß du lachen würdest. Aber verstehst du nicht, daß es irgendwo einen Beweis geben muß? Wenn die Polizei mit allen ihren Möglichkeiten suchen würde, sie würde etwas finden. Vielleicht gibt es noch irgendwo etwas mit den Fingerabdrücken des echten Mike – stimmt, das ist unwahrscheinlich. Vielleicht ließe sich Mikes Leiche finden. Wenn die Polizei sich wirklich bemühte, fände sie Beweise. Reed, du mußt sie dazu bringen. Jerry und mich würde es Jahre kosten ...«

»Bis ihr halb Kanada umgegraben habt. Das glaube ich auch.«

»Aber wenn die Polizei nur gründlich sucht, findet sie bestimmt etwas. Vielleicht kommt sie dahinter, wer dieser Mann war, bevor er Michael Barrister wurde. Vielleicht war er irgendwo im Gefängnis. Du könntest dir seine Fingerabdrücke besorgen ...«

»Kate. Alles, was du hast, ist ein Märchen, das mit ›Es war einmal‹ beginnt. Treib mir einen Beweis auf, ein unwiderlegbares Beweisstück, daß dieser Mann nicht Michael Barrister ist, und wir können vielleicht eine Untersuchung einleiten. Wir könnten sogar, wenn nötig, Privatdetektive beauftragen. Doch was du im Augenblick hast, ist nichts als eine Theorie.«

»Was für eine Art Beweise willst du denn? Der echte Mike hätte diese Szene aus dem ›Regenbogen‹ nicht vergessen. Soll ich herausbekommen, daß der echte Mike ein rotes Muttermal auf der Schulter hatte, wie die Verlorenen Söhne aus Übersee in spätviktorianischen Romanen? Was würdest du als Beweis akzeptieren? Sag mir das. Ja?«

»Kate, Liebes, es kann einfach keinen Beweis geben. Ist dir das nicht klar? Wir können uns Barristers Fingerabdrücke besorgen, aber ich kann dir versprechen, sie sind nicht in der Kartei – an so etwas Grundlegendes hätte er gedacht. Angenommen, wir stellen ihn Messenger gegenüber – alles, was der sagen kann, ist: Er ähnelt Mike, aber Mike hat sich verändert. Angenommen, du bekommst sogar heraus, daß Mike als Student einmal eine schöne Singstimme hatte und daß der Dr. Barrister von heute keinen einzigen Ton herauskriegt. Stimmen, da bin ich sicher, kann man verlieren. Trotzdem wäre das, wenn du es beweisen könntest, sicherlich mehr wert als alles, was du bisher in Händen hast.«

»Ich verstehe«, sagte Kate. »Ich habe dir das Motiv geliefert und die Methode, aber das reicht nicht.«

»Stimmt, es reicht nicht, meine Liebe. Und ich verehre dich zu sehr, als daß ich jetzt Respekt für eine Theorie vortäuschen würde, die nichts als ein Luftschloß ist. Du hast dir einfach zuviel Sorgen gemacht und du stehst unter Druck. Wenn ich meinem Oberstaatsanwalt so eine Geschichte erzählte, wäre ich wahrscheinlich meinen Job los.«

»Mit anderen Worten, Barrister hat das perfekte Verbrechen begangen. Zwei perfekte Verbrechen.«

»Kate, finde einen Weg, wie ich dir helfen kann. Ich will es ja. Aber das Leben ist kein Roman.«

»Du irrst dich, Reed. Das Leben besteht nicht aus Beweisen.«

»Du gibst zu, daß du dir die ganze Geschichte ausgedacht hast. Kate, als ich auf dem College war, im ersten Semester, gab uns unser Englisch-Professor einen kurzen

Absatz einer Erzählung vor, und wir mußten sie dann weiterspinnen. Wir waren fünfundzwanzig Studenten, und keine zwei Geschichten hatten miteinander auch nur die entfernteste Ähnlichkeit. Ich bin sicher, daß du, wenn du dir ein bißchen Zeit nimmst, eine andere Geschichte erfinden kannst, in der Sparks oder Horan der Mörder ist. Versuch es doch einmal, nur zum Beweis, daß ich recht habe.«

»Reed, du vergißt, daß ich eine Menge Beweise habe, wenn auch nicht von der Art, die du akzeptierst. Die gleiche Art von Beweisen hat mich darauf gebracht, daß Barrister Janet Harrison gekannt hatte. Zufälligerweise hat Barrister Angst bekommen und es von sich aus zugegeben. Hätte er es nicht getan, dann säße ich jetzt hier und würde vergeblich versuchen, dich davon zu überzeugen, daß die beiden sich gekannt haben.«

»Vielleicht konfrontierst du ihn mit dieser Geschichte und bringst ihn dazu, alles zuzugeben.«

»Vielleicht tue ich das. Ich werde ihm sagen: Ein stellvertretender Bezirksanwalt kennt das Märchen und bitte bringen Sie mich jetzt um und beweisen Sie ihm, daß ich recht hatte.«

»Red nicht so einen Unsinn. Wo ist dieses Foto von dem ›echten‹ Mike, wie wir ihn jetzt nennen? Kannst du es mir mal holen?«

Kate gab es ihm. »Manchmal hat man das Gefühl, es könne sprechen. Aber so etwas sollte ich besser nicht sagen. Es bestärkt dich nur in deiner Überzeugung, daß ich verrückt bin. Weswegen wolltest du das Bild haben?«

»Wegen der Ohren. Nicht sehr gut zu erkennen, oder? Eine Menge Arbeit ist in die Methode gesteckt worden, Leute an den Ohren zu identifizieren. Zu schade, daß unser ›echter‹ Mike sich nicht im Profil hat ablichten lassen. Dann könnten wir uns zum Vergleich ein Bild von Barristers Ohr verschaffen.«

»Wirst du dich darum kümmern, Reed? Bitte, gib mich nicht auf als unheilbar schwachsinnig. Vielleicht webe ich ja nur an ein paar Wahngebilden ...«

»Diesen konzilianten Tonfall kenne ich. Du hast also etwas vor, was ich nicht billigen kann. Hör zu, Kate: Wir sollten darüber nachdenken. Wenn wir ein Beweisstück vorlegen können, das weder literarischer noch psychologischer oder impressionistischer Natur ist, dann können wir die Polizei vielleicht interessieren. Ich bin sowieso lieber hinter einem Hormonspritzen-Verteiler her als hinter einem Psychiater. Gehen wir ins Kino?«

»Nein. Du kannst entweder nach Hause gehen oder mich zum Flughafen fahren.«

»Zum Flughafen! Fährst du jetzt nach Bangor, Michigan?«

»Nach Chicago. Nein, versuch nicht, mir reinzureden. Ich habe mir schon seit langem eine Reise nach Chicago versprochen. Dort hängt Picassos ›Mann mit blauer Gitarre‹, und plötzlich hat mich der nicht zu bändigende Wunsch überfallen, ihn mir anzusehen. Während ich weg bin, könntest du die Gedichte lesen, zu denen Wallace Stevens von dem Bild inspiriert wurde. Er behandelt sehr wirkungsvoll den Unterschied zwischen der Realität und den Dingen, ›wie sie sind‹. Entschuldige mich, ich muß packen.«

18

»Kommen Sie in mein Büro«, sagte Messenger.

»Arbeiten Sie immer samstags?«

»Wenn ich kann. Da ist es ruhiger als sonst.«

»Und ich komme her und störe die Ruhe.«

»Nur zeitweilig. Was kann ich für Sie tun?«

Kate nahm ihm gegenüber Platz und bestätigte für sich Jerrys Eindruck. Messenger war ein liebenswürdiger Mann; es gab keinen besseren Ausdruck für seine schlichte, sanfte und kluge Ausstrahlung. »Ich möchte Ihnen eine Geschichte erzählen«, sagte Kate. »Ich habe sie schon einmal erzählt; ich entwickele mich zur recht guten Geschichtenerzählerin. Beim erstenmal wurde sie, wenn nicht mit Freudengeschrei, so doch mit ungläubigem Grunzen aufgenommen. Ich werde Sie nicht bitten, mir zu glauben. Hören Sie einfach zu. Heute abend können Sie dann zu Ihrer Frau sagen: ›Heute morgen habe ich nichts geschafft, eine Verrückte ist gekommen und hat darauf bestanden, mir eine besonders idiotische Art von Märchen zu erzählen.‹ Sie werden Ihrer Frau eine nette Anekdote servieren können.«

»Dann mal los«, sagte Messenger.

Kate erzählte ihm die Geschichte genau so, wie sie sie Reed vorgetragen hatte. Messenger hörte zu, sog an seiner Pfeife und verschwand bisweilen hinter einer Wolke von Tabakrauch. Als Kate fertig war, klopfte er die Pfeife aus. »Wissen Sie«, sagte er, »als ich Mike in New York traf, hat er mich zuerst nicht erkannt. Ganz verständlich, finde ich; mich hätte er am wenigsten in New York erwartet. Mir fiel auf, daß er sehr elegant geworden war und sich nicht mit mir abgeben wollte. Es gibt zwei Sorten von Menschen: die einen, die immer damit rechnen, kurz abgefertigt zu werden, und die anderen, die sich das nie vorstellen können. Ich gehöre zur ersten Gruppe. Mike sagte mir, ich hätte mich verändert. Gut, dachte ich mir damals, sehen wir es aus der Sicht des Betrachters: Er hat sich auch verändert. Nur, ich hatte mich gar nicht verändert. Wenn man ein Gesicht hat wie ein Feuermelder, verändert sich das auch im Lauf der Jahre nicht. Aber ich trage inzwischen eine Brille, mit der er mich nie gesehen hat, und das war es wohl.«

»Sie meinen, die ganze Geschichte kommt Ihnen nicht äußerst phantastisch vor?«

»Also, ehrlich gesagt, nein. Der Mann, den ich in New York getroffen habe, war kein Biertrinker. Nicht, daß er mir das erzählt hat; wir haben nichts getrunken, aber er sah nicht aus wie ein Biertrinker. Mike mochte keine harten Sachen, nur Bier, und zum Essen Wein. Sicher, der Geschmack ändert sich. Ich fürchte, Ihr Reed Amhurst würde sagen, wir sollten uns als Science-fiction-Schreiber zusammentun. Vielleicht keine schlechte Idee.«

»Mit strenger Arbeitsteilung. Sie machen die Wissenschaft, ich die Fiction. Reed würde sagen, daß ich äußerst befähigt bin. Was ich nun brauche, Herr Mitarbeiter, ist eine einzige Tatsache. Zum Beispiel ein rotes Muttermal auf Mikes Schulter. Mike war nicht zufällig kurzsichtig oder auf einem Ohr taub?«

»Ich weiß, worauf Sie hinauswollen. Ich wußte es seit der Stelle in Ihrem Märchen, wo Mike dem Fremden begegnete. Aber Mike war weder kurzsichtig noch taub noch unmusikalisch und auch kein Opernsänger. Das einzige, woran ich mich erinnere, ist: Mike konnte mit den Ohren wackeln, ohne daß sich sonst ein Teil seines Kopfes bewegte. Aber als Beweis würde das auch nicht reichen. Außerdem habe ich gehört, daß jeder das lernen kann, wenn er nur lange genug übt. Ich habe ein nettes Bild von Ihrem Dr. Barrister vor Augen, wie er zu Hause sitzt und Abend für Abend übt, mit den Ohren zu wackeln. Sie merken, ich werde immer weitschweifiger, aber nützlich bin ich Ihnen leider nicht.«

»Ich hab Ihnen eine verrückte Geschichte erzählt, und Sie rufen nicht bei der Polizei an und sagen: ›Raus mit der Frau hier!‹ Glauben Sie, das bedeutet mir mehr, als Sie ahnen. Mike muß Sie furchtbar gemocht haben. Janet Harrison wußte das, und aus dem Grund hat sie Ihnen auch ihr Geld vermacht. Das ist ein nettes, rundes Motiv, an das ich mich halten kann. Wenn wir meine Geschichte beweisen können, oder die Polizei es für uns tut, dann haben Sie viel mehr Anspruch auf das Geld, das sie Ihnen hinterlassen hat.«

»Unglücklicherweise macht das meine Aussage eher verdächtiger. Das Dumme ist ja, daß ich Mike nur ein Jahr lang gekannt habe. Wir waren also nicht gerade wie Damon und Phintias. Ich kann mich nicht erinnern, wann er mir von der Szene aus dem Roman von Lawrence erzählt hat – wahrscheinlich hatte ich ihn nach seiner Familie gefragt, weil er sie nie erwähnte. Er hat wenig von sich gesprochen. Wir haben uns über Medizin unterhalten, die Vorzüge verschiedener Fachrichtungen – lauter derartige Dinge. Augenblick mal, was ist mit den Zähnen?«

»An die Zähne habe ich gedacht. Schließlich lese ich Kriminalromane. Der Zahnarzt in Bangor, der Mikes Zähne behandelt hat, ist schon lange tot; Jerry hat nichts von seinen Aufzeichnungen auftreiben können. Wahrscheinlich hat der Zahnarzt, der die Praxis von Mikes Zahnarzt übernommen hat, nur die Unterlagen von den Patienten aufbewahrt, die auch bei ihm in Behandlung waren, und selbst *der* Arzt praktiziert jetzt nicht mehr. Zufällig habe ich vor fünf Jahren meinen Zahnarzt gewechselt, als mein bisheriger in Pension ging; und als ich meinen jetzigen anrief – Sie können sich nicht vorstellen, wie lästig ich werden kann –, mußte ich erfahren, daß er nur Unterlagen über die Arbeiten hatte, die er an meinen Zähnen vorgenommen hatte. Der Zahnarzt, der in Pension ging, hat ihm die Praxis verkauft, doch der Käufer hat die Unterlagen bis zum Jahre Null nicht aufgehoben. Nur für die letzten fünf Jahre konnte er Zahnbehandlungen belegen und das ist nicht gerade viel. Die meisten Füllungen in meinen Zähnen habe ich als junges Mädchen bekommen. Sie wissen nicht zufällig, ob Mike zum Beispiel seine Weisheitszähne gezogen bekommen hat? Wenn wir das beweisen könnten und sich dann herausstellt, daß dieser Dr. Barrister alle vier Weisheitszähne noch hat ...«

Messenger schüttelte den Kopf. »Zu der Zeit habe ich mich natürlich mit ganz anderen Dingen befaßt. So ein Assistenzjahr am Krankenhaus ist ein ermüdender und aufreibender Dienst. Wir waren nicht sehr oft zur gleichen Zeit zu Hause. Ich erinnere mich nicht einmal, ob Mike schnarchte. Ich weiß nicht, ob ich es jemals gewußt habe. Jedenfalls habe ich für persönliche Dinge kein besonders gutes Gedächtnis. Meine Frau beschwert sich darüber von Zeit zu Zeit. Ich mache ihr dauernd Komplimente für Hüte, die sie schon seit drei Jahren hat. Ich erinnere mich, wie ich eines Tages meine Frau ansah und dachte: Du bist ja grau. Doch wie sie es geworden ist, habe ich nicht bemerkt. Tut mir leid. Sie kommen den weiten Weg hierher und ...«

»Ich hätte auch anrufen können. Aber ich wollte herkommen. Es gibt einen Rückflug heute nachmittag. Ich habe sogar noch Zeit, ins Museum zu gehen.«

»Wollen Sie nicht mit mir zum Lunch nach Hause gehen? Ich möchte Sie gerne mit Anne bekanntmachen. Sie ist der sensibelste und zugleich nüchternste Mensch auf der Welt. Vielleicht fällt ihr irgend etwas ein.«

Kate nahm die Einladung gerne an. Es war eine nette Familie. Nach dem Essen setzten sich die beiden Messengers mit Kate hinaus in den Hinterhof, wie sie ihn nannten, und Kate erzählte ihre Geschichte noch einmal. Anne war im Gegensatz zu Kate und Messenger keine Träumerin. Sie reagierte eher wie Reed. Doch als Kate sich verabschiedete, sagte Anne: »Ich will ehrlich sein, Kate. Ich glaube, diese Geschichte war für Sie logisch genug, um auf den ersten Blick glaubhaft zu sein, und da nichts von dem, was Sie wußten, absolut dagegen sprach, waren Sie schließlich überzeugt. Ich glaube nicht, daß Ihre Geschichte wirklich passiert ist. Aber es ist nicht undenkbar, sie könnte so passiert sein, und wenn Dan etwas weiß, was das beweisen könnte, dann müssen wir dieses Etwas ausgraben. Ich gehe an alles systematischer heran als er, von den Genen mal abgesehen. Ich werde versuchen, ihm beim Erinnern zu helfen, ganz systematisch. Aber erhoffen Sie sich bitte nicht zuviel.«

Und Kate ging ins Museum zum ›Mann mit blauer Gitarre‹.

Um zehn Uhr abends war sie wieder zu Hause. Die Fahrt vom Flughafen in die Stadt hatte fast genauso lange gedauert wie der Flug von Chicago nach New York, und länger, wenn sie das Warten auf ihr Gepäck dazurechnete. Trotzdem war sie froh, geflogen zu sein. Reed rief um halb elf an.

»Ich weiß ja, ich habe dich in einem politischen Club kennengelernt«, sagte er, »aber ich wußte nicht, daß du jetzt schon versuchst, es einem Kongreßkandidaten gleichzutun. Glaubst du, du könntest die nächsten vierundzwanzig Stunden hierbleiben? Hast du etwas erfahren? Die Hoffnung ist nicht umzubringen. Ich bin zwar nicht gerade durch azurblaue Lüfte geschwebt, habe aber genausowenig auf der faulen Haut gelegen. Ich habe unseren Ohr-Experten befragt. Und der meint, das Foto sei ungenau. Aber er will es versuchen. Wir haben einen Kriminalbeamten als Straßenphotographen postiert, und der wird ein Foto von Dr. Michael Barristers Ohr machen. Außerdem ist mir eingefallen, daß es wahrscheinlich in Mikes College-Jahrbuch ein Foto von ihm geben wird – möglicherweise mit Ohren. Oder unter den Dingen, die die alte Dame hinterlassen hat, findet sich ein Bild von Mike. Ohren verändern sich nicht. Ich war fasziniert, das zu erfahren. Sogar ein Kinderbild würde also reichen. Das würde natürlich nicht als Beweis gelten. Die andere Seite holt sich ihren eigenen Ohren-Experten, und der sagt dann ›ohne Beweiskraft‹. Das ist das Dumme mit Expertenmeinungen – man bekommt gewöhnlich Belege für beide Seiten. Aber ich bleibe am Ball. Was für einen Eindruck hast du von Messenger?«

»Ich wünschte, ich wäre ihm vor Jahren begegnet und hätte ihn überredet, mich zu heiraten.«

»Oh, Gott, du mußt ja schlimm dran sein. Soll ich vorbeikommen und dich aufheitern? Ich könnte dir von unserer entzückenden Sitzung beim Großen Schwurgericht erzählen. Es hat beschlossen, daß die Bücher, die wir unter so großen Tamtam einkassiert haben, keine Pornographie sind. Ich weiß nicht, was aus der Welt noch werden soll, wie meine Mutter immer gesagt hat.«

»Danke, Reed. Ich nehme anderthalb Seconal und gehe schlafen. Tut mir leid um euren Prozeß.«

»Keine Sorge. Ich überlege, ob ich nicht die Juristerei aufgebe und anfange, Pornographie zu schreiben.«

Das Läuten des Telefons schien Kate aus ozeanischen Tiefen des Vergessens heraufzuziehen. Erbittert kämpfte sie sich an die Oberfläche. Es war Mitternacht.

»Ja?« sagte sie.

»Dan Messenger. Ich habe Sie geweckt. Aber ich glaube, es ist wichtig. Wir haben es. Sie können sich bei Anne bedanken. Sie sind noch dran?«

»Jaa.«

»Anne hat Ihnen ja gesagt, daß sie systematisch vorgeht. Sie hat Listen aufgestellt und alles in Kategorien eingeteilt. Dann sind wir sie immer wieder durchgegangen. In ihrer logischen Art fing sie mit möglichen Narben an, obwohl unser heutiger Barrister die wohl auch gesehen hätte. Ich meine, wenn Mike keinen Blinddarm mehr hatte, würde dieser Kerl ihn sich auch herausnehmen lassen. Immer mal angenommen, daß er so gründlich war. Als sie das Stichwort ›Narben‹ sagte, klingelte nichts bei mir, das muß ich leider zugeben. Also machten wir uns über die anderen Stichworte her. Allergien, Gewohnheiten, gemeinsame Ausflüge. Sind Sie noch dran?«

»Gott, ja!«

»Dann kam sie auf ein Stichwort, das lächerlich wirkte, nämlich ›Kleider‹. Man könnte wohl kaum sagen, dieser Kerl ist nicht Mike, weil er die alte Tweedjacke nicht mehr hat, die Mike so liebte. Nicht, daß er eine gehabt hätte. Ich meine, ich kann mich an keine Tweedjacke erinnern. Ich sagte, daß ich mich an überhaupt kein Kleidungsstück erinnern kann. Wir trugen fast immer weiße Sachen, sogar weiße Schuhe. Und da fiel es mir ein. Schuhe. Weiße Schuhe. Ich hatte nur ein Paar – damals hatten wir kaum Geld, und ich hatte riesige Löcher in den Sohlen. Es regnete, und die Löcher in den Schuhen wirkten wie eine Pumpe. Meine Füße und mein einziges Paar weißer Schuhe waren naß, und ich fragte Mike, der frei hatte, ob er mir seine leihen könnte.

Unsere Füße waren etwa gleich groß, und selbst wenn Mikes Schuhe nicht genau paßten, waren sie zumindest trocken. Er sagte, ich könnte sie haben, aber ich würde Probleme haben, darin zu gehen. Ich fragte ihn, warum. ›Weil ein Absatz höher ist als der andere‹, sagte er, ›du hast das, wie die meisten Menschen wahrscheinlich nie bemerkt. Er ist nur gut einen Zentimeter höher, aber ein Mann mit gleichlangen Beinen fühlt sich in diesen Schuhen, als ginge er mit einem Fuß auf dem Randstein und mit dem anderen auf der Straße.‹ Ich habe sie anprobiert, sie waren außerdem zu eng, und deshalb habe ich sie nicht ausgeliehen. Sind Sie noch dran? Grunzen Sie doch bitte ab und an, ja? Man kommt ganz durcheinander, wenn am anderen Ende alles still ist. Ein Gefühl, als würde man in ein Mikro sprechen. So ist es besser. Also, mit Orthopädie hatte ich seit der Hochschule nicht mehr viel zu tun, aber ich nehme an, daß ein Mann, der früher solch einen Spezialschuh getragen hat, dies auch heute noch tut. Das müßten Sie überprüfen. Viel wichtiger ist aber: Mike hatte eine Narbe, auch wenn ich sie nie gesehen habe. Wenn er aber operiert worden ist, dann gibt es darüber auch Unterlagen – kein Problem. Sie sollten das alles doch noch einmal mit einem Orthopäden besprechen und mit der Polizei.«

Es entstand eine kurze Pause. Dann fuhr Messenger fort: »Mike hat mir damals nichts von seiner Narbe erzählt. Ich hätte mich gewiß rascher daran erinnert, wenn er es getan hätte. Ein paar Monate später ging Mike zurück ins Hospital, obwohl er keinen Dienst hatte. Natürlich fragte ich ihn weshalb. Wir waren nie dort, wenn wir nicht mußten. Er sagte mir, er wollte bei einer Spondylodese zuschauen. Er konnte nicht die ganze Zeit dabei sein. Es ist eine lange Operation, sie dauert bis zu acht Stunden, und ist vergleichsweise neu, weil es bis vor kurzem noch nicht die passende Anästhesie dafür gab. Als er zurückkam, fragte ich ihn über die Operation aus. Er sagte, sie sei nicht so gut gelungen wie bei ihm. ›Meine Narbe ist dünn wie ein Bleistiftstrich‹, sagte er. Er erzählte mir von seinem Bandscheibenvorfall und seiner Spondylodese. Die Operation war erfolgreich verlaufen, aber danach hatte er immer noch diesen schrecklichen Schmerz im Lendenwirbelbereich.

Ein alter praktischer Arzt in Bangor hat ihn schließlich geheilt. Ich will damit nicht sagen, daß die Operation unnötig gewesen wäre – der Nerv war eingeklemmt, die Muskulatur im einen Bein schrumpfte bereits –, aber dieser alte Bursche hat ihn von dem Schmerz befreit. Er fand nämlich heraus, daß Mikes Beine nicht gleich lang waren. Dadurch entstand eine Schaukelbewegung im Becken. Mike bekam einen dickeren Absatz verpaßt, und damit hatte sich die Sache. Jetzt sind Sie dran, meine Dame. Ich weiß nicht, wie Sie Ihren Dr. Michael Barrister dazu kriegen, sich auszuziehen, aber wenn Sie es tun, dann denken Sie daran, die Narbe ist nicht deutlich sichtbar. Ich habe soviel für Sie herausgefunden: Sie verläuft im Lendenwirbelbereich und ist sechs bis acht Zentimeter lang. An einer Stelle macht sie eine kleine Kurve. Dort wurde während der Operation die Haut geklammert. Aber vielleicht stellen Sie als erstes fest, ob unser Freund einen Schuh mit verstärktem Absatz trägt. Doch denken Sie daran – selbst wenn Ihre Geschichte wahr ist, könnte der Mörder etwas gemerkt haben. Vielleicht hat er Mikes Schuh anprobiert. Vielleicht hat er die Leiche sehr sorgfältig auf Narben untersucht und diese eine gefunden. Trägt er an einem Schuh einen verstärkten Absatz – und obwohl ich mir das Hirn zermartert habe, kann ich mich nicht erinnern, an welchem Fuß – und hat er eine Narbe, dann könnte Ihre Geschichte zwar wahr sein, aber wir werden sie niemals beweisen können.«

Nachdem Messenger eine Menge Dank eingeheimst und den Hörer aufgelegt hatte, rief Kate Emanuel an. Wie sich herausstellte, schlief er nicht. Nie ein guter Schläfer, litt er jetzt an Schlaflosigkeit.

»Emanuel, hier ist Kate. Ich will, daß du mit einem Orthopäden redest. Gut, dann gleich morgen früh. Ich möchte wissen, ob ein Mann, der einen Schuh mit verstärktem Absatz trägt, weil er verschieden lange Beine hat, jemals beschließen würde, die Verstärkung wieder abzumontieren. Und ich möchte wissen, ob die Operationsnarbe nach einer Spondylodese jemals verschwinden kann. Nein, deine Meinung will ich nicht wissen. Ich weiß, du bist Arzt. Frag einen Orthopäden. Und er muß so sicher sein, daß er vor Gericht aussagen und das beschwören kann. Schlaf gut.«

19

Sonntagnacht, genauer Montagmorgen um zwei Uhr, gab es eine Versammlung in Kates Haus – ob es eine Feier oder eine Wache wurde, hing von dem Gast ab, der noch nicht eingetroffen war. Emanuel, Nicola, Jerry und Kate warteten auf Reed. Kate hatte kurz mit dem Gedanken gespielt, auch Sparks und Horan einzuladen, aber Emanuels Abneigung, mit seinen Patienten auf gesellschaftlicher Ebene zusammenzutreffen, sprach gegen diese Idee, obwohl sie fraglos viel für sich hatte.

Reed hatte seit dem frühen Sonntagmorgen regelrechte Akkordarbeit geleistet. Emanuel hatte seinen Orthopäden offenbar aus dem Schlaf gerissen, und statt ihm Fragen zu stellen, hatte er ihn einfach überredet, selber bei Kate anzurufen. Kate hatte das Ergebnis dieses Gesprächs gleich an Reed weitergegeben. »Du weißt, wie Ärzte sind«, hatte sie gesagt. »Dieser hier war ein besonders nervöser Typ, aber ich nehme an, um Emanuels willen mochte er ein Gespräch mit mir nicht rundum ablehnen. Wahrscheinlich dachte er, ich schreibe an einem Roman und antwortete deshalb auf meine Fragen so umständlich und fachchinesisch wie nur möglich. Aber schließlich neigen die Herren Doktoren immer entweder zu sich widersprechenden Aussagen oder zu allzu großen

Vereinfachungen – wenn du meine Meinung wissen willst: Ich glaube, sie verstehen sich noch nicht einmal untereinander. Aber wie dem auch sei, ein oder zwei Dinge habe ich am Ende doch kapiert.«

»Du wirst mir wohl kaum erzählen«, hatte Reed geantwortet, »was dich bewogen hat, zu so unchristlicher Zeit an einem Sonntag einen unschuldigen Orthopäden auszufragen?«

»Das werde ich dir rechtzeitig erzählen, und so etwas wie einen unschuldigen Orthopäden gibt es nicht. Die sind alle so reich wie Rockefeller und so hochnäsig wie Schwäne. Ich kenne mindestens zwei und kann mir deshalb erlauben, zu verallgemeinern. Seine Information ist stark verwässert, etwa diese: Wenn jemand einmal eine Spondylodese gemacht bekommen hat, dann trägt er dieses Zeichen sein Leben lang mit sich herum. Das hört sich selbstverständlicher an, als es ist, aber wichtig, das erst einmal festzustellen. Es ist eine lange Operation – was ich bereits wußte –, und bisweilen operieren zwei Chirurgen gleichzeitig, der eine an Rückgrad und Bandscheibe, der andere an den Nerven. Es ist äußerst unwahrscheinlich, daß jemand, der mit einem verstärkten Schuh seine Rückenschmerzen losgeworden ist, jemals darauf verzichten wird. Ich weiß, so etwas ist keine zwingende Schlußfolgerung, zumindest jetzt noch nicht, aber hör mir zu. Was ist eine Spondylodese? Tut mir leid, ich vergaß, daß Ihr Laien immer solche Schwierigkeiten habt, einem Mediziner zu folgen. Also, da erleidet jemand einen Bandscheibenvorfall – ich weiß, das passiert dauernd, sogar Dachshunde kriegen so was. Das heißt, ein Stück von der Knorpelmasse zwischen zwei Wirbeln rutscht heraus und drückt gegen den Nervenstrang in der Wirbelsäule. In ernsten Fällen wird das eine Bein taub. Die normale Methode, eine solche Bandscheibe zu behandeln, besteht darin, sie zu entfernen und die beiden Wirbel miteinander zu verschmelzen. Dafür nimmt man Knochenstückchen aus anderen Teilen des Körpers – es geht nur mit den eigenen Knochen, außer bei eineiigen Zwillingen –, zermahlt sie (ja, ja, ich bin fast zu Ende; nein, ich habe dich nicht allein deswegen an einem Sonntagmorgen angerufen, weil ich dir eine abstoßende medizinische Vorlesung halten will) und appliziert diese Masse zwischen die beiden zu verschmelzenden Wirbel. Die beiden Wirbel wachsen schließlich zu einem festen Stück zusammen, und der Patient behält eine Narbe zurück. Hast du mich verstanden?«

Am anderen Ende gab es keine Reaktion, und so fuhr Kate fort: »Das ist nun der Punkt, mein geplagter Reed. Mike Barrister – mein Mike jetzt, nicht der in der Praxis gegenüber Emanuel – hatte eine Spondylodese hinter sich. Außerdem trug er einen Schuh mit dickerem Absatz, um seine unterschiedlich langen Beine auszugleichen. Nein, natürlich war er damit kein Krüppel. Das kommt sehr häufig vor. Wenn der Unterschied in der Länge der Beine nicht extrem ist, kompensiert man das gewöhnlich mit einem eigentümlich rollenden Gang. Wenn aber noch eine Schädigung des Rückens hinzukommt, verursacht die andauernde Schaukelbewegung des Beckens, die die unterschiedliche Länge der Beine ausgleicht, akute Beschwerden.«

»Kate«, hatte Reed gesagt, »wenn ich dich richtig verstehe, willst du mir auf deine Weise mit vielen überflüssigen Worten umständlich erklären, daß Janet Harrisons Mike einmal operiert worden ist. Wann war das?«

»Das, mein Schatz, ist etwas, das du bitte herausfinden müßtest. Wahrscheinlich in Detroit. Das ist doch die größte Stadt in Michigan, nicht wahr? Aber das ist nur so eine Idee. Für den absatzverstärkten Schuh verbürgt sich Messenger. Wenn du natürlich noch immer auf stur geschaltet hast, kann ich die Krankenhäuser auch selber anrufen ...«

»In Ordnung, ich telefoniere sie durch. Und dann?«

»Dann, mein Lieber, müssen wir diesen Michael Barrister dazu bringen, sich auszuziehen. Du glaubst gar nicht, was mir dazu schon alles durch mein heißes Hirn geschossen ist. Ich nehme an, du kannst keinen Durchsuchungsbefehl erwirken, oder?«

»Mit einem Durchsuchungsbefehl kann man sich in Räumen umschauen, er bezieht sich nicht auf Personen. Und jetzt verrate ich dir mal ein schreckliches Geheimnis. Du würdest überrascht sein, wie selten Durchsuchungsbefehle überhaupt ausgestellt werden. Der Leiter der Rauschgiftfahndung hat das neulich vor Gericht bestätigt, als er in einer Aussage ganz ungerührt zugab, daß seine Leute seit dreißig Jahren ohne Durchsuchungsbefehle auskommen. Die Bürger sind sich unglücklicherweise – für die Polizei muß ich sagen: glücklicherweise – erstaunlich wenig ihrer Rechte bewußt. Die Polizei wiederum hat eine ganze Reihe von Tricks, um zu erreichen, was sie will; bloßes Einschüchtern steht an erster Stelle.«

»Wenn ich nun zu ihm hineinkäme, während er gerade unter der Dusche steht.«

»Kate, ich höre dir keine Minute länger zu, wenn du nicht vorher versprichst, und zwar mit dem ganz großen Ehrenwort, daß du nicht versuchen wirst, Barrister zu entkleiden, ihn im entkleideten Zustand zu sehen oder ihn in eine Situation zu bringen, in der man normalerweise unbekleidet ist, oder daß du ...«

»Hilfst du mir, wenn ich es verspreche?«

»Ich werde nicht einmal dieses Gespräch weiterführen, ehe du es nicht versprichst. Ich will dein Wort. Gut. Dann werde ich jetzt die Krankenhäuser anrufen. Die werden mir antworten, daß in ihren Büros sonntags nicht gearbeitet wird. Niemand arbeitet sonntags, außer dir und deinen Freunden. Ich werde ihnen drohen und schmeicheln. Aber wir müssen vielleicht trotzdem warten. Ich weiß nicht, wie sehr die New Yorker Polizei bereit ist, ihre Muskeln spielen zu lassen. Aber jetzt hör auf, Pläne zu machen, wie du an ihn herankommst. Ich rufe dich an, sobald ich Neues weiß. Und denk an dein Versprechen.«

Kate mußte bis zum Nachmittag warten, ehe Reed sich wieder bei ihr meldete. »Also«, hatte er dann gesagt, »ich will dir gar nicht erzählen, was ich alles durchgemacht habe. Die Einzelheiten merke ich mir für die Tage, wenn wir alt und grau sind und unsere Gehirne nur noch Platz für Erinnerungen haben. Die Operation ist bewiesen. Wenn ich dich richtig verstanden habe, möchtest du jetzt herausbekommen, ob Emanuels Nachbar, Dr. Michael Barrister, eine Operation im Lendenwirbelbereich gehabt hat und einen Schuh mit verstärktem Absatz trägt.«

»Du hast mich perfekt verstanden.«

»Gut. Dann schlage ich dir jetzt einen Handel vor,

nimm ihn an oder laß es. Ich habe Verständnis für deine Gefühle gegenüber Emanuel, für die Wichtigkeit dieses Falles im Hinblick auf die öffentliche Reputation der Psychiatrie und so weiter und so weiter, aber mir gefällt überhaupt nicht, was dieser Fall aus dir gemacht hat. Du unterbrichst deine Arbeit in der Bibliothek, sagst Vorlesungen ab, schmeißt dein Geld hinaus wie ein betrunkener Seemann, nimmst Schlaftabletten, fliegst in höchst verwerflicher Weise überall in den Vereinigten Staaten herum, wirst immer langatmiger in deinen Reden und führst junge Männer auf Abwege. All das muß aufhören. Daher der Handel, den ich dir vorschlage. Ich werde heute abend, vorausgesetzt, Dr. Michael Barrister verbringt die Nacht zu Hause, für dich herausfinden, ob er an all seinen rechten oder linken Schuhen einen höheren Absatz und ob er eine Operationsnarbe hat. Hat er keines von beiden, dann wird die Polizei sich sehr dafür interessieren. Schließlich steht fest, daß es die Operation gegeben hat. Mit anderen Worten, ich gebe zu, daß das dein Beweisstück ist, und wir werden uns Barrister näher anschauen als einen, der die Möglichkeit, die Mittel und ein Motiv hatte, es zu tun. Aber jetzt kommt dein Anteil an dem Handel. Wenn Dr. Michael Barrister tatsächlich solch eine Narbe über einem seiner Lendenwirbel hat, gleichgültig, ob er auch noch diese Absätze hat oder nicht – wir haben keinen einwandfreien Beweis dafür, daß dein Mike solche Absätze getragen hat (fang nicht an, mit mir zu streiten, ich bin noch nicht fertig) –, wenn also dieser Dr. Michael Barrister solch eine Narbe hat, dann wirst du diesen Fall aufgeben, Jerry nicht mehr weiter als Detektiv beschäftigen und selber wieder an deine Arbeit gehen. Kurzum, du versprichst, wieder voll und ganz zu deinem gewöhnlichen Leben zurückzukehren. Ist das ein Handel? Wie ich Barrister dazu bekomme, sich auszuziehen, geht dich nichts an. Darüber reden wir, wenn es vorbei ist. Ist das ein Geschäft?«

Und Kate ging darauf ein.

Jerry und die Bauers einzuladen und mit ihnen auf Reed zu warten, war ihre eigene Idee gewesen. Sie hatten den Fall aus jedem Blickwinkel diskutiert, einschließlich dessen, was Kate jetzt ihren Einsatz bei dem »Es-wareinmal-Spiel« nannte. Sie erzählte ihnen auch von ihrem Handel. Sie sagte, bei Reed könnte es spät werden. Und während es immer später wurde, servierte sie ihnen Kaffee, den sie tranken, und Sandwiches, die sie nicht aßen. Nach einiger Zeit fiel ihnen nichts mehr zur Sache ein, und sie schwiegen. Es war so still, daß sie den Aufzug und Reeds Schritte hörten. Kate war schon an der Tür, bevor Reed auf den Klingelknopf drücken konnte.

Zum ersten Mal begegnete Reed Emanuel, Nicola und Jerry. Er schüttelte allen die Hand und bat um eine Tasse Kaffee.

»Ich nehme an«, sagte er, »Sie alle wissen, was ich heute abend unternommen habe. Es gibt viele Methoden, wie Polizisten normalerweise in eine Wohnung einbrechen. Zum Beispiel drehen sie in einem Haus die Hauptsicherung heraus. Die Bewohner kommen in den Flur gerannt, um nachzusehen, was los ist, und die Polizei schlüpft durch die offene Tür. Ist die Polizei erst einmal drinnen, werden nur wenige Leute sie wieder mit Gewalt vertreiben. Ich habe auch an diese Methode gedacht, sie dann aber aus verschiedenen Gründen wieder fallen gelassen: Barrister wohnt in einem neuen und eleganten Haus an der First Avenue; dort an den Hauptschalter zu kommen, würde gar nicht so leicht sein; und noch wichtiger, wir wollten ihn ja nackt. Das hieß, daß wir warten mußten, bis er zu Bett gegangen war, doch dann würde er nur noch schwerlich bemerken, daß das Licht nicht funktionierte. Wir hätten ihn natürlich einfach aufwecken und behaupten können, wir seien auf der Suche nach einer Leckstelle in der Gasleitung, aber in dem Fall könnte es schwierig werden, ihn aus Bademantel und Schlafanzug zu bekommen. Also entschied ich mich dafür, zu warten, bis er zu Bett gegangen war, dann zu läuten, bis er an die Tür kam, und ihn aufzufordern, mit uns zu einem Verhör ins Polizeirevier zu kommen. Es war zweifellos eine ungewöhnliche Uhrzeit für ein Verhör, und wir waren auf Protest gefaßt, aber wer nichts wagt, der nichts gewinnt. Also fuhren wir kurz nach Mitternacht los, um Dr. Michael Barrister herauszuklingeln.«

»Wer ist ›wir‹?« fragte Jerry.

»›Wir‹ sind Ihr ergebenster Diener, der hier vor Ihnen

sitzt, und ein uniformierter Polizist. Uniformen sind sehr nützlich, wenn man Leute überzeugen will, daß man tatsächlich von der Polizei ist. Außerdem sorgen sie für eine gewisse Atmosphäre der Dringlichkeit, die ich unbedingt brauchte. Der Polizist, der mich begleitete, hat das mir zu Gefallen getan. Wenn ich Erfolg haben würde, käme das sicher seiner Karriere zugute, das hatte ich ihm versprochen: eine lobende Erwähnung, vielleicht sogar eine Beförderung. Ging es schief, versprach ich dafür zu sorgen, daß er nicht zur Verantwortung gezogen würde. Abgesehen von der ›Atmosphäre‹ wollte ich ihn auch als Zeugen dabei haben, der mit dem Fall nichts zu tun hatte. Ich fürchtete nämlich, daß die Verbindung, die ich zu gewissen Aspekten dieses Falles habe, für den Fall, daß ich selber aussagen müßte, bei gewissen Leuten zu Fehlinterpretationen führen könnte.«

Er warf Kate einen Blick zu. »Es gelang uns, Dr. Barrister aus dem Bett zu holen. Er war, wie ich gefürchtet hatte, im Schlafanzug. Darüber hatte er einen Bademantel geworfen. Hätte er nackt geschlafen und in dem Zustand die Tür geöffnet, dann hätten wir ihn einfach gleich dort in ein Gespräch verwickelt, einer vor ihm, der andere hinter ihm stehend. Doch so, wie es aussah, mußten wir ihn bitten, sich anzuziehen und mit uns in die ›Zentrale‹ zu kommen. So etwas wie eine Zentrale gibt es zwar gar nicht, aber ich wollte mich so bedrohlich und vage wie möglich ausdrücken. Nach einigem Schimpfen und Drohen und der Nennung diverser wichtiger Männer, die, nehme ich an, die Ehemänner seiner Patientinnen sind, gab er schließlich nach. Er sagte, er wolle einen Anwalt anrufen, und ich sagte ihm, das könne er laut Vorschrift von der ›Zentrale‹ aus machen. Mögen mir die Engel und die Heiligen dort droben vergeben! Schließlich war er bereit, sich anzuziehen, protestierte aber erneut, als der Polizist ihm ins Schlafzimmer folgte. Ich erklärte ihm, auch das sei Vorschrift, damit er nicht telefonieren oder sich etwas antun oder eine Waffe oder andere Dinge verstecken konnte. Er rauschte ins Schlafzimmer, rot vor Wut, und der Polizist folgte ihm auf dem Fuße, denn ich hatte ihn genau informiert. Ursprünglich hatte ich dran gedacht, den Polizisten auch Barristers Schuhe untersuchen zu lassen, aber die Idee verwarf ich dann wieder. Unser Erfolg oder Mißerfolg bei diesem ungewöhnlichen Unternehmen hing davon ab, ob es die Narbe gab, wir wollten uns lieber darauf konzentrieren.«

Reed schaute in die Runde. »Der Polizist befolgte seine Anordnungen sehr gut. Barrister riß sich Bademantel und Schlafanzug vom Leib, und als er sich bückte, um in die Unterhose zu schlüpfen, kam der Polizist näher, um genau hinsehen zu können. Blieben noch irgendwelche Zweifel, so lauteten seine Instruktionen, dann sollte er stolpern und praktisch von hinten auf Barristers Rücken fallen, um ihn genauer untersuchen zu können. Dann sollte er sich entschuldigen. Das hätte ja notwendig werden können, falls Barrister stark behaart wäre; wenn die Haut nämlich dicht behaart ist, ist eine Narbe schwer festzustellen. Aber Barrister war nicht behaart. Unnötig zu sagen, daß ich Barrister und den Polizisten erwartete, wie das wahrscheinlich werdende Väter vor der Entbindungsstation tun. Die beiden kamen zusammen aus dem Zimmer, und zu dritt fuhren wir Richtung Innenstadt. Schließlich holten wir den Bezirksstaatsanwalt aus dem Bett, der meinte, es sei auch an der Zeit, daß jemand mal mit einem verdammt eindeutigen Beweis in diesem unsäglichen Fall rüberkäme.«

Kate und Emanuel waren aufgestanden. Nicola starrte nur. Es war Jerry, der als erster sprach.

»Es gab nirgends eine Narbe«, sagte er.

»Das war es, was ich sagen wollte«, sagte Reed. »Keine Narbe. In der Stadt wurde er noch einmal untersucht. Kein Hinweis auf eine Spondylodese. Aber der Polizist hat es am passendsten ausgedrückt. ›Das sauberste Hinterteil, das ich je in meinem Leben gesehen habe‹, meinte er. ›Nirgends ein Fleck.‹«

Epilog

Sechs Wochen später stand Kate auf dem Schiff nach Europa. Auf ihre Bitte war niemand gekommen, um sie zu verabschieden. Sie mochte keine Abschiedsszenen und zog es vor, an der Reling zu lehnen und zuzuschauen, wie Manhattan langsam in der Ferne verschwand. Sie hatte eine Kabine für sich, Zweiter Klasse, genügend Arbeit und die Aussicht auf einen angenehmen und produktiven Sommer.

Sechs Wochen zuvor hatten die Abendzeitungen, denen Reed die Geschichte erzählt hatte (er arbeitete gerne mit Reportern zusammen), in dicken Lettern verkündet: »Mädchenmord auf der Couch: Neuer Verdächtiger.« Die ›Times‹, die mit der Meldung zu spät dran war, hatte es etwas blumiger ausgedrückt. Emanuel und seine Patienten widmeten sich wieder der Analyse unbewußter Motive. Das Psychiatrische Institut gab keinerlei Kommentar ab – das tat es nie –, aber Kate war sich sicher, den kollektiven Seufzer der Erleichterung zu hören, der von dort durch das Land ging.

Jerry war wieder zu seinem LKW und zu Sally zurückgekehrt, die schon etwas unruhig geworden war, wegen mangelnder Aufmerksamkeit. Eine Belohnung hatte er zurückgewiesen. Kate hatte zwar betont, daß das Teil ihrer Absprache gewesen sei, zwar nur mündlich, aber deswegen nicht weniger verbindlich; aber Jerry hatte störrisch nur sein Gehalt angenommen. Kate legte die Summe auf ein Sparkonto, wo sie Zinsen bringen sollte, bis sie wieder abgehoben würde für ein Hochzeitsgeschenk.

Als das Schiff auf der Höhe von Brooklyn war – ein Anblick, der Kate nur zu Gedanken über menschliche Dekadenz inspirierte –, ging sie nach unten. Sie kam durch eine Lounge und staunte nicht schlecht, als sie Reed entdeckte. Er saß in einem Sessel und sah aus, als hätte er immer schon dort gesessen. Sie starrte ihn an.

»Ich bin auf dem Weg nach Europa«, sagte Reed.

»Oh«, sagte Kate, »ich bin erleichtert, zu hören, daß du

das weißt. Ich dachte, vielleicht glaubst du, in der Lobby des Plaza zu sitzen. Machst du Urlaub?«

»Urlaub, ein paar Monate. Ich habe mich erst in letzter Minute entschlossen und muß jetzt meine Kabine mit zwei jungen Männern teilen, die an Vitalität zuviel und an Tugenden zu wenig haben, aber zumindest bin ich da. Zum Schutz.«

»Wen beschützt du?«

»Dich. Ich wollte dich beschützen, während du sozusagen in Quarantäne bist – um sicher zu gehen, daß das Fieber wirklich vorbei ist.«

»Was für ein Fieber?«

»Das Detektiv-Fieber. Ich kenne ein paar Fälle wie deinen. Diese Leute fahren allesamt nach Europa und stolpern auf dem Weg in die Dusche über die nächste Leiche. Ich konnte nicht in New York herumsitzen und mir vorstellen, daß du Spuren verfolgst und deine literarischen Anspielungen fallen läßt.«

Kate ließ sich in den Sessel neben ihm fallen. Reed lächelte, hob den Arm und sagte zu einem vorbeikommenden Steward: »Zwei Brandys, bitte.«

Amanda Cross im dtv

»Amanda Cross ist und bleibt die Königin des
amerikanischen literarischen Krimis.«
Publishers Weekly

Verschwörung der Frauen
Kriminalroman · dtv 8453

Tödliches Erbe
Kriminalroman · dtv 11683

Süßer Tod
Kriminalroman · dtv 11812

Der Sturz aus dem Fenster
Kriminalroman · dtv 11913

Die Tote von Harvard
Kriminalroman · dtv 11984

In besten Kreisen
Roman · dtv 20190

Spionin in eigener Sache
Roman · dtv 20191

Gefährliche Praxis
Kriminalroman · dtv 20233

Albertas Schatten
Roman · dtv 20332

Das zitternde Herz
Roman · dtv 24169

»Für diejenigen, die noch nicht die Bekanntschaft von
Kate Fansler, Englischprofessorin und Detektivin, die
schon viele spannende akademische Kriminalfälle gelöst
hat, gemacht haben: Es ist höchste Zeit, damit anzufangen!«
Cosmopolitan

Joyce Carol Oates im dtv

»Mit dem Schreiben sei es wie mit dem Klavierspiel,
hat Joyce Carol Oates einmal gesagt.
Man müsse üben, üben, üben. Die Oates muß nicht
mehr üben. Sie ist bereits eine Meisterin.«
Petra Pluwatsch, ›Kölner Stadtanzeiger‹

Grenzüberschreitungen
Erzählungen · dtv 1643

Lieben, verlieren, lieben
Erzählungen · dtv 10032

Bellefleur
Roman · dtv 10473
Eine Familiensaga wird zum amerikanischen Mythos.

Engel des Lichts
Roman · dtv 10741
Eine Familie in Washington zwischen Politik und Verbrechen.

Unheilige Liebe
Roman · dtv 10840
Liebe, Haß und Heuchelei auf dem Campus einer exklusiven Privatuniversität.

Die Schwestern von Bloodsmoor
Ein romantischer Roman
dtv 12244

Das Mittwochskind
Erzählungen · dtv 11501

Das Rad der Liebe
Erzählungen · dtv 11539

Im Zeichen der Sonnenwende
Roman · dtv 11703
Aus der Nähe zwischen zwei Frauen wird zerstörerische Abhängigkeit.

Die unsichtbaren Narben
Roman · dtv 12051
Enid ist erst fünfzehn, als ihre *amour fou* mit einem Boxchampion beginnt...

Schwarzes Wasser
Roman · dtv 12075
Eine Nacht mit dem Senator: den nächsten Morgen wird Kelly nicht erleben...

Marya – Ein Leben
Roman · dtv 12210
Maryas Kindheit war ein Alptraum. Dieser Welt will und muß sie entkommen.

Amerikanische Begierden
Roman · dtv 12273
Der Collegeprofessor Ian soll seine Frau ermordet haben. Wegen einer anderen...

Frances Fyfield im dtv

»Sie hat den Rang von P. D. James und Ruth Rendell.«
Daily Mail

Schatten im Spiegel
Kriminalroman
dtv 11371
Die Anwältin Sarah Fortune ist jung, schön, erfolgreich – und rothaarig. Was sie für einen ihrer Klienten ganz besonders interessant zu machen scheint …

Feuerfüchse
Kriminalroman
dtv 11451
Eine Leiche im Wald, und der Täter scheint schnell gefunden. Aber Helen West gibt sich nicht mit einfachen Lösungen zufrieden.

Im Kinderzimmer
Roman · dtv 20143
Katherines Leben in ihrem luxuriösen Zuhause hat seinen Preis: Sie versucht sich die Liebe ihres Mannes durch Anpassung und Unterwerfung zu erhalten, seine grausamen Spielchen stumm zu ertragen. Doch damit ist ihre kleine Tochter Jeanetta dem Sadismus des Vaters hilflos ausgeliefert …

Dieses kleine, tödliche Messer
Kriminalroman
dtv 11536
Der Täter ist geständig. Und er belastet die bis dato unbescholtene Antiquitätenhändlerin schwer. Die Staatsanwältin Helen West setzt alles daran, die wahre Schuldige vor Gericht zu bringen – aber deren krankhafte Rachsucht sucht bereits das nächste Opfer … Der psychologisch raffinierte, spannungsgeladene Roman einer mörderischen Obsession.

Tiefer Schlaf
Kriminalroman
dtv 20192
Niemand interessiert sich besonders dafür, was der ehrbare Apotheker in seinem Hinterzimmer treibt. Als seine Frau tot aufgefunden wird, will die Staatsanwältin Helen West als einzige die Version des »natürlichen Todes« nicht akzeptieren. Ein kriminalistisch-psychologisches Kabinettstück von tödlicher Intelligenz.

Binnie Kirshenbaum im dtv

»Wer etwas vom Seiltanz über einem Vulkan lesen will,
also von den Erfahrungen einer kühnen Frau mit dem
männlichen Chaos, dem sei Binnie Kirshenbaum
nachdrücklich empfohlen.«
Werner Fuld in der ›Woche‹

Ich liebe dich nicht und andere wahre Abenteuer
dtv 11888
Zehn ziemlich komische Geschichten über zehn unmögliche Frauen. Sie leben und lieben in New York, experimentierfreudig sind sie alle, aber im Prinzip ist eine skrupelloser als die andere… »Scharf, boshaft und irrsinnig komisch.« (Publishers Weekly)

Kurzer Abriß meiner Karriere als Ehebrecherin
Roman · dtv 12135
Eine junge New Yorkerin, verheiratet, linkshändig, hat drei außereheliche Affären nebeneinander. Sie lügt, stiehlt und begehrt andere Männer. Daß sie ein reines Herz hat, steht außer Zweifel. Wenn sie nur wüßte, bei wem sie es verloren hat, gerade. »In diesem unkonventionellen Roman ist von Skrupeln keine Rede. Am Ende fragt sich der Leser amüsiert: Gibt es eine elegantere Sportart als den Seitensprung?« (Franziska Wolffheim in ›Brigitte‹)

Ich, meine Freundin und all diese Männer
Roman · dtv 24101
Die beiden Freundinnen Mona und Edie haben sich im College kennengelernt und sofort Seelenverwandtschaft festgestellt. Sie sind entschlossen, ein denkwürdiges Leben zu führen. Und dabei lassen sie nichts aus… »Teuflisch komisch und frech. Unbedingt lesen!« (Lynne Schwartz)

Keinen Penny für nichts
dtv 24128
Verrückte Geschichten von verletzlichen Frauen, leichtsinnig und mit abgrundschwarzem Humor.

dtv

Walter Satterthwait im <u>dtv</u>

»Satterthwait kann absolut hervorragend schreiben.«
Claude Chabrol

Miss Lizzie
Roman · dtv 20056
Amanda weiß, daß Lizzie Borden ihre Eltern bestialisch ermordet haben soll. Und auch, daß Miss Lizzie seinerzeit mangels Beweisen freigesprochen wurde. Im Bonbonladen begegnen sich die beiden...

Oscar Wilde im Wilden Westen
Roman · dtv 20196
Im Jahr 1882 hält die Kultur Einzug im Wilden Westen. Oscar Wilde bereist das gesetzlose Land zwischen San Francisco und Chicago. Begleitet wird er von schönen Bewunderern – und von einer Bestie. Denn in den Orten seiner Auftritte werden methodisch-grausam Frauen ermordet...

Eskapaden
Roman · dtv 20284
Sommer 1921. Ohnmächtige Ladies, verschwiegene Butler, ein Entfesselungskünstler, obszöne Gespenster und ein ermordeter Lord... ein herrlich englischer Landhauskrimi.

Mit den Toten in Frieden
Roman · dtv 20250
Privatdetektiv Joshua Croft liebt die schöne Rita Mondragón, für die er arbeitet, die Wüste um Santa Fé und seinen Job, den er gleichzeitig verflucht: Seine Chefin ist seit einer Schießerei querschnittsgelähmt. Er soll die verlorenen Überreste eines Navajo-Häuptlings finden. Dabei entdeckt er eine unheilvolle Vergangenheit voll von Habsucht, Begierde und Verrat.

Wand aus Glas
Roman · dtv 20281
Joshua Croft soll den Raub eines Kolliers aufklären. Und stößt dabei auf neue Verbrechen...
»Satterthwaits mit beruhigend vielen Fehlern behafteter Held ist nicht immer zur rechten Zeit am rechten Ort, und er hat es mit einer farbigen (Unter-)Welt zu tun. Ist er doch in Santa Fé zu Hause, wo es im Gemisch der Sprachen und Kulturen noch mehr seltsame Gestalten gibt als anderswo.« (Der Standard)

Henning Mankell im dtv

»Mankell gehört ohne Zweifel auch international zur
Elite der Krimiautoren.«
Svenska Dagbladet

Mörder ohne Gesicht
Thriller · dtv 20232

Die letzten Worte der sterbenden Frau waren »Ausländer, Ausländer!« – Kommissar Wallander weiß, dass diese Information unter gar keinen Umständen an die Presse gelangen darf. Denn das Klima im Lande hat sich gewandelt, und die Möglichkeit, dass Ausländer an der Tat beteiligt waren, reicht möglicherweise aus, um eine Welle ausländerfeindlicher Gewalt auszulösen.

Hunde von Riga
Roman · dtv 20294

»Am Morgen, kurz nach zehn, kam der Schnee. Beißend kalter Wind schlug Holmgren ins Gesicht, als sein Blick auf die zwei Toten fiel. ›Verdammt‹, sagte er, ›das hat uns gerade noch gefehlt.‹« – Die Ermittlungen führen Kommissar Wallander diesmal nach Osteuropa. Immer tiefer gerät er hinein in ein kaum noch zu durchschauendes Komplott unsichtbarer Mächte, in dem er nicht nur seinen Glauben an die Gerechtigkeit verliert, sondern fast noch sein Leben lässt.

Die weiße Löwin
Thriller · dtv 20150

Kommissar Wallander steht vor dem kompliziertesten Fall seiner Karriere. Alles beginnt mit dem spurlosen Verschwinden einer schwedischen Immobilienmaklerin – doch schon bald weisen immer mehr Details in Richtung eines teuflischen Komplotts von internationalen Dimensionen. Als es Wallander schließlich gelingt, die Details zu einem Bild zusammenzuführen, weiß er, dass es nicht mehr nur um das Wohl Einzelner geht, sondern das Schicksal von Hunderttausenden auf dem Spiel steht.